魔法科高中的劣等生 13
越野障礙篇

The irregular at magic high school

佐島 勤
Tsutomu Sato

illustration／石田可奈
Kana Ishida

illustrator assistant／ジミー・ストーン、末永康子

「幸好還有時間……」
「競賽項目居然變更這麼多！」
中条梓
繼真由美之後的學生會會長。生性膽小，個性畏首畏尾。
五十里 啟
三年級，學生會會計。魔法理論成績為全學年第一。千代田花音的未婚夫。
「我知道了。」
「深雪，拜託了。」
九重八雲
擅長古式魔法「忍術」。達也的體術師父。
「抱歉啦。」
司波深雪
就讀二年A班，達也的妹妹。去年以首席身分就讀魔法科高中的高材生。擅長領域為「冷卻魔法」。溺愛哥哥，有「重度的戀兄情結」。
司波達也
司波兄妹中的哥哥。就讀國立魔法大學附設第一高中二年E班。進入新設立的魔工科。達觀一切。是妹妹深雪的「守護者」。

一条將輝
第三高中的二年級學生。連續兩年參加九校戰。「十師族」一条家的下任當家。
「既然已經定案了，那我們說三道四也是於事無補。」
吉祥寺真紅郎
第三高中的二年級學生。連續兩年參加九校戰。以「始源喬治」的別名眾所皆知。
「說得也是……」
「寄生人偶的性能測試就在『九校戰』進行。」
「可以請您邀諸位道士到貴府上當食客嗎？」
九島 烈
被譽為世界最強魔法師之一的人物。眾人尊稱為「宗師」。
周 公瑾
安排大亞聯盟的呂與陳來到橫濱的俊美青年。在中華街活動的神祕人物。

「幻衝！」
黑羽文彌
四葉下任當家候選人。達也與深雪的從表弟。和姊姊亞夜子是雙胞胎。
「唔……！」
七寶琢磨
擔任今年「新生」總代表的一科生。有力的魔法師家系「師補十八家」之一「七寶家」的長子。

千代田花音
三年級。繼摩利之後的風紀委員長。五十里啟的未婚妻。
「大家不用勉強沒有關係！」
黑羽亞夜子
達也與深雪的從表妹。和弟弟文彌是雙胞胎。
「這次是我的全面勝利！」

「琵庫希，距離最近的寄生人偶在哪裡？」

『…………』
Prime Four
九校戰進行新競賽項目「越野障礙賽跑」時，突然闖入的神祕戰鬥女機人。代號的意思是「初始的四個體」。

魔法技能師開發研究所

西元二〇三〇年代，日本政府因應第三次世界大戰當前而緊張化的國際情勢，接連設立開發魔法師的研究所。研究目的不是開發魔法，始終是開發魔法師，為了製造出最適合使用所需魔法的魔法師，基因改造也在研究範圍。

魔法技能師開發研究所設立了第一至第十共十所，至今依然有五所運作中。

各研究所的細節如下所述：

魔法技能師開發第一研究所

二〇三一年設立於金澤市，現在已關閉。

開發主題是進行對人戰鬥時直接干涉生物體的魔法。氣化魔法「爆裂」是衍生形態之一。不過，操作人體動作的魔法可能會引發傀儡攻擊（操作他人進行的自殺式恐怖攻擊），因此禁止研發。

魔法技能師開發第二研究所

二〇三一年設立於淡路島，運作中。

和第一研的主題成對，開發的魔法是干涉無機物的魔法。尤其是關於氧化還原反應的吸收系魔法。

魔法技能師開發第三研究所

二〇三二年設立於厚木市，運作中。

目的是開發出能獨力應付各種狀況的魔法師，致力於多重演算的研究。尤其竭力實驗測試可以同時發動、連續發動的魔法數量極限，開發可以同時發動複數魔法的魔法師。

魔法技能師開發第四研究所

詳情不明，推測位於前東京都與前山梨縣的界線附近，設立時間則估計是二〇三三年。現在宣稱已經關閉，但實際狀況也不明。只有前第四研不是由政府，而是對國家具備強大影響力的贊助者設立。傳聞現在該研究所從國家獨立出來，接受贊助者的支援繼續運作，也傳聞該贊助者實際上從二〇二〇年代之前就經營著該研究所。

據說其研究目標是試圖利用精神干涉魔法，強化「魔法」這種特異能力的源泉，也就是魔法師潛意識領域的魔法演算領域。

魔法技能師開發第五研究所

二〇三五年設立於四國的宇和島市，運作中。

研究的是干涉物質形狀的魔法。主流研究是技術難度較低的流體控制，但也成功研究出干涉固體形狀的魔法。其成果就是和USNA共同開發的「巴哈姆特」。加上流體干涉魔法「深淵」，該研究所開發出兩個戰略級魔法，是國際聞名的魔法研究機構。

魔法技能師開發第六研究所

二〇三五年設立於仙台市，運作中。

研究如何以魔法控制熱量。和第八研同樣偏向是基礎研究機構，相對的缺乏軍事色彩。不過除了第四研，據說在魔法技能師開發研究所之中，第六研進行基因改造實驗的次數最多（第四研實際狀況不明）。

魔法技能師開發第七研究所

二〇三六年設立於東京，現在已關閉。

主要開發反集團戰鬥用的魔法，群體控制魔法為其成果。第六研的軍事色彩不強，促使第七研成為兼任戰時首都防衛工作的魔法師開發研究設施。

魔法技能師開發第八研究所

二〇三七年設立於北九州市，運作中。

研究如何以魔法操作重力、電磁力與各種強弱不同的交互作用力。基礎研究機構的色彩比第六研更濃厚，但是和國防軍關係密切，這一點和第六研不同。部分原因在於第八研的研究內容很容易連結到核武開發，在國防軍的保證之下，才免於被質疑暗中開發核武。

魔法技能師開發第九研究所

二〇三七年設立於奈良市，現在已關閉。

研究如何將現代魔法與古式魔法融合，試圖藉由讓現代魔法吸收古式魔法的相關知識，解決現代魔法不擅長的各種課題（例如模糊不明確的術式操作）。

魔法技能師開發第十研究所

二〇三九年設立於東京，現在已關閉。

和第七研同樣兼具防衛首都的目的，研究如何在空間產生虛擬結構物的領域魔法，作為遭遇高火力攻擊的防禦手段。各式各樣的反物理護壁魔法為其成果。

此外，第十研試圖使用不同於第四研的手段激發魔法能力。具體來說，他們致力開發的魔法師並非強化魔法演算領域本身，而是能讓魔法演算領域暫時超頻，因應需求使用強力的魔法。但是成功與否並未公開。

除了上述十間研究所，開發元素家系的研究所從二〇一〇年代運作到二〇二〇年代，但現今全部關閉。此外，國防軍在二〇〇二年設立直屬於陸軍總司令部的祕密研究機構，至今依然獨自進行研究。九島烈加入第九研之前，都在這個研究機構接受強化處置。

The irregular at magic high school

背負某項缺陷的劣等生哥哥。
一切完美無瑕的優等生妹妹。
這對兄妹就讀魔法科高中之後，

風波不斷的每一天就此揭開序幕——

魔法科高中的劣等生 13

The irregular at magic high school

越野障礙篇

佐島 勤
Tsutomu Sato
illustration
石田可奈
Kana Ishida

Kadokawa Fantastic Novels

Character
登場角色介紹

司波達也

就讀於二年E班。
進入新設立的魔工科。
達觀一切。
妹妹深雪的「守護者」。

司波深雪

就讀於二年A班。達也的妹妹。
去年以首席成績入學的優等生。
擅長冷卻魔法。溺愛哥哥。

西城雷歐赫特

就讀於二年F班，達也的朋友。
二科生。擅長硬化魔法。
個性開朗。

千葉艾莉卡

就讀於二年F班，達也的朋友。
二科生。可愛的闖禍大王。

柴田美月

就讀於二年E班。
今年也和達也同班。
罹患靈子放射光過敏症。
有點少根筋的認真少女。

吉田幹比古

就讀於二年B班。今年起成為一科生。
出自古式魔法的名門。
從小就認識艾莉卡。

光井穗香

就讀於二年A班，深雪的同班同學。
擅長光波振動系魔法。
一旦擅自認定後就頗為一意孤行。

北山 雫

就讀於二年A班，深雪的同班同學。
擅長振動與加速系魔法。
情緒起伏鮮少展露於言表。

里美 昴

就讀於二年D班。
宛如美少年的少女。
個性開朗隨和。

英美・艾米莉雅・格爾迪・明智

就讀於二年B班，
隔代混血兒。
平常被稱為「艾咪」。
名門格爾迪家的子女。

櫻小路紅葉

就讀於二年B班，
昴與艾咪的朋友。
便服是哥德蘿莉風格。
喜歡主題樂園。

森崎 駿

就讀於二年A班，
深雪的同班同學。
擅長高速操作CAD。
身為一科生的自尊強烈。

十三束 鋼

就讀於二年E班。
別名「Range Zero」（射程距離零）。
「魔法格鬥武術」的高手。

七草真由美

畢業生。前任第一高中學生會會長。
現在升學至魔法大學。
擁有令異性著迷的
小惡魔個性。

中条 梓

三年級。繼真由美之後的
學生會會長。
生性膽小，
個性畏首畏尾。

市原鈴音

畢業生。前任學生會會計。
冷靜沉著的智慧型人物。
真由美的左右手。

服部刑部少丞範藏

三年級。前任學生會副會長。
繼克人之後的社團聯盟總長。

渡邊摩利

畢業生。前任風紀委員會委員長。
為真由美的好友，
各方面傾向好戰。

十文字克人

畢業生。前任社團聯盟總長。
現在升學至魔法大學。
達也形容為「如同巨巖般的人物」。

辰巳鋼太郎

畢業生。前任風紀委員。個性豪爽。

澤木 碧

三年級。風紀委員。
對女性化的名字耿耿於懷。

關本 勳

畢業生。前任風紀委員會成員。
論文競賽校內審查第二名。
犯下間諜行為。

五十里 啟

三年級。學生會會計。
魔法理論的成績
為全學年第一。
千代田花音的未婚夫。

桐原武明

三年級。劍術社成員。
關東劍術大賽
國中組冠軍。

千代田花音

三年級。繼摩利之後的
風紀委員長。
五十里啟的未婚妻。

壬生紗耶香

三年級。劍道社成員。
劍道大賽國中女子組
全國亞軍。

七草香澄

今年就讀魔法科高中的「新生」。
是七草真由美的妹妹，
泉美的雙胞胎姊姊。
個性活潑開朗。

七寶琢磨

擔任今年「新生」總代表的學生。
一科生。有力的魔法師家系
「師補十八家」之一
「七寶家」的長子。

七草泉美

今年就讀魔法科高中的「新生」。
是七草真由美的妹妹，
香澄的雙胞胎妹妹。
個性成熟穩重。

隅守賢人

就讀於一年G班的白種人少年。
父母從USNA歸化日本。

櫻井水波

今年就讀魔法科高中的「新生」。
立場是達也與深雪的表妹。
深雪的守護者候選人。

一条將輝

第三高中的二年級學生。
今年也參加九校戰。「十師族」
一条家的下任當家。

吉祥寺真紅郎

第三高中的二年級學生。
今年也參加九校戰。
以「始源喬治」的
別名眾所皆知。

一条剛毅

將輝的父親。
十師族一条家現任當家。

一条美登里

將輝的母親。
個性溫和，廚藝高明。

一条 茜

一条家長女，將輝的妹妹。
今年就讀當地的名門私立中學。
心儀真紅郎。

一条瑠璃

一条家次女，將輝的妹妹。
我行我素，行事可靠。

鳴瀨晴海

雫的表哥。國立魔法大學附設
第四高中的學生。

平河小春

畢業生。在去年以工程師身分
參加九校戰。
主動放棄參加論文競賽。

平河千秋

就讀於二年E班。
敵視達也。

千倉朝子

三年級。九校戰新項目
「堅盾對壘」的女子單人賽選手。

安宿怜美

第一高中的保健醫生。
穩重溫柔的笑容
大受男學生歡迎。

廿樂計夫

第一高中教師。
擅長魔法幾何學。
論文競賽的負責人。

珍妮佛・史密斯

歸化日本的白種人。達也的班級
與魔法工學課程的指導教師。

小野 遙

第一高中的綜合輔導老師。
生性容易被欺負，
卻有不為人知的另一面。

周公瑾

安排大亞聯盟的呂與陳
來到橫濱的俊美青年。
在中華街活動的神祕人物。

鈴

森崎拯救的少女。
全名是「孫美鈴」。
香港國際犯罪組織
「無頭龍」的新領袖。

陳祥山

大亞聯軍
特殊作戰部隊隊長。
為人心狠手辣。

呂剛虎

大亞聯軍
特殊作戰部隊的
王牌魔法師。
別名「食人虎」。

安娜・羅瑟・鹿取

艾莉卡的母親。日德混血兒，
曾是艾莉卡的父親──
千葉家當家的「小妾」。

稻垣

警察省的巡查部長。
千葉壽和的部下。

九重八雲

擅長古式魔法「忍術」。
達也的體術師父。

九島 烈

被譽為世界最強魔法師之一的人物。
眾人尊稱為「宗師」。

九島真言

日本魔法界長老
九島烈的兒子。
九島家現任當家。

九島光宣

真言的兒子。雖是國立魔法大學
附設第二高中的一年級學生，
但因為經常生病幾乎沒上學。
和藤林響子是同母異父的姊弟。

九鬼 鎮

服從九島家的師補十八家之一。
尊稱九島烈為「老師」。

千葉壽和

千葉艾莉卡的大哥，
警察省國家公務員。
乍看之下像是
遊手好閒的人。

千葉修次

千葉艾莉卡的二哥，
摩利的男友。
具備千刃流劍術免許皆傳資格。
別名「千葉的麒麟兒」。

風間玄信

陸軍101旅
獨立魔裝大隊隊長。
階級為少校。

真田繁留

陸軍101旅
獨立魔裝大隊幹部。
階級為上尉。

藤林響子

擔任風間副官的
女性軍官。
階級為少尉。

酒井

國防陸軍總司令部軍官，階級為上校。
被視為反大亞聯盟的強硬派。

七草弘一

真由美的父親，七草家當家。
也是超一流的魔法師。

小和村真紀

實力足以在著名電影獎
入圍最佳女主角的女星。
不只是美貌，演技也得到認同。

佐伯廣海

國防陸軍101旅旅長。
階級為少將。
獨立魔裝大隊隊長
風間玄信的長官。
外貌使她擁有「銀狐」的別名。

柳 連

陸軍101旅
獨立魔裝大隊幹部。
階級為上尉。

山中幸典

陸軍101旅獨立魔裝大隊幹部。
少校軍醫，一級治癒魔法師。

北山 潮

雫的父親。企業界的大人物。
商業假名是北山潮。

北山紅音

雫的母親。
曾以振動系魔法聞名的
A級魔法師。

北山 航

雫的弟弟。小學六年級。
非常仰慕姊姊。
目標是成為魔工技師。

四葉真夜

達也與深雪的姨母。
深夜的雙胞胎妹妹。
四葉家現任當家。

葉山

服侍真夜的高齡管家。

黑羽貢

司波深夜、四葉真夜的表弟。
亞夜子、文彌的父親。

黑羽亞夜子

達也與深雪的從表妹。
和弟弟文彌是雙胞胎。
第四高中的學生。

黑羽文彌

四葉下任當家候選人。
達也與深雪的從表弟。
和姊姊亞夜子是雙胞胎。
第四高中的學生。

司波深夜

達也與深雪的母親。已故。
唯一擅長精神構造干涉魔法的魔法師。

櫻井穗波

深夜的「守護者」。已故。
受到基因操作，強化魔法天分而成的調整體魔法師
「櫻」系列第一代。

司波小百合

達也與深雪的後母。
厭惡兩人。

牛山

FLT的CAD開發第三課主任。
受到達也的信任。

恩斯特・羅瑟

首屈一指的CAD製作公司
羅瑟魔工所日本分公司社長。

琵庫希

魔法科高中擁有的家事輔助機器人。
正式名稱是3H（Humanoid Home Helper：
人型家事輔助機械）P94型。

安潔莉娜・庫都・希爾茲

USNA魔法師部隊「STARS」的總隊長。
階級是少校。暱稱是莉娜。
也是戰略級魔法師「十三使徒」之一。

瓦吉妮雅・巴藍斯

USNA統合參謀總部情報部內部監察局第一副局長。
階級是上校。來到日本支援莉娜。

希兒薇雅・瑪裘利・法斯特

USNA魔法師部隊「STARS」的行星級魔法師。階級是准尉。
暱稱是希兒薇，姓氏來自軍用代號「第一水星」。
在日本執行作戰時，擔任希利鄔斯少校的輔佐。

班哲明・卡諾普斯

USNA魔法師部隊「STARS」第二把交椅。
階級是少校。希利鄔斯少校不在時的
代理總隊長。

米卡艾拉・弘格

USNA派到日本的間諜
（正職是國防總署的魔法研究人員）。
暱稱是米亞。

亞弗列德・佛瑪浩特

USNA魔法師部隊「STARS」的一等星魔法師。
階級是中尉。暱稱是弗列迪。

克蕾雅

獵人Q──沒能成為「STARS」的
魔法師部隊「STARDUST」的女兵。
Q意味著追蹤部隊的第17順位。

查爾斯・沙立文

USNA魔法師部隊「STARS」的衛星級魔法師。
別名「第二魔星」。

瑞琪兒

獵人R──沒能成為「STARS」的
魔法師部隊「STARDUST」的女兵。
R意味著追蹤部隊的第18順位。

雷蒙德・S・克拉克

雫留學的USNA柏克萊某高中的同學。
是名動不動就主動對雫示好的白人少年。
真實身分是「七賢人」之一。

顧傑

「七賢人」之一。別名紀德・黑顧，
大漢軍方術士部隊的倖存者。

Glossary
用語解說

一科生的徽章

司波達也的CAD

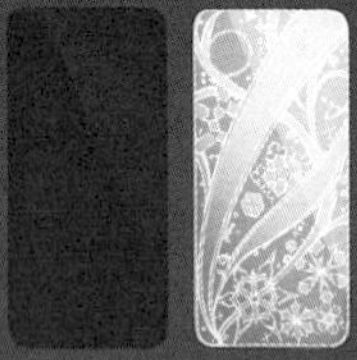

司波深雪的CAD

魔法科高中

國立魔法大學附設高中的通稱，全國總共設立九所學校。
其中的第一至第三高中，每學年招收兩百名學生，
並且分為一科生與二科生。

花冠、雜草

第一高中用來形容一科生與二科生階級差異的隱語。
一科生制服的左胸口繡著以八枚花瓣組成的徽章，
不過二科生制服沒有。

CAD

簡化魔法發動程序的裝置，
內部儲存使用魔法所需的程式。
分成特化型與泛用型，外型也是各有不同。

Four Leaves Technology〔FLT〕

國內一家CAD製造公司。
原本該公司製造的魔法工學零件比成品有名，
但在開發「銀式」之後，
搖身一變成為知名的CAD製造公司。

托拉斯・西爾弗

短短一年就讓特化型CAD的軟體技術進步十年，
而為人所稱頌的天才技師。

Eidos〔個別情報體〕

原為希臘哲學用語。在現代魔法學，個別情報體指的是
「伴隨事物現象而來的情報」，是「事象」曾經存在於
「世界」的記錄，也可以說是「事象」留在「世界」的足跡。
依照現代魔法學的定義，「魔法」就是修改個別情報體，
藉以改寫個別情報體所代表的「事象」的技術。

Idea〔情報體次元〕

原為希臘哲學用語。在現代魔法學，情報體次元指的是「用來記錄個別情報體的平台」。
魔法的原始形態，就是將魔法式輸入這個名為「情報體次元」的平台，
改寫平台裡「個別情報體」的技術。

啟動式

為魔法的設計圖，用來構築魔法的程式。
啟動式的資料檔案，是以壓縮形式儲存在CAD，魔法師輸入想子波展開程式之後，
啟動式會依照資料內容轉換為訊號，並且回傳給魔法師。

想子

位於靈異現象次元的非物質粒子，記錄認知與思考結果的情報元素。
成為現代魔法理論基礎的「個別情報體」，成為現代魔法骨幹的「啟動式」和
「魔法式」技術，都是由想子建構而成。

靈子

位於靈異現象次元的非物質粒子。雖然已經確認其存在，但是形態與功能尚未解析成功。
一般的魔法師，頂多只能「感覺到」活化狀態的靈子。

魔法師

「魔法技能師」的簡稱。能將魔法施展到實用等級的人，統稱為魔法技能師。

魔法式

用來暫時改變伴隨事物現象而來的情報之情報體。由魔法師持有的想子構築而成。

魔法演算領域

構築魔法式的精神領域，也就是魔法資質的主體。該處位於魔法師的潛意識領域，魔法師平常可以意識到魔法演算領域並且使用，卻無法意識到內部的處理過程。對魔法師本人來說，魔法演算領域也堪稱是個黑盒子。

魔法式的輸出程序

❶從CAD接收啟動式，這個步驟稱為「讀取啟動式」。
❷在啟動式加入變數，送入魔法演算領域。
❸依照啟動式與變數構築魔法式。
❹將構築完成的魔法式，傳送到潛意識領域最上層暨意識領域最底層的「基幹」，從意識與潛意識之間的「閘門」輸出到情報體次元。
❺輸出到情報體次元的魔法式，會干涉指定座標的個別情報體進行改寫。

「實用等級」魔法師的標準，是在施展單一系統暨單一工序的魔法時，於半秒內完成這些程序。

魔法的評價基準（魔法力）

構築想子情報體的速度是魔法的處理能力、
構築情報體的規模上限是魔法的容納能力、
魔法式改寫個別情報體的強度是魔法的干涉能力，
這三項能力總稱為魔法力。

始源碼假說

主張「加速、加重、移動、振動、聚合、發散、吸收、釋放」四大系統八大種類的魔法，各自擁有正向與負向共計十六種基礎魔法式，以這十六種魔法式搭配組合，就能構築所有系統魔法的理論。

系統魔法

歸類為四大系統八大種類的魔法。

系統外魔法

並非操作物質現象，而是操作精神現象的魔法統稱。
從使喚靈異存在的神靈魔法、精靈魔法，或是讀心、靈魂出竅、意識操控等，包括的種類琳琅滿目。

十師族

日本最強的魔法師集團。一条、一之倉、一色、二木、二階堂、二瓶、三矢、三日月、四葉、五輪、五頭、五味、六塚、六角、六鄉、六本木、七草、七寶、七夕、七瀨、八代、八朔、八幡、九島、九鬼、九頭見、十文字、十山共二十八個家系，每四年召開一次「十師族甄選會議」，選出的十個家系就稱為「十師族」。

含數家系

如同「十師族」的姓氏有一到十的數字，「百家」之中的主流家系姓氏也有十一以上的數字，例如「『千』代田」、「『五十』里」、「『千』葉」家。
數字大小不代表實力強弱，但姓氏有數字就代表血統純正，可以作為推測魔法師實力的依據之一。

失數家系

亦被簡稱「失數」，是「數字」遭受剝奪的魔法師族群。
昔日魔法師被視為兵器暨實驗樣本的時候，評定為「成功案例」得到數字姓氏的魔法師，要是沒有立下「成功案例」應有的成績，就得接受這樣的烙印。

各式各樣的魔法

● 悲嘆冥河
凍結精神的系統外魔法。凍結的精神無法命令肉體死亡，
中了這個魔法的對象，肉體將會隨著精神的「靜止」而停止、僵硬。
依照觀測，精神與肉體的相互作用，也可能導致部分肉體結晶化。

● 地鳴
以獨立情報體「精靈」為媒介振動地面的古式魔法。

● 術式解散
把建構魔法的魔法式，分解為構造無意義的想子粒子群的魔法。
魔法式作用於伴隨事象而來的情報體，基於這種性質，魔法式的情報結構一定會曝光，無法防止外力進行干涉。

● 術式解體
將想子粒子群壓縮成塊，不經由情報體次元直接射向目標物引爆，摧毀目標物的啟動式或魔法式這種紀錄魔法的想子情報體，屬於無系統魔法。
即使歸類為魔法，但只是一種想子砲彈，結構不包含改變事象的魔法式，因此不受情報強化或領域干涉的影響。此外，砲彈本身的壓力也足以反彈演算干擾的影響。由於完全沒有物理作用力，任何障礙物都無法防堵。

● 地雷原
泥土、岩石、砂子、水泥，不拘任何材質，
總之只要是具備「地面」概念的固體，就能施以強力振動的魔法。

● 地裂
由獨立情報體「精靈」為媒介，以線形壓潰地面，
使地面乍看之下彷彿裂開的魔法。

● 乾冰雹暴
聚集空氣中的二氧化碳製作成乾冰粒，
將凍結過程剩餘的熱能轉換為動能，高速射出乾冰粒的魔法。

● 迅襲雷蛇
在「乾冰雹暴」製造乾冰顆粒時，凝結乾冰氣化產生的水蒸氣，
溶入二氧化碳氣體使其形成高導電霧，再以振動系與釋放系魔法產生摩擦靜電。以溶入碳酸的水霧或水滴為導線，朝對方施展電擊的組合魔法。

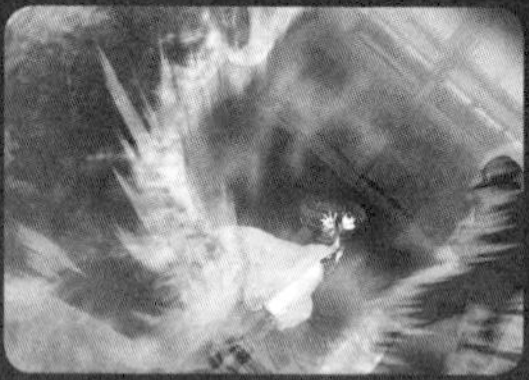

● 冰霧神域
振動減速系廣域魔法。冷卻大容積的空氣並操縱其移動，
造成廣範圍的凍結效果。
簡單來說，就像是製造超大冰箱一樣。
發動時產生的白霧，是在空中凍結的冰或乾冰。
但要是提升層級，有時也會混入凝結為液態氮的霧。

● 爆裂
將目標物內部液體氣化的發散系魔法。
如果是生物就是體液氣化導致身體破裂，
如果是以內燃機為動力的機械就是燃料氣化爆炸。
燃料電池也不例外。即使沒有搭載可燃的燃料，無論是電池液、油壓液、冷卻液或潤滑液，世間沒有機械不搭載任何液體，因此只要「爆裂」發動，幾乎所有機械都會毀損而停止運作。

● 亂髮
不是指定角度改變風向，而是為了造成「絆腳」的含糊結果操作氣流，以極接近地面的氣流促使草葉纏住對方雙腳的古式魔法。只能在草長得夠高的原野使用。

魔法劍

使用魔法的戰鬥方式，除了以魔法本身為武器作戰，還有以魔法強化、操作武器的技術。
以魔法配合槍、弓箭等射擊武器的術式為主流，不過在日本，劍技與魔法組合而成的「劍術」也很發達。
現代魔法與古式魔法兩種領域，都開發出堪稱「魔法劍」的專用魔法。

1.高頻刀

高速振動刀身，接觸物體時傳導超越分子結合力的振動，將固體局部液化之後斬斷的魔法。和防止刀身自我毀壞的術式配套使用。

2.壓斬

使劍尖朝揮砍方向的水平兩側產生排斥力，將劍刃接觸的物體像是左右推壓般割斷的魔法。排斥力場細得未滿一公釐，強度卻足以影響光波，因此從正面看劍尖是一條黑線。

3.童子斬

被視為源氏祕劍而相傳至今的古式魔法。遙控兩把刀再加上手上的刀，以三把刀包圍對手並同時砍下的魔法劍技。以同音的「童子斬」隱藏原本「同時斬」的意義。

4.斬鐵

千葉一門的祕劍。不是將刀視為鋼塊或鐵塊，而是定義為「刀」這種單一概念，依循魔法式所設定的刀路而動的移動系統魔法。被定義為單一概念的「刀」如同單分子結晶之刃，不會折斷、彎曲或缺角，將會沿著刀路劈開所有物體。

5.迅雷斬鐵

以專用武裝演算裝置「雷丸」施展的「斬鐵」進化型。將刀與劍士定義為單一集合概念，因此從接觸敵人到出招的一連串動作，都能毫無誤差地高速執行。

6.山怒濤

以全長一八〇公分的大型專用武器「大蛇丸」所施展的千葉一門的祕劍。將己身與刀的慣性減低到極限並高速接近對手，在交鋒瞬間將至今消除的慣性疊加，提升刀身慣性後砍向對方。這股偽造的慣性質量和助跑距離成正比，最高可達十噸。

7.薄翼蜻蜓

將奈米碳管編織為厚度十億分之五公尺的極致薄膜，再以硬化魔法固定為全平面而化為刀刃的魔法。薄翼蜻蜓製成的刀身比任何刀劍或剃刀都要銳利，但術式不支援揮刀動作，因此術士必須具備足夠的刀劍造詣與臂力。

戰略級魔法師——十三使徒

現代魔法是在高度科技之中培育而成，因此能開發強力軍事魔法的國家有限，導致只有少數國家能開發匹敵大規模破壞兵器的戰略級魔法。

不過，開發成功的魔法會提供給同盟國，高度適合使用戰略級魔法的同盟國魔法師，也可能被認證為戰略級魔法師。

在2095年4月，各國認定適合使用戰略級魔法，並且對外公開身分的魔法師共十三名。他們被稱為「十三使徒」，公認是世界軍事平衡的重要因素。

十三使徒的國籍、姓名與戰略級魔法名稱如下所述：

USNA

安吉．希利鄔斯：「重金屬爆散」
艾里歐特．米勒：「利維坦」
羅蘭．巴特：「利維坦」
※其中只有安吉．希利鄔斯任職於STARS。艾里歐特．米勒位於阿拉斯加基地，羅蘭．巴特位於國外的直布羅陀基地，兩人基本上不會出動。

新蘇維埃聯邦

伊果．安德烈維齊．貝佐布拉佐夫：
「水霧炸彈」
列昂尼德．肯德拉切科：
「大地紅軍」
※肯德拉切科年事已高，基本上不會離開黑海基地。

大亞細亞聯盟

劉雲德：「霹靂塔」
※劉雲德已於2095年10月31日的對日戰鬥中戰死。

印度、波斯聯邦

巴拉特．錢德勒．坎恩：
「神焰沉爆」

日本

五輪 澪：「深淵」

巴西

米吉爾．迪亞斯：「同步線性融合」
※魔法式為USNA提供。

英國

威廉．馬克羅德：「臭氧循環」

德國

卡拉．施米特：「臭氧循環」
※臭氧循環的原型，是分裂前的歐盟因應臭氧層破洞而共同研發的魔法。後來由英國完成，依照協定向前歐盟各國公開魔法式。

土耳其

阿里．夏亨：「巴哈姆特」
※魔法式為USNA與日本所共同開發完成，由日本主導提供。

泰國

梭姆．查伊．班納克：「神焰沉爆」
※魔法式為印度、波斯聯邦提供。

The International Situation
2096年現在的世界情勢

以全球寒冷化為直接契機的第三次世界大戰──二十年世界連續戰爭大幅改寫了世界地圖。世界現狀如下所述：

USA合併加拿大以及墨西哥到巴拿馬等各國，組成北美利堅大陸合眾國（USNA）。

俄羅斯再度吸收烏克蘭與白俄羅斯，組成新蘇維埃聯邦（新蘇聯）。

中國征服緬甸北部、越南北部、寮國北部以及朝鮮半島，組成大亞細亞聯盟（大亞聯盟）。

印度與伊朗併吞中亞各國（土庫曼、烏茲別克、塔吉克、阿富汗）以及南亞各國（巴基斯坦、尼泊爾、不丹、孟加拉、斯里蘭卡），組成印度、波斯聯邦。

亞洲阿拉伯其餘國家，分區締結軍事同盟，對抗新蘇聯、大亞聯盟以及印度、波斯聯邦三大國。

澳洲選擇實質鎖國。

歐洲整合失敗，以德國與法國為界分裂為東西兩側。東歐與西歐也沒能各自整合為單一國家，團結力甚至不如戰前。

非洲各國半數完全消滅，倖存的國家也只能勉強維持都市周邊的統治權。

南美除了巴西，都處於地方政府各自為政的小國分立狀態。

The irregular at magic high school

九校戰

參賽人數

※「舊規定」與「舊項目」請參照第三、第四集。

正規賽男女各十二名，新人賽男女各九名。

■冰柱攻防	三名（單人一名、雙人二名），新人賽只有雙人賽。
■操舵射擊	三名（單人一名、雙人二名），新人賽只有雙人賽。
■堅盾對壘	三名（單人一名、雙人二名），新人賽只有雙人賽。
■幻境摘星	三名（個人賽）。
■祕碑解碼	三名（團體賽）。
■越野障礙賽跑	二年級以上的選手皆可參賽。

※至今規定每人可以報名兩項競賽，
但今年限制只能報名越野障礙賽跑加上另外五項競賽之一。

競賽方法

■冰柱攻防 ■堅盾對壘	單雙打皆為一組三隊進行循環預賽， 各組第一名共三隊進行循環決賽。
■操舵射擊	比較各選手與各支隊伍成績的計時賽。只能挑戰一次。可預先練習航行一次。
■幻境摘星	以兩座會場進行六場預賽，每場預賽分成五人一組或四人一組（以抽籤決定）。 各組第一名共六人進行決賽。十五分鐘一節共三節比賽。每節中間休息五分鐘。每場比賽一小時。預賽開始時間為8:00、9:30、11:00，決賽時間19:00。
■祕碑解碼	採用單循環賽制度。每場比賽時間限制一小時，兩隊平手就都算戰敗。 比賽開始時間為9:00、10:30、13:00、14:30、16:00。
■越野障礙賽跑	男女分開舉行，各校十二人共一〇八人同時比賽。

競賽配分

■冰柱攻防 ■堅盾對壘 ■操舵射擊	單人：第一名50分、第二名30分、第三名20分。 雙人：第一名60分、第二名40分、第三名20分。
■幻境摘星	第一名50分、第二名30分、第三名20分、第四名10分。
■祕碑解碼	第一名100分、第二名60分、第三名40分。
■越野障礙賽跑	第一名50分、第二名30分、第三名20分、第四到第六名各5分， 第七名以下的選手，只要在一小時內抵達終點一律1分。

Event
「九校戰」新競賽項目

操舵射擊

在小船上，一邊破壞設置在水道的標靶，一邊朝終點航行的計時賽。雙人賽是一人駕船、一人打靶，單人賽則是一個人包辦。賽道沿用衝浪競速的水道。標靶設置在水道兩側與上方，水面也有模型船標靶四處航行。

並非複數選手（搭檔）同時競賽，而是各人（各組）輪流上場的標準計時賽。

為了消除比賽順序的優劣要素，第一圈是航行練習，第二圈才正式計時。

抵達終點的時間扣除標靶打擊數換算所得的時間，總時間最短的隊伍獲勝。

堅盾對壘

選手將盾牌握在手上或裝在手臂上，攻擊對方的盾牌。盾牌裝備位置限肩膀以下。

先讓對方選手失去資格的一方獲勝，雙人賽則是先讓對方兩人失去資格的一方獲勝。

失去資格的條件是盾牌損毀、選手摔出界外或是犯規。盾牌必須是單片構造，但是准許安裝一至兩個握把。

盾的形狀沒有限制，也可以有弧度，但是弧度不准反向。可使用半球狀的曲面，不過禁止波浪狀。

盾牌面積規定男子組至少0.5平方公尺、女子組至少0.3平方公尺，重量與厚度不限。材質只要是木材就好，沒有其他限制。但是禁止灌入樹脂之類的物質補強。不灌入補強物質的壓縮設計可以使用，也可以使用魔法強化。盾牌失去三成以上的總面積就認定毀損。

越野障礙賽跑

在山林賽道設置障礙物的越野賽跑。使用二〇四〇年代開始建設的富士東演習場人工森林作為賽道。

障礙物包括岩壁、地洞、泥沼等古典關卡，以及自動射擊裝置、網彈發射裝置、國防軍魔法師設計的障礙機關等，該競賽項目特有的障礙一應俱全。

競賽場地是四平方公里的區域，區域內部各處都可通行。起點與終點也一樣，從橫向四公里長的起點線任何一點，抵達另一側終點線的任何一點都算成功。選手身上安裝的發訊機，和利用對流層平台的廣域定位系統（WPS:Wide area Positioning System）連結，裁判追蹤訊號掌握各選手的位置。

選手出界就失去資格，跳到比樹還高的高度也算是犯規失去資格。

樹木之間架設多數的網子，要是為了閃躲障礙物貿然往上跳，就會撞到網子而受創，或是被網子纏住而浪費時間。

配分方式是男女分開計算，第一名50分、第二名30分、第三名20分、第四到第六名各5分，其他選手只要在一小時內抵達終點一律1分。各校的所有選手（男女各十二人）都可以報名這項競賽。換句話說，最多可以男女各獲得121分，成為比祕碑解碼更有機會反敗為勝的最終競賽項目。

從二〇九六年九校戰採用的這項競賽尚未確立攻略戰術，但各校分成「團結一致排除障礙物」以及「單人或雙人行動，分散遭遇高難度障礙物的風險」兩派。

規則變更：幻境摘星

飛行魔法每次不得連續使用超過一分鐘。基於義務必須在一分鐘之內著地。

設立在全國各處的十所魔法師開發研究所，各自擁有不同的研究主題。

例如最初設立的第一研，他們的研究主題是為了讓魔法作為最有效率的武器來使用，使直接干涉生物體的魔法進入實用階段。

第四研則試圖利用精神干涉魔法，對「魔法」這種特異能力的源泉，也就是魔法師潛意識領域的魔法演算領域本身進行強化。

第七研著重於開發集團戰鬥用的魔法，其成果即是群體控制魔法。

至於設立在奈良，延攬了許多古式魔法師加入的第九研，他們的研究主題是將古式魔法融入現代魔法。

加入第九研的古式魔法師，期待以科學改良自己繼承的「古老」魔法，促使更強的新魔法誕生。但第九研的目的，始終只是擷取古式魔法要素來開發強力的「現代魔法」，打造出「可當成兵器」的優秀魔法師。

古式魔法師最後只落得受人利用、祕術被竊取的下場，他們不可能會接受這種結果。他們會對第九研出身，姓氏有「九」的魔法師抱持敵意，也可以說是在所難免。

這樣的對立，依然根深柢固地殘存到西元二〇九六年的現在。

◇◇◇

西元二〇九六年六月二十五日，星期一。日本魔法界的長老，擁有國防陸軍退役少將頭銜的九島烈，和他的長子暨九島家現任當家九島真言，一起造訪前魔法師開發第九研究所。

第九研是國立研究所，在第三次世界大戰結束不久後就關閉了，但至今依然維持研究所的功能。如今這裡是九島家、九鬼家、九頭見家共同出資的「民間」研究所，研究的是現今成果比不上作用系魔法的知覺系統魔法——對外是如此。

但這只是表面上的形態。這裡確實有在研究知覺系魔法，卻不是現在著重的主題。

研究所深處——在烈與真言被帶來的大房間裡，整齊排列著許多和人類一樣大的人偶。四排四列，合計總共有十六具。背靠著細長柱子，被固定在柱上的這些人偶，是女性型機器人「女機人」。

如果這裡是3H——人型家事輔助機械的開發研究室，這應該就不是什麼稀奇的光景了吧。為了其他用途（例如軍事）而開發人型機械的研究設施，也可能出現這種光景。

但女機人並不適合出現在魔法研究所當中——從至今的常識來看是如此。

「進度如何？」

真言問完，帶路的研究主任便露出得意洋洋的表情。

「寄生物培養得很順利，附著在女機人身上的成功率，也已經提升到百分之六十了。如您所見，寄生人偶已試做到第十六具。」

「也就是說，已經達到當初預定的數量了，是吧？」

「是的。」

回答的研究員所展現的這種態度，原本會令人感到他是在得意忘形，但真言與烈都不在意。他的團隊確實立下了足以為其感到自豪的成果。

研究主任或許是敏銳察覺到了兩人的容忍態度，講起話更加滔滔不絕。

「培養的寄生物基於忠誠術式的效果，目前在寄生人偶裡是處於完全休眠狀態，當初抵抗術式的現象也觀測不到了。忠誠術式是寄生人偶實用化面臨的最大課題，這部分也可以說是解決了吧。只要您一聲下令，隨時都可以進行性能測試。」

主任透露期待心情的這番話超乎真言預料。他原本認為還需要一段時間才能進行實戰的性能測試，所以腦中並沒有有預先設想到這個階段。

「現在要進入實戰測試還太早了吧？就算安裝了忠誠術式，測試次數還是不足以容許它們採取自律行動。」

回應研究員這個提議的不是真言，而是烈。

「也還不知道它們能在實驗室外部穩定使用妖力到什麼地步。」

「所以才需要為此做測試……」

烈揮手制止無法接受而不肯退讓的研究主任。

「你知道每年八月會舉行魔法科高中的校際對抗賽吧？今年將採用『越野障礙賽跑』這個競賽項目。這是必須克服物理障礙物與魔法阻礙，來抵達終點的長程障礙賽跑。」

主任立刻理解了烈的真正用意。

「您要將寄生人偶當成障礙物使用對吧？」

「因為國防軍應該也沒有足夠人手可以投入高中生的競賽。要是使用寄生人偶，即使被學生反擊，也不會有軍方魔法師受傷的情況發生。而且，只要以忠誠術式限制妖力輸出強度，也不用擔心學生受重傷。這對於離開實驗室之後的首次運用測驗來說，是個相當好的機會。」

「可是前任當家，營運委員會肯答應嗎？要是實驗內容外洩，不曉得社會大眾會有何反應。考量到這一點，我認為他們應該不會點頭。」

沒有被告知烈有何計畫的真言以九校戰營運委員為藉口，表達自己擔憂社會大眾會對於把高中生當作白老鼠一事做何反應。但是烈仍不改其堅定意志。

「不，營運委員會他們會點頭。早在挑選今年競賽項目的階段，營運委員會就已經屈服，並接受國防軍介入。如今的他們早已沒有骨氣駁回我們的要求。」

只不過，烈沒有提到情報外洩時將如何應對。很明顯他並不想自行負起這個責任。

而且烈與真言都沒有提到，萬一寄生人偶掙脫限制，進而危害到魔法科高中生的時候，該如何處理。

烈將寄生人偶運用試驗的相關細節交由兒子處理，獨自回到位於生駒的九島主屋。烈一返家就前往真言的么子——光宣的房間。

九島光宣今年滿十六歲，就讀國立魔法大學附設第二高中的一年級。原本他在這時間應該還在學校，但他今天請病假——不對，應該說今天「也」請病假。

「光宣，是我。」

烈在敲門的同時這麼說，接著在室內傳出有些慌張的氣息之後，房門便打開了。白皙文弱的少年從門後露面。雖然五官柔美細緻，但應該不可能被誤認為女生。如果可以這樣形容，那麼九島光宣就是「典型的美少年」。

「爺爺，恕我失禮只穿這樣。」

少年以符合他容貌的清澈高亢聲線，向爺爺道歉。

「不用在意這種事。比起那個，你不躺著沒關係嗎？」

烈對這個穿著睡衣的孫子所說出的這番話，並非客套話。烈臉上刻著的擔憂表情，顯現出他是由衷關心孫子的身體狀況。

光宣原本打算以笑容回應爺爺的愛。

「不要緊，已經退燒——」

但他才正要說出「退燒了」就劇烈咳嗽，沒能達成這小小的目標。自己的身體背叛了自己「不想害爺爺擔心」的想法，這對他來說是家常便飯。光宣現在能做的，就是不讓尊敬的爺爺看見他的淚水。

「光宣，躺著吧。」

烈溫柔撫摸咳嗽孫子的背，在光宣症狀緩解的時候如此催促。

「爺爺……是。」

光宣本想逞強，但還是打消了念頭。知道自己的身體多差的他甚至無法虛張聲勢。結果，乖乖回到床上才是最不會讓爺爺擔心的做法。聰明的他明白這一點。

孫子自行將被子拉到脖子下方蓋好，烈則是搬了張椅子坐下，像是吩咐般以沉穩的聲音向光宣說話。

「光宣，就算缺席天數多了點，你也沒有必要著急。」

這是安慰，但不是一時的安撫。

「你的魔法力在年齡相仿的孩子之中首屈一指。即使和參加九校戰的魔法科高中生相比，也幾乎沒有學生能夠與你匹敵。」

而且也不是偏袒自家人。光宣擁有不負九島烈孫子之名的魔法力。

「謝謝爺爺。」

光宣大概是知道爺爺是由衷認同他的天分吧，覆蓋在他臉上的憂慮消失了。烈這番話成功激勵了孫子。

不過，這番話同時也有點輕率。

「九校戰啊……好想參加看看。」

光宣不是憐憫自己，而是懷抱著憧憬如此低語。這句話重重打在烈的心上。

「光宣……」

如果只看魔法力，光宣應該百分之百會獲選為九校戰代表吧。但前提是能夠上場競賽。光宣一年有四分之一的日子在病床上度過，即使他獲選為第二高中代表，考量到會因為缺席造成團隊困擾，還是只能婉拒。

「爺爺，請別露出這樣的表情。測試實力的舞台並不是只有九校戰。」

「也對，你頭腦也很好，無論是魔法師或魔工師，今後你能活躍的機會比比皆是。」

孫子在床上露出笑容，看見此幕的烈努力藏起湧上心頭的痛，朝他微笑。

其實光宣想參加九校戰，想在大家看得見的地方進行發揮與生俱來的才華。烈非常明白這一點，同時也明白孫子覺得這種機會不會來臨。

若身體健康，就沒有必要放棄的未來。

若是無能，就不可能懷抱的希望。

光宣的豐富才華反而折磨著他。烈覺得這樣非常不合理。

而且帶來這種不合理結果的，不是神或惡魔這種看不到的存在。

——害得孫子得背負這種淒慘命運的就是我兒子。

——而沒能阻止他的正是我自己。

自責的念頭一點一滴地侵蝕烈的內心。

「話說回來，響子表姊今天也有來探望我。表姊說她也想見爺爺一面。」

「這樣啊。光宣，她有來探望你真是太好了。」

「是的。」

在烈的孫子們之中，光宣與藤林響子的感情特別好。述說響子造訪的光宣，看起來真的很開心的樣子。

孫子終於露出真正的笑容，但烈反而更加可憐他，難以繼續留在房內。烈在觸摸孫子額頭確認沒有發高燒之後，站起了身子。

「光宣，休息一下吧。那麼一來燒應該也會退。」

「我明白了。」

孫子懂事地回話，烈好不容易才露出笑容回應他，然後便離開了光宣的房間。

烈在自己的書房，深深坐在愛用的扶手椅上。柔軟的皮坐墊使他陷入了會無止盡下沉的錯覺當中。烈覺得坐鎮在櫃子上的雅馬邑酒瓶似乎在向他招手。他起身前進一步，接著又再度坐回椅子上。因為他覺得自己現在不被容許以酒精來逃避。

烈自問：為什麼會變成這樣？然後對此感到滑稽。這應該不是什麼稀奇的事。明明發生在別人身上總是以無能為力帶過，但發生在自家人身上就煩惱到愁眉不展，這叫作自私……烈原本打算如此解釋。但是再怎麼嘲弄、斥責自己，這份苦惱也不可能消失。烈也理解這一點。

光宣之所以會體弱多病，其理由是基因操作的副產物。他是調整體魔法師——強化魔法因子的基因改造人。

真言會對親生兒子進行基因操作這種暴行，是因為他對父親——也就是對烈抱持著自卑感所致。真言從小就一直對於魔力遠不及烈這件事感到自卑。他也對於自己孩子們的天分只有稍微勝於他，在十師族中也只是平凡等級一事感到失望。

客觀來看，真言與他的孩子們都具備著十分強大的魔法力，只是找錯比較的對象罷了。烈成功接受生存機率百分之十的後天強化措施，而真言沒有冒這種風險也展現了充分的能力，兩者的差異僅止於此。烈反覆對自己的繼承人這麼說，但他沒能說服真言接受這種說法。

真言內心的失望轉變成對力量的執著時，瘋狂便住進了他的體內。既然無法「自然」得到具備強大魔法力的後代，那麼親手以人工方式製作就好。這種妄念囚禁了他的心。

將以人工授精與人工子宮技術進行有計畫的交配所組合而成的九島基因進一步改良，進而創造出最強的魔法師。以這種方式製作出來的就是光宣。表面上，光宣是真言以人工授精的方式，將己身精子和真言妻子的卵子結合為受精卵而誕生，然而實際上並非這麼「正經」。

光宣在基因層面的父親是九島真言。

基因層面的母親，是真言嫁到藤林家的小妹。

換言之，光宣和響子是同母異父的姊弟——是親兄妹生下的孩子。

但他並非是亂倫所生下的孩子。真言沒有和妹妹進行性行為，始終只是提供了精子與卵子而已。即使如此，光宣也無疑是有血緣關係的兄妹所生下的孩子。

沒有人知道光宣的體質究竟是基因調整的疏失，還是「血緣」過濃造成的影響。不過這種特殊的身世肯定詛咒了光宣。

從強化魔法力的觀點來看，調整是成功的。

在現今所知的魔法師之中，光宣擁有最高等級的素質。他的魔法力足以匹敵司波深雪與安潔莉娜．希利鄔斯兩人。

但光宣因為體質極度容易生病而無法持續發揮這份魔法力。他並非五輪澪那種虛弱體質，所以沒有生病的時候可以隨心所欲地施展魔法。但他動不動就臥病在床，使得以魔法師身分活躍的機會大幅受限。

這個么孫不只是無法以獨當一面的魔法師身分活下去，他身為調整體魔法師——以生體兵器的身分誕生，卻連這份職責都無法勝任。施加在光宣身上的詛咒，是現代魔法開發走上歧途，想將魔法師打造為兵器所造成的。這是烈苦惱了十幾年之後所做出的結論。

——必須要阻止這個社會將魔法師作為兵器使用。

——絕對不能再讓更多像光宣這樣的孩子誕生在世上。

烈不曉得是第幾百次、第幾千次下定了這個決心。

【1】

六月最後一週。即使是期末考將近的放學後，國立魔法大學附設第一高中的學生會室裡依然交相響起敲鍵聲與電子聲，以及不時有人輕聲詢問、回答、報告或討論的說話聲。

下午最後一堂課結束約一小時後。經過這段不算長的時間，達也起身站在梓的面前。

「會長，自治委員會與風紀委員會的報告跟提案，我已經全部整理好放在等待裁示的資料夾了，請在明天以前確認完畢。」

「我知道了……那個……司波學弟真的可以幫我全部處理完沒關係。」

「我可不能這麼做。」

不知道是信賴他的實力，還是純粹只是嫌麻煩，梓這番想把事情全部推給達也去做的話語，只換來達也冷漠的搖頭回應。

「那麼，恕我告辭。」

「辛苦了。」

距離學校關門還有一段時間，其他幹部全都繼續工作，沒有半點想起身的徵兆。但梓理所當然般地接受了達也的「逃離宣言」，出言慰勞。

其實達也的「早退」是梓的指示——應該說是懇求。

現在的學生會幹部有會長、兩名副會長、會計、兩名書記，合計共六人，比去年同時期多一人。光是以這樣的人數來計算，每個人負責的工作量就能變少，但在達也加入之後，事態就「過度」好轉了。

簡單來說，就是達也的處理能力太強了。

學校在「運作層面」上的必要工作，有很多都是委任給學生會處理。會這麼做的不只是魔法科高中，這是現在二十一世紀末的普遍風潮。

但是，並非連影響學校「經營層面」的重要案件，也統統都交給學生處理。像去年四月發生的「Blanche事件」那樣演變成天大騷動的狀況真的很罕見。學生會業務幾乎都是簡單的裁決、頗費工夫的調整，以及真的很費工夫的行政工作。

然而要是達也徹底發揮處理能力，他一個人就可以輕鬆解決裁決業務與行政工作。這代表其他幹部會因此無事可做，失去累積經驗的機會。

學生會幹部的任期最長也只有兩年半，要是達也將一切處理妥當的話，低年級會學不到如何工作，同年級會忘記如何工作，高年級也會搞不懂目前的程序。而且一旦達也請長假，學生會的工作就無法消化，進而拖累學校的運作。

這真的是不怕一萬，只怕萬一的風險。但光是存在著發生這種事的可能性，就是非常不妙的狀況了。學生會長梓與會計五十里在經過整個四月之後，做出了這個結論。但就算這麼說，兩人（尤其是梓）也沒有膽量請達也「放水」，才會採用「鼓勵早退」這種苦肉計。

這樣也正合達也的意。達也原本就打算將高中生活放學後的時間用來自我鍛鍊，或是閱覽只對包含魔法科高中等魔法大學相關設施公開的文獻。其實他並不想要風紀委員或學生會幹部的地位（和伴隨而來的義務）。要是能獲准早點結束工作離開，他也不愁沒有地方消耗多餘時間。

「深雪。」

「是，我會等哥哥回來。」

兩人的這種互動次數之多，已經到了無須達也說出「晚點來接妳」這句話的地步。

達也離開學生會室的時候，身為書記的穗香依依不捨地目送他的背影。

達也離開學生會室的時候，同樣是書記的泉美瞞著深雪，悄悄以「這個懶惰鬼」的冰冷視線瞪向他。

◇　◇　◇

這個時間才參加社團活動有點晚，因此更衣室裡空無一人。達也在這裡換上野外演習服，將收納制服的包包放進自己教室的置物櫃，然後前往學校後方的演習森林。

這座人工森林不只是用來進行魔法訓練，為了滿足將來想當軍人、警察或急救隊員的學生需求，樹林的密度與起伏都經過詳細計算，也布設了水池、沙地、水道跟跑道，還設置各種器具與機械，成為強化體能的訓練場。因此將這裡當成活動據點的不只是魔法競技型的社團。這個場地也會分配時間給完全不靠魔法的野外活動社團利用。

達也正要造訪的，也是這種非魔法競賽型社團之一。

「嗨，達也。」

他還沒有打招呼，好友就先對他搭話。

「達也哥哥。」

提著大水壺的水波或許是聽到聲音而察覺到達也的到來，朝他鞠躬致意。

「雷歐，打擾了。看來水波也很努力呢。」

達也舉手回應雷歐，然後向水波搭話。

「話說回來，縣社長在哪裡？」

他開口詢問負責人的去向。

「在這裡。」

當事人自行回答了這個問題。他不是從為了提供練跑而鋪設的林間跑道過來，而是從長滿雜草的茂密樹林現身。這個人是雷歐所屬的山岳社的社長——縣謙四郎。

達也從躺在地上呻吟的一、二年級男社員們之間鑽過，來到縣的面前行禮。

「社長，今天也請多關照。」

「嗯，放輕鬆吧。方便的話，就稍微幫忙訓練這群一年級吧。」

這番話使得化為行屍走肉的社員有一半嚇得身體顫了一下，卻沒有人能夠起身逃離。

「這個嘛，如果可以先等我跑一圈的話，我很樂意。」

「先跑一圈啊，真從容……相較之下，你們這些人……」

縣聽完達也的回答後愉快一笑，然後無情地環視依然爬不起來的社員們。

「只是在森林跑個十公里而已就累成這樣，你們太沒用了！給我看看西城，他不是還活蹦亂跳的嗎？」

「……請不要把我們和雷歐相提並論。」

好不容易才能如此回應的是一名二年級社員。雖然他已經回復到勉強說得出話，但似乎還無法起身。

「不准說喪氣話，三年級可是已經在多跑一圈了。好啦，你們要躺到什麼時候？你們可還沒有死喔！」

各處響起有氣無力的笑聲，二年級社員接連擠出力氣起身。看來他們再怎麼樣都不想被當成不過，站起來的就只有二年級，一年級社員甚至沒有餘力逞強。

「真拿你們沒辦法……櫻井！」

「有。」至今靜靜地在一旁待命的水波，聽到縣叫她就出聲回應，接著便拿起剛才暫時放在腳邊的水壺，小跑步前往離她最近的同年級學生。

「動手。」

「是。」

水波依照縣的指示，倒出手上水壺裡的東西。

「好……好燙！」

被水壺倒出的液體淋在臉上的一年級學生，用翻滾的方式離開水波的腳邊後站起身子，然後又因為踩不穩而離得更遠。

「是開水嗎……？」

達也不禁輕聲發問，來到他身旁的雷歐則笑著搖頭。

「不是，頂多四十五六度，只澆那點水不會燙傷。」

坐在樹蔭的女社員們也只是笑了出來，看起來沒有表達任何擔心。雖然確實是不會造成嚴重後果，但達也還是認為這種做法很粗暴。

「在上一個世紀，據說在比賽時倒地的橄欖球員，都是利用水壺澆水來激發鬥志。」

聆聽達也與雷歐對話的縣說起這種小知識。

「不是澆冷水而是熱水，這是縣社長的點子嗎？」

「因為在這個季節澆冷水的話，有些人只會舒服到直接睡著而已。」

達也問完，縣就說出了這樣的內幕。而水波則在他們的注視之下，接連對同年級的男學生進行熱水洗禮。

數條繩索橫越水池上方，繩上還掛著細長的圓木條。達也抓著木條在空中平順前進，同樣面不改色的雷歐在他身旁向他詢問：

「我說達也，櫻井為什麼會加入我們這個社團？」

「到現在才問這個？」

「不，我早就在意這件事了……」

如雷歐所說，水波是山岳社的正式社員，相對的，達也是只來借用場地的外人──雖然是題外話，但達也為了參加山岳社的社團活動，以答應幫社員們調校ＣＡＤ當成參加社團活動的交換條件，社團的同年級學生都稱他是「榮譽社員」。

言歸正傳。

「以櫻井的魔法力來說，應該有很多社團都想拉她加入吧？」

雷歐說的是事實，且他會有如此疑問也是理所當然。水波的魔法力在四月的「恆星爐實驗」後便為全校所知；社團招生週時，也因為入學成績名列前茅而成為各個社團的目標。在正常狀況下，她應該早就加入了魔法競技系的社團才對。

「因為她之前說過想鍛鍊身體。」

達也對於這個問題的回答當中有一半是真相。他在對岸著地之後，踩著各自有著些微間隔的狹小踏腳石前進。他以如同是在平坦操場跑道奔跑，那種沒有緊張感的語氣回答。

「但我覺得一年級女生有那種體能就已經足夠了。」

雷歐的指摘相當中肯。而且水波原本就在四葉本家被培育為戰鬥用的魔法師，身體能力不可能不高。

不過說到足夠，她的魔法力以高中生等級來說已經是極度充足了，這部分更沒有必要藉由社團活動來鍛鍊。

「水波應該也有自己的想法吧。」

水波不只參加山岳社，還同時參加料理社。她參加社團活動的第一個動機是消磨時間，是要配合學生會幹部的達也他們（講得更正確一點，是配合自己的主人深雪）一起回家。至於另一半的理由，連達也都不敢說出口。

◇ ◇ ◇

對於重視實技的魔法科高中來說，九校戰——全國魔法科高中親善魔法競技大會，是極度重要的年度活動。不只是對於校方，對於學生也一樣。因為九校戰成績也會直接影響出路，而且這絕對不算是稀奇的事。既然這樣，他們會致力於九校戰更勝於期末考，或許也是理所當然。

凡事謹慎的第一高中學生會長中条梓，為了避免自家學校學生們的熱忱白費，比往年提早一個月著手進行九校戰的準備。不枉費她如此努力，使得眾人無須在考前手忙腳亂，預計可以從容完成準備。

直到她在今天——西元二〇九六年七月二日星期一，接獲某個超乎預料的通知為止。

這天放學後，達也與深雪一如往常地前往學生會室。下週就是期末考，但學生會的活動無關期末考，照例進行。話是這麼說，不過基於前述理由，今年和往年相比，幹部們的負擔反而減輕了——即使沒有減輕，臨時抱佛腳這種行徑也和這對兄妹無緣，因此焦躁、不平或不滿的情緒也都不會在他們身上看見。

總之，達也一如往常地打開學生會室的門。

緊接著，室內洋溢而來的沉重氣氛便使得達也不禁停下腳步。

「哥哥？請問怎……」

不只是達也，連從他身後窺視室內的深雪，也沒辦法說完「請問怎麼了？」這句簡單的話語就僵在原地。兩人視線前方的梓抱著頭苦惱，散發出世界末日般的絕望感。

「啊，兩位辛苦了。」

露出束手無策表情的五十里，在學生會長的桌子前方向他們問候。達也以此為契機，終於下定決心踏入這股沉悶淤積的空氣之中。

「五十里學長，辛苦了。究竟發生了什麼事？」

下定決心之後就不會拐彎抹角，這是達也的作風。他無視於依然抱頭苦惱的梓，向五十里詢問事情緣由。

「沒有啦，因為……」

「九校戰的營運委員會那邊寄來了今年比賽的實施要項。」

依然掩著臉的梓，代替支支吾吾的五十里回答達也。

「噢，已經是這個時期了啊。」

「詳情也會在明天於官網公開。」

「這樣啊。所以是哪裡出了問題？」

看來這份要項中包含了令梓苦惱的問題，但是令她消沉成這副模樣的問題究竟是什麼？達也只能選擇確認。

「全部都有問題！」

梓或許一直在等待別人詢問這件事。她猛然抬頭，發起有如詛咒般的牢騷。

「寄來的實施要項是告知競賽項目變更的通知！」

「……是變更了哪個項目？」

這確實是壞消息。他們第一高中以「九校戰實施要項和去年一樣」為前提準備至今。但即使競賽項目近年來已經固定，卻也沒有規定不能變更。採用的競賽項目是在大會一個月之前通知各校，所以今天這份變更競賽項目的通知，也只是按照規定進行的程序。

「有三個！」

不過梓如同慘叫般回應的這番話，即使是達也，同樣也不得不為其感到驚訝。

「精速射擊、群球搶分、衝浪競速拿掉，然後新加入了堅盾對壘、操舵射擊、越野障礙賽跑這三項！」

六項競賽換掉一半，而且新舊競賽的性質——所需的魔法種類相差甚遠。看來非得要從甄選選手的階段重新來過才行了吧。

不過這個結論下得太早了。梓的回答並非到此為止。

「而且選手只能同時參加越野障礙賽跑！除此之外，冰柱攻防、操舵射擊與堅盾對壘還分成單人賽跟雙人賽！」

梓以雙手重重拍打桌面大聲說明。至此，達也也莫名理解到她為何這麼生氣了。這次變更規則，逼得各校得大幅改變九校戰的戰法。從甄選選手的方針開始，直至戰略與戰術都得從頭開始修正不可。

換言之，提早準備完全是白費工夫，良好的準備沒能帶來好的結果。這也難怪梓會消沉。達也覺得她光是沒有恐慌，就算是相當耐得住性子了。

「那個，哥哥……」

在達也思考該如何出言安慰氣喘吁吁的學生會長時，深雪從後方客氣地向他搭話。

「操舵射擊？堅盾對壘？還有越野障礙賽跑……是怎樣的比賽？」

深雪大概會報名冰柱攻防，所以幾乎不可能在操舵射擊與堅盾對壘上場。但越野障礙賽跑是唯一允許同時報名的競賽，她應該會參加。而且深雪身為九校戰選手，應該還是會在意另外兩項競賽吧。這是理所當然的心態。

「不一定是直接套用我知道的規則就是了……」

所以達也決定以這句話為開場白，回答妹妹的疑問。

「『操舵射擊』是舵手與槍手搭檔，一邊駕駛無動力小船，一邊狙擊水道兩側的固定標靶與水面上的移動標靶的競賽，並以抵達終點的時間與命中的標靶數來計算成績。既然有單人賽，應該就代表這次設定了單人兼任舵手與槍手的競賽形態吧。這原本是ＵＳＮＡ海軍陸戰隊的登陸支援訓練內容。」

達也確認深雪沒有要發問之後，開始說明下一項競賽。

「『堅盾對壘』是使用盾牌的格鬥戰，一般是在高出地面或地板一階的賽場進行。只要破壞或搶走對方的盾牌，或是讓對方選手摔出界外就算獲勝。雖然禁止朝對方選手身體進行物理攻擊，但是可以攻擊盾。換句話說，『堅盾對壘』的戰法是以自己的盾與身體攻擊對方選手的盾，或是使用魔法將對方選手推落場外。」

「也可以用自己的盾衝撞對方的盾，讓對方摔出場外吧？」

「當然可以。」

「不過，依照這次的規定，就算不用搶走盾，也只要讓對方放開自己的盾五秒以上，就算是獲勝了。」

在達也回答深雪的問題之後，五十里再多做了補充說明。雖然這讓達也停頓片刻，不過因為不需要做進一步的補充或更正，所以他便開始說明下一個項目。

「『越野障礙賽跑』正如其名，是在山野進行障礙賽跑的競賽，比賽在設置障礙物的森林裡跑完全程的時間。這是各國陸軍進行山岳、森林訓練時採用的軍事訓練之一。除了物理的天然障，也會以自動槍座或魔法來妨礙選手。」

「這還真是艱難的競賽呢……」

深雪輕聲說出率直的感想，達也因此蹙眉，並點頭回應。

「先不提操舵射擊與堅盾對壘，越野障礙賽跑不是能讓高中生挑戰的競賽。營運委員會究竟在想什麼？」

達也如同責備般地低語。此時五十里補充了一個天大的情報。

「而且越野障礙賽跑不分男女，只要是二、三年級的選手都能參賽，實質上是一年級以外的選手都會參加。」

「……要是沒有好好擬定對策，會有很多人脫隊。」

達也說的「脫隊」不是指在競賽中淘汰，而是指脫離魔法師的人生。梓大概沒有想到這種可能性吧。

「怎麼這樣……！」

她發出洋溢絕望感的呻吟，再度趴到桌面上。

學生會的業務不只是準備九校戰。不僅是魔法科高中，除了部分例外，現在的高中大多將學校營運的實務委任給學生會。要是學生會業務有所延誤，也會妨礙到學校的營運。所以縱使是在這種時候，也非得完成最底限的工作才行。在跑腿的穗香與實技課延後下課的泉美來到學生會室時，達也與深雪都已經在處理學生會的工作了。

——不過梓依然趴在桌上。

——五十里則是努力想把這樣的她拉出水面。

「既然變成這樣，也只能重新甄選選手了。」

「…………」

「幸好還有時間！而且也不是說至今的準備全部都會白費掉！」

「…………」

「越野障礙賽跑也肯定找得到應對的方法！所以中条同學，來吧，現在就——」

五十里繞到梓身後，溫柔搖晃她的肩膀，希望她至少能解除自我封閉的狀態。

「——啟？」

背後傳來的這個冰冷聲音令他凍結。

「……花音？」

五十里以僵硬的動作，轉身看向通往風紀委員會總部的階梯。正如預料，他的未婚妻就站在那裡——掛著笑容，而且太陽穴還冒出了青筋。

「啟～你在做什麼呢～？」

「咦，沒有啊，哪有什麼……」

「你整個人壓著中条同學，究竟想做什麼呢～？」

毫無真實感的笑容，如同貼在臉上的貼紙。花音現在是什麼樣的心情，實在是相當容易理解的一件事。

「誤會！這是誤會！」

五十里拚命搖頭，另一方面，梓則是躲到房間角落避難。看來比起應付下個月的九校戰，梓還是選擇先應付眼前的火爆場面了吧。說到其他成員的應對方式，例如泉美就是一副不耐煩地看著拚命解釋的五十里，但後來不曉得是看膩了還是感到傻眼，視線改為投向工作中的螢幕——不對，是投向在辦公桌前看報告書的深雪。

對於泉美來說，深雪是她的心靈綠洲。工作疲累或碰到瓶頸的時候，或是不悅的感覺導致情緒易怒的時候，光是深雪的身影進入視野，泉美就能實際感受到內心逐漸因此得到滋潤。無人想理會的這一幕情侶吵架光景，使得泉美現在的幹勁跌落谷底。她之所以偷看深雪，（依照泉美的理論來說）是因為那是為了恢復動力不可或缺的措施。

然而不知道是何種巧合，轉頭看向深雪的泉美和抬起頭的深雪不小心四目相對了。泉美連忙開始想藉口，但深雪露出為難的笑容之後，就看向了花音與五十里。接著換成深雪主動朝泉美投以視線。

泉美察覺到敬愛的「姊姊」在想什麼，於是以眼神詢問——應該說是附和商量「該怎麼辦」。深雪只有微微搖頭一次，如同回應「這實在是沒能怎麼辦」，再度露出為難的笑容。

今天達也等人也按照慣例，在放學後繞路前往經常光顧的咖啡廳「艾尼布利榭」。成員是達也等二年級的八人，以及一年級的水波一人。雖然直到剛才都還與他們同行的泉美露出很想參與的表情，但似乎是因為雙胞胎姊姊香澄完全沒有這個意願，所以只好不得已地直接回家。獨自被學長姊圍繞的水波似乎相當不自在，但是忠於職責的她無法選擇分頭行動。

今天是幹比古提議在放學後享受咖啡時光。他堪稱難得的這種積極態度，令人覺得他應該是想說或想問某些事情。

而且正如預料，點餐之後，幹比古就立刻對達也提出詢問。

「達也，聽說九校戰的比賽項目變更了，是真的嗎？」

「你消息真靈通。」

達也肯定幹比古的詢問。這句話有點難分辨是挖苦還是稱讚。

「聽誰說的？」

「委員長與五十里學長有聊到這件事。」

回答的人不是幹比古，是雫。兩人的共通點是同為風紀委員。換句話說，這是在風紀委員會總部偷聽到的情報。

「但我不知道細節就是了。」

「咦，項目變更了？什麼變成什麼？」

幹比古這句沒有必要的解釋，吸引了艾莉卡上鉤。

「學生會今天收到了通知，說精速射擊、群球搶分、衝浪競速拿掉，加入操舵射擊、堅盾對壘、越野障礙賽跑。」

「那是怎樣的競賽？」

達也把剛才對深雪的說明再對艾莉卡說一遍，她隨即咧嘴一笑。

「這樣啊……聽起來很有趣嘛。尤其是堅盾對壘。」

艾莉卡這番感想，莫名讓人覺得連她的聲音聽起來都很愉快。

「咦，是嗎……總覺得好像很可怕。」

美月對看起來滿心期待的好友提出保守的反駁。

「嗯……直到去年採用的競賽，都是選手不會直接硬碰硬的競賽。」

「明明連祕碑解碼都是那樣……」

穗香說完，美月立刻附和她的意見，或許是因為她自己也這麼認為。

「但我覺得比起堅盾對壘，真正危險的是越野障礙賽跑。」

「是的，哥哥也這麼說。」

雫插嘴表達意見，深雪則點頭回應她的話語。

「因為在沒有道路的森林裡，就算只是移動，如果不習慣還是會很危險。這次除了物理障礙物還加上魔法妨礙，沒有人受傷才奇怪。」

「是啊。在山上跑的時候即使有道路，也必須由經驗豐富的人帶領才能趕路。在不熟悉的森林裡賽跑真的太魯莽了。」

雷歐與幹比古也依照自己的經驗，說出批判——應該說否定的意見。

「我說達也，我覺得這次加入的項目軍事色彩很強耶。」

雷歐這番話，是場中所有人都有隱約感覺到的疑問。

「是啊。」

而且這種看法正確到無從敷衍。因此即使是達也，也同樣只能點頭同意。即使不願意，他依然基於自己的推測，補充一段不愉快的解說。

「恐怕是橫濱事變的影響吧。去年的那個事件，或許讓國防相關人士重新認知到魔法在軍事上的實用性，於是想試著充實這方面的教育吧。」

「事情變得跟反魔法主義媒體想操作出來的狀況一樣了呢。」

艾莉卡露出壞心的笑容打岔。達也無法笑著帶過她這句挖苦。

「是啊，只能說真不是時候。為什麼會進行這麼淺顯易懂的變更呢……我覺得以目前的國際情勢來看，沒有必要慌張啊。」

達也這番話似乎令穗香與美月感到不安，兩人表情一沉。

「……不提這個，接下來大概有得忙了。」

達也大概是想改變場中氣氛，更是明顯露出不耐煩的樣子這麼說。但這並非完全在作戲。因為這次的事件，肯定使得達也暫時無法享受「舒適的放學後時光」。至少在九校戰結束之前，都會是如此。

◇　◇　◇

對九校戰比賽項目變更有所不滿的人，不只有第一高中的學生。在十師族一条家的宅邸裡，第三高中的學生也正在對同學發牢騷。

「突然變更成那樣……我真不敢相信。」

「是啊。」

「即使是按照規定……既然要做出那麼大幅度的變更，他們大可早點通知我們啊。」

「的確。」

「拿掉的那些項目，大家都已經開始練習了，進度甚至已經到了在檢查啟動式的階段……至今的辛苦都化為烏有了嘛。」

「一點都沒錯。」

「要從甄選選手重新來過才行……慢著，將輝，你有在聽嗎？」

吉祥寺在對九校戰營運委員會的通知內容發牢騷，但將輝一直只有簡短附和。或許他是覺得將輝在敷衍他，所以才如此詢問。

「當然。你居然以為我只當成耳邊風在聽，真是讓我太意外了。」

但將輝內心其實也不太平靜的樣子，回話相當不客氣。

「……抱歉，我剛才在亂發脾氣。」

「不，我才要道歉。明知道把氣出在喬治身上也是無濟於事。」

大概是彼此宣洩情緒之後冷靜下來了，針鋒相對的氣氛立刻消失，接著兩人之間便開始洋溢著白費力氣的感覺。

「總之，既然已經定案了，那我們說三道四也是於事無補。」

將輝像是告誡自己般這麼說。

「說得也是……首先得重新甄選選手嗎，唉……」

吉祥寺嘆出一口氣，透露出放棄的念頭。

「是這樣沒錯……不過喬治，任何事情是好是壞，都是由自己的想法決定喔。」

但將輝接下來這番話蘊含的力道，不像是一時的安慰。

「什麼意思？」

吉祥寺回問時的表情，也自然在感到疑惑的同時增加了正經氣息。

「這次替換加入的新項目，實戰色彩都很濃厚。我覺得三高會比一高有利。」

「對喔……一高著重學生的國際評價基準等級，不會直接提升魔法技能的戰鬥技術，他們似乎比較不重視。」

「雖然有魔法武術的澤木選手或是『那傢伙』這樣的例外，但是從學校整體來看，實戰魔法是我們占上風。即使只限於九校戰選手團，我們這邊應該也很有利。」

「說得……也是。不過……」

雖然吉祥寺同意將輝的見解，但是有附帶條件。

「九校戰的勝負不是以參賽選手的平均排名，而是以各競賽名次的得分加總來決定。依照這次的競賽規定，除了幻境摘星，每項競賽都只有一人，雙人賽的話就是只有一組能參賽。誰負責單打、誰負責雙打，其人選將成為重要關鍵。」

「原來如此。聽你這麼說我才發現，這次禁止選手報名複數項目。看來應該就如喬治所說，單人賽與雙人賽的人選分配，將會是非常重要的一件事。比方說，如果要確實獲勝，我和你搭檔將輝說到這裡突然停下來，轉頭看向房門。沒有人敲門，但他的知覺並未出現錯誤。

「真紅郎哥，歡迎來玩！」

下一瞬間，一条家的長女暨將輝的妹妹——茜帶著自己活潑的聲音入內。

「妳啊……我不是一直都有跟妳說，進房之前要敲門嗎？」

茜將哥哥那已經成為定例的說教當成了耳邊風，將手上的托盤中的冰紅茶與糖球，放在吉祥寺面前。

「來，真紅郎哥。糖球一顆就好了吧？」

「啊，小茜，謝謝妳。」

「不用客氣。哥哥不喝吧？畢竟是沒有敲門就進來的粗野妹妹端來的飲料。」

茜面不改色地對將輝說完，當事人便以有苦難言的表情回答：

「……擺著吧。」

她那番話應該不用說也知道只是在開玩笑吧。茜笑著將冰咖啡遞到將輝面前。從這時候沒有進一步挖苦或鬥嘴這一點來看，可以看得出她的個性與家教有多「好」。

這種互動是這對兄妹之間的例行公事。

「小茜，妳剛回來嗎？」

所以吉祥寺現在也不會在意他們這樣的互動。他比較在意茜的服裝。

「嗯，是啊。」

茜不經意點頭之後似乎察覺到了某件事，露出像是在說「啊」的表情。

「對喔，真紅郎哥是第一次看到我穿夏季制服。」

茜拿著空托盤當場轉了一圈。由用在夏裝上的薄布製成的百褶裙與水手服，因此輕盈地飄動了起來。

「怎麼樣？好看嗎？」

茜靦腆的笑容是令人驚豔的「少女」笑容。吉祥寺從以前就一直以訝異的眼光看著好友的妹妹在升上國中之後，從「女孩」急遽蛻變為「少女」的成長過程。但即使自以為知道這一點，這種不經意的舉止依然會令他臉紅心跳。

「嗯……嗯，很好看喔。」

「真的嗎？好開心喔～謝謝你。」

吉祥寺擠出有些冷漠的讚賞，茜則像是由衷感到開心般柔和一笑。

若是不到半年前的她，一定會拍手表達喜悅。現在的她，連這個小小的動作中也蘊含著「少女」的魅力。

白色加水藍色，清涼的短袖水手服。傳統色彩強烈的名門私立國中制服讓她看來格外耀眼，使得吉祥寺下意識瞇細雙眼……然後他便突然感受到一旁傳來像是責備又像憐憫的視線。

「喬治，你果然……」

「這是誤會！」

吉祥寺反射性地否認將輝的質疑。場中只有兩人的時候，這樣的對應應該沒有問題。但是在第三人的當事人面前這麼做，不是明智之舉。

「喔～？……哥哥在吃醋？」

要是心上人立刻回答「沒有把你／妳當成戀愛對象看待」，任何人都會受傷。這部分和年齡無關。覺得己身心意是戀愛情感的茜更是如此。

只是她的情緒並非發洩在吉祥寺本人身上，而是將輝。不曉得這是幼稚的亂發脾氣，又或反而是源自女性不想被心上人討厭的情感使然。

「別說傻話。」

無論如何，將輝只能選擇冷漠地否定。因為他沒有興致正經應付這種事，但要是過度把茜當成孩子看待，茜又會更加鬧彆扭而讓事情變得難以收拾。

「哼，居然敷衍我。」

到這裡都是頗為常見的拌嘴。若依照慣例，接下來茜就會放話說：「我可是不會把真紅郎哥讓給你的！」之後再由吉祥寺來幫兄妹打圓場。

「我可是全都聽到了喔。」

不過，今天的風向有點不一樣。

「聽到什麼啊？」

將輝反問，接著茜從容一笑。

「聽到哥哥邀請真紅郎哥當舞伴啊！」

「妳說什麼？」

「咦咦？」

不只是將輝，就連吉祥寺也不得不為這句發言感到震驚。再加上兩人都不記得有發生過這種事，所以驚訝程度更是倍增。

「哥哥剛才不是說你和真紅郎哥搭檔最好嗎？」

「妳居然偷聽——」

「骯髒。」

茜打斷將輝的話語，朝哥哥投以輕蔑的眼神。

「男生配男生一點也不實際。」

「慢著，小茜，等一下！這是誤會，是誤會！」

被國中女生臭罵的吉祥寺，開始拚命地辯解。他現在的心態真的是賭命，賭上自己在社會上的生命。

一条家的某個房間裡，吉祥寺在房間主人將輝持續當機不動的狀況下，激烈地「辯解」了兩個小時。

【2】

將魔法科高中各校扔進困惑與混亂漩渦的通知發布隔天，七月三日星期二的早晨。這裡是設立在前茨城縣土浦的國防陸軍第一〇一旅。旅長佐伯廣海少將，把獨立魔裝大隊隊長風間玄信少校叫進了司令官室。

佐伯少將是今年五十九歲的女將官。她是在參謀體系一路晉升的才女，配合光線照射使得看起來像是銀色的那頭白髮，使她被暗中稱為「銀狐」。不過她的容貌乍看像是慈祥的小學女校長，和狐狸的形象相差甚遠。

此外，佐伯少將是在國防軍內批判十師族的知名最右翼分子。雖然這麼說，但她對魔法師完全沒有任何情緒上的反彈或生理上的厭惡，而是持續警告國防不能過度依賴十師族這種私人的框架。因此佐伯被某些人視為九島烈的政治死對頭，不過至少她自己並沒有這種想法。

她和風間的交情可以追溯到大越戰爭。

大亞聯盟企圖征服中南半島而南下的那場戰爭，風間違背軍方高層的意圖，直接介入這場戰鬥。他參加的游擊戰使得大亞聯軍被迫放慢侵略腳步，招致USNA與新蘇聯介入，最後大亞聯軍在沒有達到目的的狀態下就撤退了。

風間當時的活躍，使得他被評為世界級的森林戰專家。不過那是因為風間在被迫（主要是己方所迫）進行幾近孤立無援的戰鬥時，由當時擔任防衛陸軍總司令部情報參謀的佐伯在情報與作戰層面提供支援，他才得以立下此等戰果。

風間在大越戰爭的獨斷專行（當時風間的任務是祕密妨礙大亞聯盟南下，雖然他確實是違背了「祕密」的原則，但被稱為「獨斷專行」的部分應該只是他人惡意找碴），使他在普通的層面上再也無法出人頭地，但是支援他的佐伯在官方與非官方層面都沒有受到批判。這是因為佐伯過於優秀，連軍方高層也無法將佐伯打入冷宮。

然後在四年前的沖繩防衛戰之後，軍方採用佐伯的計畫設立第一〇一旅，佐伯受命成為首任司令官。接著她立刻找來風間，將一直以來都被迫維持在上尉階級的他晉升為少校，並任命他擔任獨立魔裝大隊隊長。

就這樣，兩人交流的時間雖然少，交情卻極為密切。加上彼此個性很合得來，所以如今是可以相互訴說「真心話」的知心長官與部下。即使去除這一點，獨立魔裝大隊的任務是新魔法裝備與新魔法戰術的測試運用。第一〇一旅的設立目的是確立不依賴十師族的魔法戰力，風間負責的正是其重點部隊。佐伯與風間會走得近是理所當然的結果。

兩人在這間司令官室聊過許多不能對外公開，充滿火藥味的話題。

「風間少校，你知道通稱『九校戰』的全國魔法科高中親善魔法競技大會，其競賽項目在今年大幅更換的這件事嗎？」

而佐伯今天早上就以這個問題展開話題。

「只知道有這樣的動作。已經正式定案了嗎？」

風間如此反問並且感到意外。佐伯具備些許魔法天分，但她並不是魔法師。如果是加入魔法要素的戰略規畫，或是將魔法戰力運用在戰術層級，她的智慧在國防軍是首屈一指。但是和戰鬥沒有直接關係的魔法競賽，照理說應該是她不太感興趣的範疇。

「以少校的能耐，這次你挺遲鈍的。昨天已經正式通知各魔法科高中了。」

佐伯說完，便直接坐著將一疊文件遞給以「稍息」姿勢站著的風間。特地列印在紙上，是為了防止親筆追加的內容經過網路外洩。這是把實效性分開考慮，類似佐伯習慣的一種做法。

好一段時間，司令官室裡只響起翻動紙張的聲音。風間相當快速地看到最後一頁，接著抬頭以視線詢問長官的用意。

「你的感想是？」

不過似乎還沒有進入正題。催促佐伯不會有效果，所以風間決定乖乖配合她的步調。

「這是軍事教練課表。」

「……你這樣斷言令我不以為然，但我也大致贊成你的說法。」

佐伯像是回想起來般按下桌角的按鍵。牆壁裡出現一張折疊椅，並移動到風間身後。佐伯以手勢指示他坐到那張椅子上。

這就像是在暗示會聊很久。風間行禮致意之後打開椅子的椅面，坐在佐伯的正前方。

「這次會變更競賽項目，是受到了去年橫濱事變的影響。國防部重新認知到魔法師戰力的有效性，為了培育這方面的才能而導致這個結果。」

「下官認為就算不知道事實，任何人都會這樣解釋。」

佐伯點頭回應風間的指摘，然後繼續說下去。

「魔法協會只在形式上抗議國防軍的這項申請。」

風間朝佐伯投以疑惑的目光。

「『那一位』沒有抵抗？」

風間的詢問使得佐伯微微一笑。

「九島閣下沒有反對。」

佐伯回答之後收起笑容，突然轉換話題。

「國防陸軍總司令部要求本旅協助本屆九校戰。」

「不是命令，是要求啊……」

風間這番話與其說是確認，更像是附和。

「是的。不過，看來我必須思考一下高層先找上本旅——應該說先找上我談這件事的箇中含意才行了。」

「下官可以理解。」

關於十師族以及十師族統治的現今日本魔法界，佐伯總是處於批判態度，這在總司令部也是廣為人知。委託她執掌的一〇一旅協助九校戰，應該是一種挖苦吧。不論是對於佐伯，還是主辦九校戰的魔法協會。

「魔法協會的發言對國防軍的影響力逐漸增強，高層似乎感到很不是滋味。」

「終於嗎？」

佐伯這番話表面上聽起來像是發牢騷，但風間輕易理解到她真正的意思其實是「高層終於開始感覺到依賴十師族的危險性了」。這是正確答案，證據就是佐伯朝風間投以滿意的表情。

「我打算接受這個要求。」

風間在心中做好準備，以迎接應該會在隨後下達的出動命令。

「不過，這次不使用獨立魔裝大隊。我命令少校的大隊在九校戰期間待命。」

然而佐伯的命令不是出動，是待命。

「——遵命。獨立魔裝大隊將待命到接獲其他指示為止。」

事情完全出乎預料，使得風間的反應慢了半拍。即使如此，他依然在沒有違反規律的範圍內

「關於剛才的話題……」

佐伯再度指示起身敬禮的風間坐下，又換了一個話題。

「九島閣下似乎不只是沒有反對變更競賽項目，反倒採取了積極的態度。」

不對，是讓話題回到九島烈對九校戰競賽項目變更的反應。

「在新的競賽項目中，據說九島閣下特別關切越野障礙賽跑，還指示將競賽方法從指定選手參加改為所有人參加。聽說賽場也依照閣下意願設定得更長更廣。」

「下官不禁感到意外。」

越野障礙賽跑，是軍方正規魔法師也會叫苦的嚴格訓練。賽場越長越廣，想跑完全程就越艱困，喪失魔法師人生的風險也會隨之增加。風間知道那位老人由衷不想看到年輕魔法師成為軍事的犧牲者，所以佐伯說出的內幕更令他意外。

「九島閣下總是倡導不應該將魔法師視為兵器，這次的事件看起來像是閣下變節。但是以那一位的狀況，事情絕對不可能這麼單純。」

「您的意思是有內幕？」

「少校也這麼認為吧？」

風間不禁發問，但稍微思考一下就能知道這是顯而易見的道理。九島烈不想讓魔法師成為軍事的犧牲者，不想把魔法師視為單純的兵器。想到他如此主張的理由，就知道那位老者不可能輕易改變宗旨。

「還有一件事，對於少校來說或許是壞消息。」

就在風間沉浸於自己的思緒當中時，佐伯這句不祥的開場白，隨即便將他的注意力拉回當前的對話。

「在這次的越野障礙賽跑，藤林家與九島家似乎正在聯手進行某項計畫。」

「這就是您命令下官待命的理由嗎？」

藤林家是風間的副官——藤林響子的老家。雖然不覺得藤林有嫌疑，但光是她擁有藤林家血統的事實，就足以成為佐伯命令風間退出本事件的理由。

「是的。」

而且佐伯不打算隱瞞風間的推測正確這件事實。

「不用說，依照事情的演變，當然也會請少校的部隊出力。請做好出動準備，並且別怠忽注意藤林少尉的動向。」

「是！」

不只是不加隱瞞，佐伯還命令風間監視藤林。

風間並未感到不滿。因為至少對他們來說，相信人品與以防萬一是兩回事。

風間離開司令官室之後，腦中思考的並不是擔任自己副官的女軍官，而是姑且算是他部下的非正式軍官大黑龍也特尉，也就是達也。

達也將參加成為實驗舞台的九校戰，這件事可以不用通知他嗎？佐伯並沒有提到要「大黑特尉」出動，所以似乎還不應該通知他。因為只要他沒有受命出動，就始終只是平民身分。

但他的妹妹應該也會報名這項受到討論的競賽。要是灌注盲目愛情的妹妹面臨危機，即使只是未遂而終……

考量到肯定會引發慘劇——不對，是引發大破壞，沒有將已知情報轉達給他，應該是非常愚蠢的做法吧？風間不得不這麼認為。

◇◇◇

正如預料，九校戰競賽項目變更，使得第一高中大為混亂。大會官網公開細節之後，和競賽項目有關的各社團，出現許多憂喜參半的學生。

不過，受到最嚴重影響的果然還是學生會。

首先，關於「精速射擊」等取消的項目，得向預定參賽學生所屬的社團社長說明事由。選手甄選還在內定階段，並未告知當事人，但若要在九校戰上場，就必須暫緩社團練習，以比賽練習為優先。這件事必須先知會選手所屬社團的社長。由於今年比往年提早告知，使這次變更項目造成欲速則不達的結果。梓目前正處於「屋漏偏逢連夜雨」的心境。

選手也必須從頭甄選。沒有變更項目的參賽選手，也不能就這麼不經思索地維持原狀。不只有獲選參加既有項目的選手更適合參加新加入項目的案例出現，還得考量「除了越野障礙賽跑，不得同時參加其他項目」的新規定。參賽選手主要是由學生會甄選，但也不能無視於相關社團的意見，這部分也必須和各社團以及社團聯盟協商。

此外，還必須調度新競賽所需的器材。雖然這只是單純的行政工作，但是操舵射擊、堅盾對壘與越野障礙賽跑分別需要哪些裝備，哪些裝備許可或禁止使用，都必須從熟讀各競賽的大會規定做起。這天，學生會幹部走出校門時，個個露出精疲力盡的表情。達也與深雪也不例外。

即使再怎麼年輕，這樣的身心消耗也無法輕易回復。返家用完晚餐站在廚房的深雪，她的背影明顯殘留著放學時的倦怠感。即使如此，深雪此時依然不把這個位置與這份工作讓給水波。若是據實說明深雪的心情，將休息時光獻給達也，是她的天賦權利，也是神聖的義務，不能因為稍微疲勞就有所怠慢。她以更勝於以往的謹慎動作泡咖啡，掛著絲毫沒有透露倦意的笑容，將咖啡杯放在達也面前。

「深雪，謝謝妳。」

達也確實地看著妹妹，並在眼中蘊含慰勞之意，投以微笑。

「不，那個……不用客氣。」

達也展現的不經意關懷，深雪也已經習慣到不會每次都因而臉紅。深雪知道，即使達也平常看起來多麼無情，敵人當前時多麼冷酷又不留情，哥哥在她心目中依然是個「深情的人」。不過達也像這樣突然展現溫柔體貼，還是會讓深雪產生眼角微微泛紅的反應——還是無法避免使她的情緒因此高漲。

「妳今天累了吧，來我這裡。」

達也不是坐在平常坐的單人沙發，而是三人座沙發。他朝自己身旁輕拍幾下。

「——是！」

深雪瞬間睜大雙眼，接著開心地坐到哥哥身旁。服侍工作被搶走而難掩不滿的水波就站在兩人面前，但深雪不曉得是忘了這件事還是根本不在意，整個人幾乎緊貼在達也身旁。

但即使深雪不在意，水波也沒辦法不在意。水波還沒有習慣到這種程度，距離徹悟的境地也還差得遠。身為侍女，轉身背對主人有失禮節，但水波逐漸無法違抗這份衝動。就在這時，響起了收到電子郵件的通知聲。

水波抓準這個機會前往控制台。她檢視的不是占據起居室整面牆壁的主螢幕，而是控制台附屬的小型螢幕。

水波轉過頭來，臉上滿是困惑。

「達也大人。」

她似乎真的很困惑，甚至忘記應該稱呼達也為「哥哥」的約定。

「剛才收到一封郵件，那個……沒有寫明寄件人是誰。」

她會感到困惑，確實是有其原因。

「沒有？」

達也回應的聲音同樣也充滿疑惑。不提戰前，現在的電子郵件系統嚴格制定檔案格式，若是具備高度網路技術，或許可以在寄件人欄位使用假名，不過在規格上一定得寫寄件人，不可能空白才對。

但反過來說，若是技術足以將規格不符的檔案放上網路，在寄件人欄位使用假名比較簡單。這個身分不明的寄件人，是否想藉由展露高度技術，來告知自己的真實身分呢……這封郵件也能這樣解釋。

若是如此，人選就有限了。達也認識的人之中，能使用此等高超網路技術的人是……

（不，現在就斷定對方是誰還太早了。）

達也消除腦中浮現的如意想法。這是「她」寄來的郵件——或是她指示寄來的郵件，這樣的可能性不是零。達也甚至認為機率超過百分之五十。但還有另外不到百分之五十的機率，可能真的是某人不懷好心寄送惡意程式過來。

（先確認內容吧。）

達也開始操作手邊的無線控制台。考量到可能是惡意程式，他不是開啟郵件，而是將收到的原始檔直接顯示在螢幕上。螢幕滿滿映出失去執行權限的字串。達也對這種頗具特徵的文字構造有印象。

他開啟解碼器，讀取顯示在螢幕的字串。這是國防陸軍通用的編碼形式。第一〇一旅使用的是另一種編碼，但是無法斷言這不是獨立魔裝大隊寄來的電報。

只以特定硬體收訊才能認知訊號意義的通訊技術，如今也已進入實用階段（其實梯隊系統就是為了竊聽這些訊號才從Ⅱ升級到Ⅲ）。說不定第一層保全就是使用這種技術，郵件檔案則是刻意使用共通編碼。

總之，光看編碼形式無法確認郵件是來自敵方或己方，還是得看過內容再說。達也默默等待解碼完成。

「不會吧……？」

然而解碼的郵件內容，卻令人暫時不想追究寄件人的真實身分。郵件裡寫的情報非常嚴重，連稍微保持距離以免妨礙哥哥的深雪都不由得如此低語。

「新兵器的實驗啊……雖然不能照單全收，但也無法不分青紅皂白就否定。」

這封可疑的郵件告知，本次九校戰項目變更是受到國防軍的壓力影響，還有九島家企圖趁機

「國防軍介入應該是真的。不過在寄件人匿名的時候，這封郵件就已經很可疑了，而且在煞有其事的謊言裡加入淺顯易懂的事實也是常用的手法……」

深雪再度依偎在沉思的達也身邊。這次不是撒嬌，是關心哥哥。

「哥哥……您意下如何？」

深雪對說不出任何貼心話語的自己感到心急。或許只是她的自我滿足，但她能做的就是陪哥哥交談，盡量避免哥哥將事情攬在自己身上。

不過，深雪只是無謂地操心了。

「嗯，明天早上找師父商量看看吧。」

達也回答得極為乾脆。即使不至於想把整件事扔給八雲，但他看起來也完全是一副想把麻煩工作塞給八雲的模樣。哥哥展現一如往常的「壞人」風範，讓深雪放鬆肩膀鬆了口氣。

「哥哥，我再幫您端一杯咖啡過來吧？」

「謝謝，拜託了。」

「好的，請稍待片刻。」

即使要跟著哥哥去找八雲商量，也是明天以後的事。深雪換個想法之後便進入了廚房，因此她沒有聽到達也後續的吩咐。

「水波，幫我將這封郵件轉寄給葉山先生。」

「是，達也大人。」

「編碼強度設為最強。」

「我明白了。」

◇　◇　◇

世上有些人像達也這樣「盡可能不想牽扯到麻煩事」，另一方面也有人會積極地想「鬧出麻煩事」。此外還有些會注視、傾聽大海另一邊發生的事，總是到處尋找混沌種子的勤勉人士。

周公瑾的主子正是第三種人。

『公瑾。』

以死靈法術驅動的人類標本，呼喚下跪的周公瑾之名。

『我得知日軍要在八月舉行的九校戰，進行新兵器的祕密實驗。』

透過屍體的嘴，從太平洋另一邊說話的人是「七賢人」之一——紀德・黑顧，大漢軍方術士部隊的倖存者——顧傑。

「您是說新兵器嗎？」

周恭恭敬敬地回應，但內心則是低語：「又來了？」他的意思並非日軍又開發新兵器，是覺得主子明明在去年九校戰才剛吃到苦頭卻又想出手。這個想法掠過他的腦海。黑顧寶貴的棋子「無頭龍」對去年夏天的九校戰動手腳，導致現在完全失去功能。

周覺得對高中生比賽出手只有風險，得不到什麼成果，但他的主子似乎不這麼認為。周感到有些傻眼。

『他們使用「P兵器」這個代號。雖然沒有證實，但是從狀況來看，肯定是將寄生物封進自動人偶，利用寄生物能力的兵器。』

周聽完這段推測，率直地心感佩服。不是佩服黑顧的情報網，而是日軍的技術力。雖說方術不在他的專業範疇，但他學習至今，也聽說過要將妖精（不是俗稱的妖精，是成為妖怪核心的妖之精）封進人偶使喚的法術有多麼困難。

（居然能重現黃巾力士，日本人也真有一套……）

『又不是仙人，難道他們以為那種東西可以控制嗎？而且還打算利用高中生來測試性能，何其愚蠢。』

然而黑顧和周的意見相左。又或者只是不願承認罷了。

「您的意思是要在下介入這場測試？」

『我準備了狂化術式。這是諾曼人的巫術，但我調整為方術的格式。如此一來，你的棋子應該也能用才是。』

「明白了，在下會負責將狂化術式植入P兵器。」

周在腦中策劃如何利用大亞聯盟的逃亡人士時，忽然在意起一件事而開口詢問。

「只要嚇嚇他們就好？」

『沒有必要讓他們全身而退，但也沒有必要殺人。搶走魔法技能就足以削弱日軍。成為無能的人活下去，應該比當場死亡還難受吧。』

看來黑顧希望對方飽受折磨。這是相當陰險——而且天真的想法。

「在下遵命，黑顧大師。」

周在內心嘲笑主子，只在表面上恭敬地叩拜。

◇　◇　◇

隔天早上上學前，達也在深雪陪同之下造訪八雲。

達也一如往常身穿運動服。

相對的，深雪身穿短袖T恤、防紫外線的袖套、遮陽帽、短褲與防UV褲襪，完全是夏季運動套裝的打扮。雙腳穿的是可卸式直排輪鞋，腰包中則收納CAD與其他小東西。

兩人穿的都是晨練用的衣著，不過其實昨天晚上就預先告知過有事商量，想中止今天早上的訓練。但兩人一穿過山門，門徒們就襲向達也。

達也迎擊時，看起來沒有露出明顯不悅的表情，因為他早預料到會有這種狀況，而他身穿一如往常的衣著就是為了應付這種事。不過無法否認他的確是有些心急，因為今天要商量的事並非輕易就能得出結論。結果達也以最短時間制服了八雲的徒弟們，換句話說就是毫不留情。

八雲坐在僧房前方的階梯上看著這裡。達也由深雪陪同在身後，走到他面前。

「師父早安。」

「老師早安。」

「嗨，早安。」

深雪大概也是顧慮到哥哥的想法，而沒有批判八雲的「惡作劇」，文雅地行禮致意。

另一方面，「惡作劇」的八雲臉上也沒有絲毫愧疚的神色。或許他覺得叫徒弟攻擊達也，只算是打招呼而已。

不過這種事情現在也已經無所謂了。達也將剛才的記憶塞進腦中一角，以便將來有機會的時候當成「人情債」利用，接著早早進入正題。

「那麼，進去談吧。」

然而不知道是故意還是偶然，八雲打斷了他的話語，從坐著的階梯起身進入僧房。達也掛著稍微不悅的表情跟在八雲身後。

深雪跟著達也進房之後，門隨即自動關上。沒有以想子驅動的痕跡，所以應該是不可貌相地具備自動關閉功能。但也可能是以人力，也就是徒弟從戶外關門。

窗戶也全部關上。僧房比想像中的還要密閉。在變得漆黑的室內，沿著整面牆排列的蠟燭點燃了。之所以飄來一股明顯的味道，應該是因為蠟燭中有加入精油的緣故。蠟燭點燃沒有令達也與深雪驚訝。對於兩人來說，八雲使用了魔法一事就如同目視般明顯。

光是三叉燭台不足以照亮整個房間，但是既然多了這麼多的燭台，應該也足以成為昏暗的照明。不過在達也眼中，僧房在蠟燭點燃之後感覺起來更加陰暗。接著他立刻換個想法認定原因不在燭火，在於室內充滿精油的味道。

他感覺到的是想子光的減少。

「這是結界？」

達也知道想子情報體（精靈或式神）討厭某些香料，看來這種味道就是由它們討厭的香料所產生的。

「因為要講悄悄話。」

達也認為包含四葉一族在內，沒有任何術士或術式能瞞過八雲入侵這座寺廟。但是既然屋主認為必須這麼做，那麼站在求助立場的人就不能不幫忙。

「深雪，麻煩妳了。」

「我知道了。」

深雪立刻明白哥哥的想法，建構完全隔絕電磁波與音波的護壁。

「抱歉啦。」

這個應對措施令八雲略為苦笑。看來這個結界是他要講悄悄話時的習慣。不過考量到接下來要商量的內容，再怎麼謹慎也不為過。達也沒有命令深雪解除魔法，直接說明來意。

「師父，抱歉這次帶來一件麻煩事給您。」

達也低下頭，深雪也配合他恭敬地行禮。這是以八雲願意協助為前提的致謝。雖然第一句話就先下手為強，但八雲在聽過事件概要時就已下定決心要幫忙了。這對他來說也是無法坐視不管的事件。

「九島還真是出了個危險的主意啊。」

所以八雲不像以往浪費口舌拌嘴，突然就切入核心。

「我想事到如今也不用強調了，但越野障礙賽跑原本就是高危險競賽。」

「老師果然也這麼認為呢。」

深雪附和的聲音微微顫抖。她的語氣隱含激烈的憤怒，如同在地底深處鳴動的岩漿。

即使是至今採用的項目，像是幻境摘星、祕碑解碼與衝浪競速，都可能發生意外導致選手失去魔法技能。然而凡事都有程度落差，越野障礙賽跑的危險程度，高到無法與幻境摘星或祕碑解碼相比。

「居然用這種危險的競賽測試新兵器的性能，實在令人忍不住懷疑他瘋了。」

這句話出自八雲口中相當沉重。在一般人眼中只是瘋狂行徑的艱苦修行，古式魔法的修行者只當成家常便飯。意思就是即使對這些修行者來說，這種實驗也是鬼迷心竅的做法。

「關於九島家正在計畫的實驗，師父已經知道了嗎？」

達也打電話的時間是在昨天晚上八點多。他這麼問是因為他覺得即使是八雲，話題的進展也過於順利。

「比方說新兵器的真面目……」

「只知道『P兵器』這個代碼，但是很遺憾，我不知道細節。」

八雲果然半肯定了達也的疑問，而且是一副極度情非得已的樣子。

「……老師也不曉得？」

深雪以半信半疑的語氣詢問，她很難相信八雲居然「查不出來」——在達也拜師入門之前，八雲都沒有查出他們兄妹的真實身分，不過這時候的深雪並沒有察覺，她將自己的狀況放在一旁不提這件事。

「還不曉得呢。」

八雲似乎也沒有察覺深雪的詢問成為預料外的挖苦，恐怕是因為他正在注意其他事情，注意不在場的另一個熟人。

「不過風間應該曉得吧。」

「意思是少校壓下情報？」

「這個說法不正確。他沒有義務將情報透露給我們。」

八雲的指摘正確到沒有反駁的餘地，達也為自己的輕率發言感到丟臉。他是隸屬於國防軍的特務軍官，但這始終只是求方便的設定，他還不是真正的軍人。而且從軍方的組織規律來看，風間的階級也比達也高，上層沒有道理非得將所有情報公開給下層知道。

何況達也還是四葉的人。即使家系不承認他是四葉的一分子，客觀來看，達也依然無疑是四葉的戰鬥員。一〇一旅是十師族潛在的敵對勢力，風間又是該旅實質上的幹部，對十師族位居指導地位的四葉「手下」有所隱瞞，反倒該認定是理所當然。

「總之，既然不曉得九島想進行什麼實驗，就無法擬定具體對策……」

八雲如此抱怨，但雙眼釋放出挑戰的光芒。這是自負能立刻查出P兵器真面目的光芒。

「首先得去調查嗎？」

縱使不提八雲這個想法，既然不曉得對方具體想做什麼，就無法確定應對方針，這個指摘沒有提出異議的餘地。

「是啊。」

八雲點頭回應達也近乎附和的詢問。

「應該有必要去一趟奈良吧。」

「前第九研是吧?」

「對我們來說是充滿恩怨的地方。」

達也也知道,古式魔法師和「九」的含數家系在第九研有何過節。八雲會不同於以往摩拳擦掌,或許是基於這個原因……達也看著八雲的積極態度,思考著這種有點彆扭的事。

◇ ◇ ◇

七月五日,九校戰競賽發布新要項之後第三天的午休。

達也在學生會室檢視第一高中學生的資料。

在這種緊急狀況還來上學……達也並非沒有這麼想過,但是因應九校戰的「表面準備工作」也處於緊急狀況。達也決定非假日時將「檯面下」的事情全扔給八雲處理,自己則正在致力解決檯面上的問題。

包含達也在內的學生會幹部以及社團聯盟總長服部正在檢視的資料，是九校戰選手甄選用的實技成績總表。這是以「今年也沒有更換項目」為前提而使用完畢的資料，不過因為網羅了所有實技測驗的資料，所以應該也能用來挑選新項目的參賽選手。

達也吃著三明治，接連翻閱整理成卡片形式的資料，另一隻手在敲著鍵盤，應該是在整理候選人清單。

順帶一提，這個三明治是由琵庫希製作並且分給大家的。深雪與穗香不時停下操作控制台的手，很有教養地用餐，但梓則是直接將吃到一半的三明治含在嘴裡打電腦，因此被泉美默默以視線告誡。

「冰柱攻防、幻境摘星與祕碑解碼的參賽選手，我覺得只要調整到沒有重複參加其他項目就好，你們認為呢？」

首先開口的是服部。

「我覺得這樣就可以了，不過冰柱攻防的正規賽得分成單人與雙人組。」

「女子組由司波學妹單打，雙打由千代田與北山搭檔就好了吧？」

達也指摘之後，服部隨即如此提議。

「男子組怎麼辦？」

「男子組的三名選手實力幾乎一樣，應該實際讓他們搭檔看看，再依照調性決定。」

「我贊成。」

「關於操舵射擊，我覺得從精速射擊與衝浪競速的候選選手挑選就好。」

「我覺得雙人賽可以這樣選人，但是單人賽要求高超的多重演算技能，應該要考量到這一點才行吧？」

「原來如此。那你認為應該重視射擊技能還是駕船技能？」

「操舵射擊的船可望比衝浪競速的船穩定，我認為應該要偏重移動射擊的技能。」

「這麼一來，符合的社團就是ＳＳ船舶鐵人雙項社、狩獵社，還有……」

……午休時間集結眾人的選手二度甄選會議，就像這樣幾乎由服部與達也的對話主導。

放學後達也前往第二小體育館。並不是偷懶不做行政工作，這也是九校戰準備的一環。兩間小體育館的入口有鋪設清潔墊，走過去就可以徹底洗淨鞋底，所以穿著室外鞋入內也不成問題。但達也刻意脫鞋，走進切換為木質地板，通稱「競技場」的館內。

即使期末考將近，穿著護具的社員們依然以竹劍互擊發出輕快的聲音。由於大家的臉部都被面罩遮住，無法確認底下是誰，所以達也依照體型尋找要找的學生。

他尋找的對象坐在牆邊。這個女生正在脫面罩，大概是剛好要休息吧。雖然她應該是全身放鬆的狀態，姿勢卻端正到令人著迷。

「艾莉卡。」

「咦，達也同學？你居然會來看練習，真難得耶。」

達也沿著牆邊走過來舉手打招呼，艾莉卡則對於達也的到來略感意外。如她所說，達也就任副會長之後，這次是第一次來看劍道社練習。

話說，艾莉卡其實並非劍道社社員，她加入的是網球社。雖然這麼說，但她算是半個掛名社員。網球社不是相當活躍的社團，沒有參加練習也不會被嘮叨。

艾莉卡仗著這一點，偶爾會像這樣來劍道社幫忙——不是她主動幫忙，是紗耶香拜託她，她才不得已前來。

達也也知道這種隱情，但他不曉得今天就是「幫忙」的日子。達也在來第二小體育館之前有去過網球場，簡單來說就是白跑了一趟，但這不是艾莉卡的責任，所以他沒有提及這件事。

「什麼事？」

艾莉卡不曉得達也正在認真尋找她，所以這句話類似打招呼。

「嗯，我有件事務必要拜託艾莉卡幫忙。」

所以達也鄭重坐好之後鄭重地這麼說，使得艾莉卡露出毫無防備的詫異表情。這是俗稱「脫線」的表情，但她不愧是美少女，就連這樣的表情也很像樣。

「咦，怎麼突然這麼鄭重？達也同學居然會有事想拜託我……」

艾莉卡眼中浮現藏不住的警戒神色，肯定是因為她知道達也真面目的一小部分所致。

「與其說是我，應該說是學生會的委託。」

但這次是艾莉卡想太多了。

「學生會的？」

艾莉卡理解這一點之後，雙眼中的緊張神色消失，改為映出明顯感到疑惑的神色。她抱持著「達也想要我做什麼？」的純粹疑問。

達也當然完全沒有必要在這裡隱瞞，於是他簡潔並具體地回答。

「想請妳擔任堅盾對壘的練習對手，為九校戰做準備。」

「啊，那項似乎很有趣的競賽是吧？不過，由我當練習對手沒問題嗎？」

艾莉卡有自覺自身的魔法技能相當偏頗，理所當然不會獲選參賽。但即使是擔任練習對手，她也相當質疑自己是否真能幫上忙。

「請妳務必要答應。」

但達也似乎對艾莉卡適任一事深信不疑。他筆直的視線令艾莉卡不由得移開目光——這是因為她在害羞。

「……既然你都這麼說了，我就答應吧。」

她為了遮羞而刻意使用高姿態的語氣。

「感謝。」

即使如此，達也仍始終不改正經八百的態度。「難道是在惡整我？」艾莉卡覺得他是故意的，在內心如此咒罵——但艾莉卡也清楚這只不過是在找藉口指責他而已。

換上制服的艾莉卡依照達也的吩咐，前往準備大樓一樓的小會議室。

「你這傢伙為什麼會在這裡啊？」

她在那裡出乎預料地看見「某個同班同學」，劈頭就這麼問。如果只有他們兩人，或是在朋友之間這麼說，她應該不會覺得有什麼問題，但室內有好幾位陌生學長姊，而且她也還沒有向大家打招呼。

（糟了……我居然不小心就用平常的調調講話……這下子怎麼辦？）

仔細一看，就會發現不只是艾莉卡，連學長姊也露出困惑表情。

「少囉唆，我也是被達也找來的。」

不過，雷歐沒有考慮到場面氣氛的這番話，使得廣為覆蓋在室內的尷尬空氣完全消散——究竟是刻意這麼做還是真的沒有考慮到場面氣氛，必須問當事人才知道。

「艾莉卡、雷歐。」

達也輕聲規勸般的這句話，明顯是有考慮到場面氣氛的一句話。兩人緘口之後，達也便向艾

莉卡介紹堅盾對壘的參賽選手。

「所以司波學弟，我和西城學弟組隊練習就行了對吧？」

「練習的時候我跟千葉學妹一組就好了對吧？」

先開口詢問的是男子組單打選手澤木，後面那句話來自獲選為女子組單打選手的三年級學生千倉朝子。

「是的。」

堅盾對壘是交戰型競賽，不過選手只有單打一人與雙打兩人，男女分別只有三人，二對二搭檔練習會少一人，所以才挑選艾莉卡與雷歐擔任練習對手。

「麻煩兩位也擔任單打的練習對象。」

順帶一提，單打的練習對象是雙打的兩人加上幫手，三人輪流進行。

「嗯。西城學弟，你不是由別人，而是由司波學弟推薦的。還請多指教！」

「……謝謝。」

「千葉學妹，請手下留情喔。」

「我才應該這麼說。」

雖然這件事已經對兩人說明過了，但是先不提艾莉卡，雷歐的對手是傳聞在第一高中首屈一指的武門派澤木，這讓他的客套笑容也有點抽搐。

◇　◇　◇

形容為「陰謀的震央」應該是誣賴吧。將時間往回推就知道，九島家只不過是在軍方企圖加速魔法師在軍事上的利用時，搭了便車而已。不過即使內容過於嚴苛，以軍事利用為前提的「祕密武器」被拿到高中生進行魔法競技的九校戰使用，依然是九島家的指使。他們應該得甘願承受這種程度的惡名。

而且九島家根本不可能在意這種事。他們充分理解到自己將會遭到抨擊，提議將九校戰當成性能測試舞台的九島烈更是如此。正因如此，他們反而更加把勁，下定決心不能讓寄生人偶的實驗失敗。

烈今天也是從早到晚都在前第九研帶頭指揮。要是接下來沒有其他行程，他大概直到半夜都不會離開研究所吧。這場預定的餐會，也是為了取悅某位對九校戰有強烈影響力的退役軍人政治家（退役階級是低於烈的上校）才接受邀請。

下午六點多，烈前往大阪的高級日式餐廳，而就在真言接棒坐在辦公桌前面的這時候，守衛打內線電話告知有客人造訪。

「訪客？我們沒有安排接見訪客的行程，對方是誰？」

『他自稱是橫濱中華街的周公瑾，表示想直接對老爺您說明來意。您意下如何？』

真言聽過「橫濱中華街的周公瑾」這個人。即使另外二十八家沒有聽過，源自於前第九研的「九」之家系也不能無視於這個名字。

「我立刻過去，帶他到會客室。」

真言就如自己所說，立刻站起身子。

真言一入內，這個橫濱華僑就從會客室的沙發上起身。真言看到他之後，首先抱持的情感是嫉妒。周公瑾在真言眼中就是如此年輕瀟灑，爽朗秀麗的容貌綻放光輝，充滿自己這種老人所沒有的活力——真言如此心想。

「歡迎，我是九島家當家九島真言。」

真言壓抑內心湧現的灰暗情緒，露出看似大方的笑容伸出手。

「我是周公瑾，請叫我周。」

相對的，周以至少在表面上相當謙虛的態度，恭敬地握手回應。

「我久仰大名。因為周先生是名人——在這個圈子裡很有名。」

真言話中有話地這麼說，周也沒有無謂地謙虛，以似乎蘊含著特殊涵義的微笑回應。周早已預料到對方會認識他。再說，如果真言不知道他在「這個圈子裡」做的勾當，周接下來要進行的協商根本就無法成立。所以笑容底下的他甚至覺得省了一番工夫。

「承蒙您耳聞實在不敢當。本次我就是基於這件事，想說九島大人或許可以給個方便，才會冒昧登門造訪。」

「您說的『這件事』是？」

「是的，我想正如九島大人的猜測。關於我那些逃離大亞聯盟苛政的同胞們，我想和您商量要如何安置他們。」

周協助大亞聯盟的反日工作，另一方面，想逃離大亞聯盟的人，他也會在各方面給個方便。主要的活動內容是在同胞成功逃抵日本時安排最終落腳處，並且提供逃亡到落腳的交通費，也金援他們逃亡之後的政治活動。

其實大亞聯盟知道周在進行這種逃亡仲介的工作。雖然不是普遍到只要是政府高官或高階軍人都知道，但至少在投入反日工作的軍人與政府人士之間是公開的祕密。

那麼周為何沒有被列入大亞聯盟的肅清名單？因為對於大亞聯盟政府來說，周協助這種人逃亡其實正合他們的意。簡單來說，想逃亡的人們就是不滿政府的分子，要是他們趕快逃亡，政治不安的因素就會相對減少。反正大亞聯盟不缺勞力，他們逃亡時也無法將所有資產帶到國外，所以國庫也能因此有所進帳。

他們逃亡之後，繼續進行政治活動而會造成問題的狀況有三個：可能會波及國內、成為外交上的負面要素，以及他們這種行為可能落為經濟封鎖的口實。

不過，以大亞聯盟的現狀來說，這些問題都不是問題。大亞聯盟政府經過和大漢的「內戰」來確保大陸東部的統治權，如今甚至完全掌握了整個軍方，連末端部隊亦如是。他們充分地理解到，只要擁有軍力的人不背叛，反政府運動就不會順利成功。即使是在外國活動，只要沒有武裝勢力，他們就無力推翻政府。大亞聯盟政府還沒有忘記地方軍隊失控導致大漢自封獨立（「自封」始終只是從大亞聯盟的立場來看），進而爆發內戰的這段歷史。

外交批判對於現在的大亞聯盟來說也不是問題。國家之所以需要外交支持，是為了避免在政治上被孤立，也就是避免在軍事上或是經濟上被孤立。

不過就現在的世界情勢而言，沒有任何軍事同盟可以威脅到大亞聯盟。世界四大勢力：USNA、新蘇聯、印度波斯聯邦以及大亞聯盟自己，在軍事上都採取孤立政策。USNA和印度波斯聯邦是同盟國，但那也只是表面上的關係，他們之間並不存在世界大戰之前的那種密切的同盟關係。要是四大勢力之一試圖擴張領土，另外三國應該不會坐視不管，但卻不會面臨到干涉內政的威脅。

大亞聯盟在經濟層面的自給度也很高，即使遭受經濟封鎖也是不痛不癢。雖然能源供給的部分有些令人擔憂，但其他國家也是一樣的情形。想逃亡的人大多是資產家，所以只要逃亡的人別太多，對國庫來說反倒是好事。

因此，大亞聯盟政府甚至暗中鼓勵周的逃亡仲介工作。

話說回來，日本現在嚴格限制收容逃亡者（政治難民）。不只是日本，難民條約的框架本身歷經二十年世界連續戰爭就已瓦解，至今仍未修復。不過也只是限制而已，並未禁止。但如果逃亡者是有益於國家的人材，那就另當別論了。例如優秀的科學家、知名的藝術家，或是——強力的魔法師。

「其實我們這邊預定在下週收容大陸的三名方術士，但因為程序有稍微闕漏……所以還沒有決定落腳處。」

「你說程序闕漏？」

「讓您見笑了。好像是因為在門派對立這方面的情報調查不足……」

「原來如此，古式的人們確實會在意這種事。」

真言很自然地暗示「現代魔法師不在意門派」。不過這個暗示，是被周看似藉口的那番話引出來的，真言也是明知如此而順他的意。

「但這三位正好又是有些不方便暫住我家的人士……」

「他們是怎樣的人？啊，不，您方便的話再告訴我就好。」

「不不不，這不是不便透露的隱情。本次逃亡的老師們實力都很好……大陸政府基於面子問題，肯定也不會放任他們逃亡。」

真言朝周投以有力的目光，告知他對周這番話感興趣。不對，應該是表達有意願接受周的提議，並且進一步要求周主動進入正題。

「只靠我應該無法完全藏匿他們，因此想拜託九島大人。」

周也明白這樣的互動。

「可以請您邀諸位道士到貴府上當食客嗎？」

周依照真言的要求，以低聲下氣的形式推動話題。真言瞬間滿意地彎起嘴角，但立刻以疑惑的神色覆寫原本的表情。

「可是，不用和傳統派那邊打好交情嗎？」

這正是「九」的含數家系無法無視於周公瑾之名的理由。「傳統派」是以京都為中心，由在地的古式魔法師跨越宗派隔閡聯手成立的魔法結社。沒有標榜地名或系統，只自稱「傳統派」，由此可見他們的矜持，或是傲慢。

傳統派的目的是保護古式魔法的獨特性不受到現代魔法影響，也可以換個方式形容為堅持己身定位。不用說，他們正是將第九研視為敵對勢力。傳統派是對於「背叛」己方的第九研感到憤怒與怨恨，並以這種情緒作為向心力所組成的古式魔法流派聯盟，所以敵意當然是朝向現在擁有「九」的含數家系，尤其是盟主九島家。

而且由周仲介逃亡的大陸古式魔法師之中，想住在日本的人，通常都是借住在傳統派的各家系。周之所以廣為「九」的各家系所知，就是因為周會讓他們的潛在敵對勢力增強。

「我該做的始終只是為逃離苛政的同胞提供安居之地。至今我確實受到傳統派的協助，但是這些人情並不能拿來和原本的目的衡量。」

「您剛才說安居之地，但除非是特殊案例，否則政府不會接受逃亡者歸化。」

「暫居之所也無妨。因為對於飽嘗暴政的人們來說，即使只是暫時，能夠和平度日就是無價之寶。」

周看起來像是始終誠實以對，只為同胞的安危著想。雖然當然是不能百分之百相信他，但即使是作戲，真言也不以為意。真言判斷，至少可以相信周並非是要和傳統派聯手陷害九島家這一點。對真言來說，光是確認到這次的事情不是傳統派的謀略就夠了。

「我明白了。讓魔法師享受人類應有的生活，也是我們十師族的理念。協助那些不惜拋棄祖國也想得到自由的魔法師，對於十師族來可以說是理所當然的義務。只是這種事不能不負責任地答應，所以我沒辦法當場允諾，請見諒。」

只是真言無法立刻點頭答應。身為九島家當家，即使只是想太多，也必須避免被首次見面的對方瞧不起。

「喔喔，這是當然的。」

真言有所保留的回應，並沒有讓周感到不悅，應該是因為他感覺得到真言對這個提案動心了吧。他從懷裡取出一個小信封遞給真言。

「我這邊準備了三位道士老師的資料，期待您的好消息。」

「請容我積極考慮。下週應該可以給您答覆。」

真言收下裝著資料卡的信封回應周。

「感謝。那方便下週一再來打擾嗎？」

真言檢視從懷裡取出的手冊型終端裝置，然後立刻抬頭。

「下午四點可以。」

「那我就在那時候過來。今天感謝您的關照。」

周以符合容貌的優雅動作行禮致意。

真言在看過了周提供的資料之後，便將研究所的警備主任找來，命令他對周公瑾的來訪下達封口令。

「也不能讓前任當家知道這件事，知道了吧？」

真言尤其徹底指示九島烈也在保密對象內。他目送面露疑惑神色的警備主任離開後，換找來私下利用的情報販子。情報販子約一小時後抵達，真言委託他調查周公瑾的要求是否屬實。

完成一連串的安排之後，真言靠在椅背上嘆出長長的一口氣。

「黃巾力士啊……」

他輕聲說出的這個名稱，是資料上關於方術士擅長領域的敘述。資料說明本次逃亡的三人，正在研究如何重現神仙道的失傳技術「黃巾力士」。

「順心如意得有些不尋常啊。」

這群專家就像是抓準寄生人偶開發的時機找上門。真言如此解釋周的委託。真言覺得周有可能是在寄生人偶的開發是極機密計畫的情況下，依然得到了這個情報。

「要是情報外洩，這就是必須擔憂的事態了……」

不過像是傀儡法、成兵術或魔像魔法這種遙控無機質人偶的術式，古式魔法比現代魔法先進好幾步。寄生人偶需要的技術，並不是以魔法操縱無意識人偶，而是以術式控制寄宿在機械人偶裡的魔性，但使用ＳＢ為媒介操作人偶的古式魔法，和寄生人偶技術有許多共通點。

加入這些因素考量的話，那麼研究大陸失傳祕術「黃巾力士」的魔法師，便是開發寄生人偶過程中務必想延攬的人材。

「算了。反正會成為害蟲的話再除掉就好。」

無論是成為蛀蟲或三屍九蟲都一樣。真言在心中如此低語之後就停止了獨白。

到了週末，第一高中才總算逐漸脫離九校戰的「營運衝擊」。七月二日收到競賽項目變更的通知，重新選拔選手後，在七日星期六再度進行競賽的練習。雖然下星期二開始期末考，但他們決定在這之前，至少要讓新選手練習一次。尤其是新項目操舵射擊與堅盾對壘，為了掌握競賽的感覺，大家決定試打一次模擬戰。此外越野障礙賽跑因為規模過大，所以還沒有完成準備。

操舵射擊是沿用衝浪競速的水道練習，標靶則是從鐵人雙項社與狩獵社調度過來。堅盾對壘則是臨時在運動場搭設男女賽場各一，並在放學後立刻舉行模擬戰。

現在的女子組賽場（雖然這麼說，但男女賽場的規格都是長寬二十公尺、高一公尺，並無差異）中，女子組單打選手千倉朝子正在和艾莉卡交戰。

堅盾對壘的賽場除了大小之外，外觀完全是「沒有圍繩與角柱的拳擊擂台」，但地面使用防滑材質，上下振動也減輕到最小。艾莉卡自由自在地馳騁在這塊適合奔跑的賽場上。

「唔，好快……！」

朝子從剛才就使用偏倚解放的魔法，試圖將艾莉卡推到界外。從某方向壓縮空氣，並從另一側噴出高壓空氣的偏倚解放，原本就是如此使用的魔法。

然而這個魔法卻完全跟不上艾莉卡使用自我加速魔法之後的動作。艾莉卡以不規則的步法奔跑，而在朝子眼神跟丟她身影的下一瞬間，盾牌就受到了強烈的衝擊。

艾莉卡利用山怒濤的原理，以自己的盾牌撞向朝子的盾牌。這招堪稱是山怒濤的盾擊版。雙方接觸的瞬間，艾莉卡將自己盾牌的慣性提升到極大，將朝子連人帶盾撞出擂台。

千倉朝子背對地面摔進場外鋪設的緩衝墊，艾莉卡則跳下擂台伸手幫忙拉她起來。在達也身旁看著這一幕的服部嘆了口氣。服部察覺達也以眼角餘光看他，於是將頭轉向男子組擂台。澤木與雷歐的搭檔，正在和桐原與十三束的搭檔交鋒（在這個場合或許應該說是「交盾」）。

堅盾對壘使用的盾牌材質是木材，表面積的部分，男子組是零點五平方公尺以上，女子組是零點三平方公尺以上，且規定除了把手，表面不得有兩種以上的曲面。換句話說，只要不是表面呈波浪狀或是兩端凹折，盾牌是圓形、方形或星形都沒有問題。

第一高中以代表選手的攻擊模式進行模擬後，決議採用紡錘形的盾。桐原將盾牌前端的尖細部位瞄準雷歐往前頂。

雷歐在擂台中央壓低重心，擋下桐原這記突刺。穩如泰山的雷歐很高明，但在承受被雷歐完全擋下時所造成的反作用力後，依然完全維持原本姿勢的桐原也很了不起。

兩人停止動作。這時十三束趁機攻擊雷歐。

十三束躲開對峙至今的澤木，迅速繞到桐原右方。桐原將盾牌固定在右臂，單手持盾。相對的，十三束則是在盾牌長邊安裝兩個把手以雙手持盾。他將盾牌舉在右前方，試圖如同長槍般衝向雷歐。

「唔哇！」

但是還沒有衝刺，十三束的身體就忽然遭受強風襲擊。十三束繞到桐原右方時，澤木也跟著繞到雷歐左方。將盾牌固定在左臂單手持盾的澤木，向十三束筆直揮出右拳。

這是澤木擅長的招式，也就是利用拳速產生空壓波。這個魔法是藉由將厚厚的空氣裝甲纏在手上，在不增加重量的狀況下擴大表面積，再利用以魔法加速之後的拳頭射出風塊。依照堅盾對壘的規則，選手不得攻擊盾牌以外的部位，但說到底也只是禁止以固體或液體進行物理攻擊，以氣體進行攻擊時就沒有部位限制。

十三束嬌小的身體倒在賽場上。雖然勉強避免摔到界外，但沒有遠距離攻擊方式的十三束，在這一瞬間就被排除在戰力之外。和雷歐以盾牌互抵較勁的桐原見狀，便以空著的左手操作戴在右手臂的ＣＡＤ。

這是打破二對一狀況的一步棋。他為了用來破壞雷歐的盾牌而構築的魔法，是以盾為媒介的「高頻刃」。高速振動術式與自毀防止術式作用在桐原的盾牌上。

振動沿著接觸的邊角傳到雷歐的盾牌——

「唔喔！」

——桐原的盾牌因此半毀。桐原不禁發出驚愕的聲音，但這也是在所難免吧。既然盾牌被振動的反作用力破壞，就代表桐原的自毀防止術式不如雷歐的硬化魔法。

桐原的盾牌靜止在原地，這次輪到雷歐以盾牌邊角撞擊。雷歐手上以魔法增加強度的盾牌，劈毀了桐原的盾牌。

這個結果令服部再度嘆氣。他搖頭兩三次後，有些猶豫地詢問達也：

「司波……還是選千葉跟西城參賽比較好吧？」

其實在甄選選手的會議上也提過這一點，但最強烈反對的人就是達也。

「如果沒有限制攻擊部位，那兩人就是有力的候選人。」

「意思是，他們在堅盾對壘的規則底下沒有勝算？你在甄選時也這麼說過，不過實際試著比賽，就會發現這樣的話……」

「千倉學姊與桐原學長都只是還沒有習慣堅盾對壘的戰鬥方式而已。水波。」

達也委婉否定服部的質疑，然後呼叫正在女子組擂台下方觀看練習的水波。

「是，達也哥哥。」

水波想跑過來，但達也伸手制止，自行走到女子組擂台邊。在新人賽堅盾對壘和水波搭檔的一年級女生，在她身旁繃緊表情。

「艾莉卡。」

「什麼事？」

達也一邊走，一邊向艾莉卡招手。專注觀看雷歐戰鬥的艾莉卡立刻回到這裡。

「艾莉卡，麻煩妳當水波的對手。」

「意思是要我跟她單打？」

「嗯。」

「是喔……好啊。」

艾莉卡打量般地將水波從頭到腳審視一輪，接著像是認同了某件事般點頭走上擂台。

「水波。」

水波因為出乎意料的發展而亂了分寸，但還是跟著艾莉卡要走上擂台。就在這時，達也在她耳際低語。

艾莉卡見狀揚起嘴角一笑。

「千葉學姊，讓您久等了。請多多指教。」

走上擂台的水波恭敬地行禮致意。

「他到底傳授了什麼作戰給妳呢？我好期待。」

艾莉卡以危險的笑容回應。

「兩人各就各位，預備。」

按照慣例，九校戰的賽場裡沒有裁判，堅盾對壘的擂台也不例外。達也吹哨代替電子聲宣告比賽開始。

艾莉卡筆直地攻向水波。沒有使用假動作並不是小看水波，是她不知道達也究竟傳授何種策略，壓抑不住好奇心使然。

水波面對猛然衝過來的艾莉卡，迅速又冷靜地操作ＣＡＤ。

艾莉卡的身體瞬間停止。這種動作必須要中和自己身上的慣性才有可能做到，但艾莉卡並非自願停止。

會這樣是因為水波展開的反物質護壁命中了艾莉卡的盾牌。沒有承受到反作用力，是因為慣性降到極小。不過水波也處於相同狀況。水波沒有受到任何衝擊就執行下一個術式。

艾莉卡的身體輕盈地浮了起來。她不是自己往上跳，而是踩在水波斜放的護壁上。即使中和慣性，重力還是會產生作用，所以艾莉卡剛才還是有辦法踩穩，但要是雙腳被迫離開踏腳處就無從抵抗了。

「等一下……！」

艾莉卡連忙試著關閉中和術式，但是很遺憾，以她的能耐無法立刻變更魔法終止條件。此時將慣性提升到最大，也只會持續進行等速運動。結果艾莉卡就像是羽毛一樣，輕盈地被水波往前推的護壁送到界外。

「剛才那招難道是……十文字學長的『連壁方陣』？」

服部蘊含驚愕心情低語道。

「不，剛才的術式只是持續移動單層的反物質護壁。」

達也很乾脆地做出否定。

「原理就和單純的移動魔法一樣。移動魔法是連續變更對象物體座標的術式。只是這個魔法不是變更對象物體座標，而是變更護壁的架設座標而已。」

「是這麼簡單的魔法嗎……？」

服部的驚愕沒有消除，而是更加強烈。如果這種事輕易就能做到，那麼所有人都可以重現攻擊型的「連壁方陣」了。

「水波使用的術式難度和連壁方陣不同。因為攻擊型連壁方陣是以持續時間為代價，將反物質護壁的強度與速度提升到極限，連續創造多重護壁的魔法。而水波的術式重視持久力，無法期望護壁壓力強到能摧毀目標。」

達也回答之後離開服部身旁，走向千倉朝子。剛才摔落擂台的艾莉卡，以及一臉惶恐走下擂台的水波也聚集在那裡。

「哎呀～輸了輸了。沒想到會那麼輕易被推落。」

「在那種容易被看穿的時間點進攻當然會受到反擊。艾莉卡那一招必須快到眼睛跟不上，也就是對方來不及看清楚才管用。」

「……你還真清楚。」

艾莉卡因為「奧義」的弱點被毫不留情地指出而心虛，達也將視線從她身上移向朝子。

「如何應付採取肉搏戰的對手，我想學姊從剛才的戰鬥就能明白了。」

「……但我沒辦法使用那種護壁啊。」

「不過我記得千倉學姊擅長方向反轉術式。」

朝子微微睜大雙眼，大概是沒有想到達也會知道她擅長的魔法。

「……嗯，是的。」

「在雙方盾牌即將接觸的時候，反轉方向讓對方往上浮，然後直接以移動魔法把對方推出界外就好。」

以達也的角度來說，被當成不曉得朝子擅長的魔法才令他意外。他在這次的九校戰是工程師兼作戰參謀，無論是哪個職責，要是不曉得選手擅長與不擅長的領域就沒戲唱了。達也或許是因為這樣，語氣才變得有點愛理不理——不過更可能是他原本講話就是這樣。

先不提朝子對達也這種態度的想法，她似乎姑且接納了達也的建議。相對的，艾莉卡一副欲言又止的表情，但達也的注意力移向了內袋裡正在振動的情報終端裝置。

達也取出終端裝置檢視訊息，接著轉身向站在後方的服部說：

「冰柱攻防那邊似乎準備好了。我要去那裡，這裡方便交給學長嗎？」

「嗯，辛苦了，這裡交給我吧。」

這是當初就先預定好的事情。服部立刻點頭。

為求謹慎，達也看向男子組的擂台。三年級的工程師從澤木那裡接過ＣＡＤ進行微調，旁邊的平河千秋則是拚命地專注聆聽十三束說話，大概是在徵詢競賽用ＣＡＤ的使用感想吧。達也判斷應該沒有問題後，便朝服部與千倉行禮致意，並向艾莉卡與水波知會一聲之後，就動身前往演習森林的冰柱攻防練習場。

冰柱攻防的練習，每年都是在演習森林深處的五十公尺戶外水池進行。這座水池不是用來游泳的泳池，而是用來練習流體控制的水池。平常加蓋不放水的水池，如今在放水之後以魔法製作冰柱，再以魔法直立冰柱，至此才總算可以練習冰柱攻防。

直到去年，這項準備工作都會耗費不少時間。但今年使用不到往年四分之一的時間，就完成了準備。

「啊，哥哥，這邊已經準備好了。」

而能夠減少準備時間，也是因為去年是新生而有所顧慮的深雪，在今年成為核心人物推動這項準備工作所致。達也原本也預估只要去年的一半時間就可以完成，但深雪的能力超乎他的預料——實際上直到水池能夠使用，只有放水花了較多時間。

「辛苦了，準備得還真快。」

「因為不能讓哥哥久候。」

深雪這句話和她的容貌相符，是遵守日本傳統賢淑女性價值觀的可嘉發言，但她投向達也的目光背叛了她的聲音與外貌等所有的一切。她的雙眼強烈要求盡早「取回」達也。任何人都能清楚看出她的真正想法，像是花音就明顯露出一副厭倦的表情。

「還真是沒有想到她會同時製作二十四根水柱，然後一鼓作氣凍結成形。」

「那個流體控制魔法是達也同學建構的？」

花音只有語帶挖苦地輕聲嘮叨，不過雫似乎對深雪使用的術式感興趣。

「相似形複製理論的運用是我的點子，不過是深雪把它改良到實用階段。」

「但是以我依靠感覺使用的魔法為基礎來構築啟動式的，是哥哥喔。」

兄妹將功績讓給彼此。他們這樣使得不只是花音，就連雫都露出「隨便你們吧」的表情而撇過頭去。

「……總之既然完成準備了，那就開始吧。」

達也說完，深雪立刻就定位。

花音與雫的動作會莫名遲鈍，應該不全是他們造成的。

如前面所述，長五十公尺，寬二十公尺，深五公尺的水池不是泳池，所以衛生管理沒有很嚴謹。水池牆面與底部都是只用一層高防水的黏土製成。不過這樣反倒方便練習冰柱攻防。

他們以白色的線條在水池底部畫出和冰柱攻防相同大小的場地，並在四個角落立著細長的棒子。他們在距離水池短邊十公尺處設置踏腳處，而選手就站在上面對峙。

其中一邊是深雪。

另一邊是花音與雫。

雖然是二對一的不公平比賽，但是無法斷言花音她們絕對有利。

除了某些特殊例外，魔法是無法合成的。要是花音與雫同時施展魔法的默契不好，就會只有其中一人的魔法會發動。不對，一個不小心也可能兩種魔法都不會產生效果。其他雙人賽同樣存在這個問題，不過他們預料這在冰柱攻防是尤其麻煩的問題。

「雫，加油！」

穗香在聲援雫。幻境摘星的準備工作費時，所以她來參觀冰柱攻防的練習——不過這只是藉口，其實她是想待在達也身邊。

「深雪學姊，加油！」

泉美像是不服輸，卻又有點不好意思地聲援深雪。她是新人賽冰柱攻防的代表，即使稍微有點非分之想，卻真的是在見習。

「那麼，開始吧。」

達也說完，簡便設置的訊號燈便亮起紅色的光，接著變成黃色。在變成藍色的同時，魔法開始肆虐整座水池。

花音坐在折疊椅上，板著臉看向一旁。站著的深雪與雫一同露出「怎麼辦？」的為難表情，彼此相視。

模擬戰連續舉行五場，冰柱幾乎都是由深雪設置，換句話說，就是即使她額外消耗了一些力量，但戰績依然是深雪五連勝。即使當事人不是花音，看到這種結果也會覺得不高興。

「千代田學姊負責攻擊、雫負責防禦，我想這個戰術基本上沒錯。」

而且達也毫不在乎花音表現出不悅的心情，一邊調校她的ＣＡＤ，一邊不客氣地搭話。

「意思是我並非魔法不如人？那到底是哪裡出錯了？」

「不是出錯，是默契練習不足。不過今天才第一天，會這樣是理所當然。」

「……是哪裡有問題？」

「學姊的魔法發動領域和雫的情報強化領域稍微重疊了。」

雫聽完達也的說明，站在花音面前低下頭。

「學姊，對不起，是我的失誤。」

「是啊。雖然妳應該是為了對抗深雪的領域魔法，才會將強化對象擴張為己方所有陣地，不過情報強化還是應該對單一個體，而不是對領域使用。而且冰柱攻防只要任何一根柱子還在就不算輸，所以應該考慮集中強化少數對象。」

「嗯，我知道了。」

「哥哥，您不給我建議嗎？」

雫露出像是等待被摸的幼犬表情仰望達也時，深雪便面帶「笑容」擋在她前方。

「要是深雪輸了，我就會給建議。不過要是妳放水就得接受懲罰。」

「懲罰……我……我才不會故意輸掉，這樣對學姊與雫很失禮。」

深雪以看似生氣的語氣回應達也這番話，但她移開的雙眼周圍稍微泛紅。

花音目瞪口呆地看著這一幕。坦白說，她之所以不滿，是因為練習時的責任工程師不是五十里而是達也，因此動不動就挑剔達也的工作表現。不過花音目睹到深雪與雫這麼黏達也的樣子就在內心苦笑，心想「自己還是忍耐到正式比賽的那一天吧」。

◇ ◇ ◇

七月七日星期六的夜晚。在白晝較長的這個季節，現在還堪稱是剛入夜的時間，但七草家主屋已經是寂靜無聲。

當家弘一的長子已經結婚，如今夫妻倆住在東京都心的公寓。次子總是在不同於前第七研，由七草家自己設立的魔法研究所過夜，幾乎把那裡當成自己家。這兩人是弘一已故的前妻之子，會刻意迴避後妻生下的妹妹們。兄妹倆感情絕對不差，但在內心某處應該還是有芥蒂吧。

說到這些女兒，長女真由美今天「也」去參加宴會，尚未返家。今晚的舞會不是和含數家系有關的社交場合，而是大學主辦的七夕派對，但她應該「一如往常」將近深夜才會回來吧。

香澄與泉美，早早便洗完澡窩進自己房間。兩人今天都頻頻喊著「今天好累」，所以或許已經睡著了。

不過，弘一沒辦法像兩個小女兒一樣，累了就休息。弘一在書房工作時，他在等待的部下來訪了。

「進來。」

弘一回應敲門聲，催促對方入內。對方是他「現在」的親信——名倉。

「周公瑾怎麼說？」

弘一制止正要說開場白的名倉，要求他簡潔報告。名倉反倒是一副省了工夫的模樣，以不帶情感的語氣回應。

「他說他委託九島家的當家，收容大亞聯盟的逃亡者。」

「嗯……他接觸九島的真正理由是？」

「九校戰會進行寄生物附身型戰鬥女機人『寄生人偶』的性能測試，他要干涉這場測試讓女機人失控，危害九校戰的選手。他說不會做到出人命的程度，屬下認為這一點可以信任。」

「利用的手段是？」

「說是要使用寄生物用的狂化術式。」

「……干涉ＳＢ的系統外魔法嗎？」

弘一深感興趣地低語，但又立刻像是失去興致，轉身面向書桌。

「辛苦了。」

這句話暗示要名倉離開，但他沒有乖乖聽命。

「可以袖手旁觀嗎？」

「無妨。」

弘一背對著名倉回應。

「寄生人偶的性能測試，是在舉辦越野障礙賽跑的時候進行。一年級並非實驗對象。」

「意思是只要自己人沒有受害就無妨？」

「你講得真奇怪。」

名倉的語氣沒有責備，但不曉得弘一是不是感覺到了某種他無法裝作沒有聽見的情感，旋轉椅子讓自己面向名倉。

「我為什麼非得把力氣花在別人家的兒女身上？」

弘一的指摘，使得名倉低頭承認自己的錯誤。再說，從跟周搭上線的時候開始，關心別人家就只會是一種偽善。

「而且這次先出手的是國防軍的強硬派。寄生人偶的測試，是宗師想趁著這個機會打造出一個由機械取代魔法師的契機才執行的。事到如今多加一兩個謀略算得了什麼？」

主謀是和弘一關係密切的集團，所以他清楚知道九校戰舉辦要項大幅變更的原委。

而且說到底，開端就是源自國防軍內部的反大亞聯盟強硬派集團。他們是去年十一月成立，反對日本和大亞聯盟簽訂談和條約的勢力。

他們主張要趁著大亞聯盟失去三成艦艇的這個機會進一步採取軍事打擊，去除這個長年的威脅，換言之就是希望開戰。在橫濱事變之前，國防軍內部幾乎都不贊成這個主張，但是在事變之後便逐漸得到確實的支持。

但是結果僅止於軍事恫嚇。這段過程反而增加強硬派集團的向心力，並成長為連國防軍幹部都無法忽略的勢力。

之所以容忍他們對魔法協會施壓，主要也是要安撫強硬派集團的不滿，結果導致今年的九校戰採用了軍事色彩濃厚的競賽項目。

接下來是弘一的推測。九島烈應該不是要阻絕，而是要扭曲現在的流向。烈以「魔法兵器的實驗」這個名目吸引強硬派的興趣，讓他們目睹魔法師被寄生人偶打倒，藉以讓他們認為比起將魔法師當成兵器，加強開發這種打從一開始就當成兵器的寄生人偶，更能有效強化軍事力。

沒有證據，這只不過是從現狀推理出來的想像。不過再怎麼想，比起犧牲青少年魔法師來開發兵器，這種做法一定更適合弘一認識的九島烈。

「名倉，無須掛念。即使真言閣下中了陷阱，老師應該也會收拾善後吧。」

弘一至少對昔日的恩師有這點程度的信任。

◇　◇　◇

七月八日星期日，達也造訪FLT開發第三課。形容為「即使放假依然造訪」應該不妥，形容為「因為學校放假才造訪」或許還比較適當。

和以往不同的地方，在於達也這次是獨自前來。期末考從週二開始，所以深雪在家裡用功。實技測驗在考前慌張也沒有意義，但是筆試的部分以惡補來應付還算有效。

研究室一如往常，滿是忘記今天星期幾、是不是假日的研究員。大家看起來都在忙碌工作。第三課的新商品開發計畫正要進入尾聲。

完全思考操作型ＣＡＤ。這種演算裝置將會為機械輔助魔法發動的技術帶來嶄新的突破，是各廠商競相研發的商品。半年前，羅瑟魔工所推出了號稱是世界首創的完全思考操作型ＣＡＤ，而ＦＬＴ的新商品則是繼他們之後推出。

不過羅瑟與ＦＬＴ的產品概念完全不同。羅瑟的ＣＡＤ是植入了以想子波操作按鍵這種構造的專用機種，以隨身ＣＡＤ來說算是相當大型的類型。

反觀ＦＬＴ開發的完全思考操作型ＣＡＤ則是特化「輸出操作ＣＡＤ的無系統魔法啟動式」這個單一機能的產品。輸出目標魔法啟動式的程序說到底都還是和以往的ＣＡＤ相同，卻是以無系統魔法代替手指操作。這個演算裝置實現了這樣的概念。

雖然ＦＬＴ的完全思考操作型，必須將配對軟體加裝在配合的ＣＡＤ上，不過用慣的演算裝置可以直接沿用是很大的優點。至少開發第三課是如此認為。配對軟體能夠對應八成過去五年內上市的ＣＡＤ，而且不論是泛用型還是特化型都可以。既然可以只靠想子波操作，這個新產品理今天是邁向商品化的最終測試日，只要這天沒有發現問題就可以對外公開準備發售。達也到監控室露面時，測試工作早已開始。

「早安。我是否稍微遲到了？」

「少爺早安！不，您非常準時。不好意思，我們等不及您露面就早早開始了。」

牛山露出惶恐表情低下頭，但他的雙眼透露出有如愉悅笑容般的神色。

那並不是瞧不起達也的笑容，而是工匠完成滿意作品時露出的笑容。

「這樣啊。我不介意就是了……」

「看來很順利呢。」

達也看向牆面螢幕，露出和牛山相似的笑容。

大型螢幕映出十二名測試員同時進行測試的光景。他們逐一使用四大系統八大種類的魔法，並在每次使用過後更換ＣＡＤ。

「目前一切順利！耗損的時間也在預測範圍之內。」

測試員使用的盡是初級魔法。這是測試新開發的ＣＡＤ時常見的光景，不過有兩個地方和以往不同。第一，他們沒有觸摸ＣＡＤ按鍵。第二，測試員的脖子以細鏈掛著一個硬幣形狀的小型演算裝置。

藏在衣服底下，直徑三公分、厚六公釐，表面進行消光加工的銀色圓盤，正是完全思考操作型CAD。經過處理而看得見想子光的螢幕上，顯示著硬幣狀CAD吸收測試員的想子來輸出啟動式的畫面。達也透過螢幕影像，將認知情報體的視力投向其中一名測試員，隨即「看見」胸口硬幣輸出的啟動式在測試員體內轉換成操作想子的魔法式。聚合為細線的想子波，被集中吸入左手手鐲上的按鍵。

CAD按鍵是電流按鍵，同時也是設置感應石天線的想子訊號收訊處。CAD以前就具備的非接觸型按鍵，是將想子直接送進天線來取代手指操作，但要是使用者沒有熟練操作想子，經常會指定到錯誤的啟動式，而且CAD本身的誤判機率也不小。這次的完全思考操作型是基於「還沒有熟練操作想子的魔法師也能正確指定啟動式，CAD也不會誤判」的概念開發而成。

達也他們為此所採用的方式，是研發一個無系統魔法，將聚合的想子波集中輸入到感應石天線。以魔法輸出發動魔法用的啟動式，這種做法確實是繞遠路，不過這讓驅動CAD的想子波即使構造單純也沒有關係，所以這麼做對魔法師造成的負擔低到可以忽略。光是思考就能確實指定啟動式，這樣的優點使得這種繞遠路的做法算不了什麼。

「我也試試看吧。」

「麻煩您了。喂，拿一台試作機給少爺！」

研究員回應牛山的呼喚而跑來，達也從他手中接過硬幣形態的完全思考操作型CAD，走向測試室。

當天下午，達也帶深雪來到副都心。正確來說是深雪帶他來。

◇ ◇ ◇

新型ＣＡＤ的測試毫無問題，在上午就完成了。達也也負責檢查特化型ＣＡＤ更換卡匣型儲存裝置時的運作狀況，但未發現任何問題。因此預先保留修正錯誤的時間完全空下來了。

達也拿了一個移除「試作」兩個字，成為成品的完全思考操作型ＣＡＤ回家當伴手禮，但是等待他的是妹妹因為累積壓力感到不高興而鬧彆扭的視線。深雪當然不可能對達也發脾氣（這種事很罕見），只以看似不滿，好像在抗議某些事的雙眼看著他。

但是達也無法置之不理。深雪入學至今，筆試成績一直保持在全年級第二（總成績不用說，當然是屹立不搖的榜首）。她不可能看不懂考試範圍的內容，更不是計較名次的個性。達也不認為深雪只因為考前用功就累積了沉重到一目了然的壓力。

（是準備九校戰的事情造成她的負擔了嗎……？）

如此心想的達也，試著向深雪提議外出走走換個心情。

「和哥哥出門？我去！請務必帶我去！」

如上所述，深雪回應的氣勢，強到讓達也不禁有所提防。簡單來說，深雪只是希望達也理會她。即使感覺有點過度，但也只是妹妹想對哥哥撒嬌罷了。達也慢了半拍才察覺這一點，但他也「不討厭」深雪對他撒嬌。

「水波要來嗎？」

達也這個問題，「關心同居人」的成分占了很大的比重。

「不，畢竟還要準備考試，而且我想打掃一下，所以容我推辭。」

水波鞠躬回應。她內心出現「為了履行守護者的職責應該跟著走吧？」的糾葛，不過「我可不想暴露在那種甜蜜氣氛中」的想法戰勝了。

雖然是達也邀約外出，但由於他是臨時想到這麼做，並沒有具體的計畫。所以便交由深雪決定要去哪裡，結果兩人就來到了澀谷副都心逛街購物。

深雪具備「以講究衣著為樂趣」的一面。雖然對化妝似乎還沒有什麼興趣，但達也覺得她好像喜歡欣賞衣服或自己搭配衣服。不過深雪真正的想法不太一樣，她喜歡的是把自己打扮得漂漂亮亮給達也看，但總之只要和深雪外出大多都是逛這種店，像現在兩人也是在逛最近剛開幕的時尚購物大樓。

這棟大樓似乎不是各承租店家分別營業，而是以樓層為單位共同展售，各店面之間並沒有隔開。展示宴會禮服的區域旁邊說不定就是內衣販售區，這種構造使得男性要是貿然亂走，可能會感到不自在。

達也剛開始也很注意這一點，但他基本上就只是跟著深雪走，所以在某種程度上無法避免這種情況。但達也還是看開了。他認為，既然自己沒有想入非非，會不想經過內衣或泳裝販售區也說不通。

但這種心態在今天卻成為反效果。

深雪在休閒服賣場挑選「清涼」的夏季衣物，向店員表示想要試穿時，這個區域的試衣間卻很不巧地剛好客滿。深雪與達也都覺得等前面的客人出來就好，但店員不知道是被深雪的美貌打動還是有什麼非分之想，硬是帶深雪來到同樓層沒有人使用的試衣間。

而那裡正是泳裝販售區的試衣間。

達也以平常心鑽過緊密陳列著女性泳裝的走道，但他可能還是覺得站在試衣間前面，再怎麼說還是不太妙吧。達也在深雪消失在門後時，就吩咐她說有事就用終端裝置打電話聯絡，然後準備離開。

然而他的顧慮沒有奏效。達也從藏在牆邊的四間試衣間最後一間，經過另外三間試衣間前方要回到樓層通道時，在最外面那間試衣間前面撞見兩名少女。她們是達也熟悉的學妹。

「司波學長？你怎麼會在這裡？這裡是女更衣室耶！」

尖聲逼問他的是七草香澄。她身穿動物花紋T恤，以及摺起褲管的牛仔風格褲子，打扮得相當中性。

「香澄，不是更衣室，是試衣間啦……啊，難道！學長應該是和深雪學姊一起來的吧？學姊在哪裡？」

以覺得傻眼的語氣糾正雙胞胎姊姊的錯誤之後，突然顯露興奮情緒逼問達也的是七草泉美。她身上的連身裙是以許多蕾絲裝飾的女性化設計，胸前敞開又無袖，裙子也只到膝上五公分，有點開放。

既然這兩人在這裡，就幾乎可以確實推測出這間試衣間裡的人是誰。達也在危機感的驅使之下連忙想離開現場——但他晚了一步。

「妳們兩個在吵什……麼……」

試衣間的隔音效果莫名優秀，反而弄巧成拙。真由美聽得到妹妹們在門外吵鬧，卻聽不到她們在說什麼，為了要斥責兩人，真由美才打開了門。

達也知道對方在凝視他的背。事到如今要是逃走，反倒會背負「偷窺」的嫌疑。與其甘受無妄之災，還不如留下短暫的尷尬回憶，這也是不得已。達也在腦中迅速計算之後，努力以若無其事的模樣轉過身來。

事態近乎是他想像的最壞狀況。

再怎麼樣也不可能光著身子走出來，所以最壞的狀況是真由美只穿內衣。

真由美瞪大雙眼佇立在達也面前，她身穿的「布」是只有稍微遮住胸部，以及遮住腰部以下到大腿根部的——白色比基尼。

和嬌小身軀不搭的豐滿胸部，藏不住的雙峰中間刻著清晰的深溝。

意外豐盈的臀部與纖細的腰圍，描繪出妖豔的曲線。

毫無防備的大腿看起來如同大理石般滑順，給人無比柔美的印象。

「呃……啊……這……」

「七草學姊，請冷靜。」

達也朝著開始顫抖的真由美伸出雙掌，反覆做出輕輕克制般的手勢。換句話說，就是和他口中話語相同的肢體語言。

達也的說服（？）意外奏效。真由美就這麼看著他，緩緩退回試衣間，輕聲關上門。

「呀啊啊啊啊！」

從試衣間傳出的聲音，無疑是真由美的慘叫聲。這次達也真的動身逃離了。

「我還以為究竟發生了什麼大事……」

「抱歉驚動大家了……」

真由美縮起身體，向只是率直說出感想的深雪謝罪。

「不，這不是學姊的錯，反倒是我才應該道歉。」

這裡是開在購物大樓裡的咖啡廳，圍桌而坐的是達也、深雪、真由美、香澄、泉美。

「都是因為我帶哥哥到那種地方……真的很對不起學姊與哥哥。」

邀他們四人來到這間店的人是深雪。深雪向真由美表示想好好解釋剛才的騷動，香澄與泉美跟了過來，也找來另一個當事人達也。

「不，這不是深雪學妹的錯。反正……又不是被看到裸體，只……只是泳裝而已，所以奇怪的是會害羞的我才對。達也學弟，抱歉我剛才叫得那麼大聲。我只是嚇了一跳而已。」

真由美表現出學姊應有的態度，但也可能是刻意表現出成熟的舉止。不過，除了她自己，大家都知道她是在拚命對自己解釋。看她臉頰羞紅，視線飄忽不定的樣子，很顯然的她至今都還沒有鎮靜下來。

達也不發一語。因為要是否認深雪的說法，會變成在袒護自家人，向真由美謝罪也可能反而令她更難為情。

「不，我覺得這也是在所難免。」

達也頂多只能如此回應。

但是，場中也有對此覺得不服氣的少女。香澄暗自（雖然她幾乎沒能隱瞞）對達也讓真由美出糗一事感到生氣。

將香澄的想法化為言語，應該就是「明明就是你擅自看到姊姊丟臉的樣子，居然還擺出這種態度！」這樣吧。不是「明明都偷窺了還這樣！」代表她至少還殘留一點理性，但無論如何就達也看來都是不講理的怒火。

對他來說算是不幸中的大幸的，應該就是泉美沒有附和亂發脾氣的香澄吧。

「深雪學姊接下來有什麼計畫？」

這時候的泉美滿腦子都是深雪。

「我打算再看看幾件衣服就回去，畢竟下週就是期末考了。」

「那麼，方便讓我陪同嗎？」

冷靜思緒消失得無影無蹤的泉美央求深雪准她同行。她對深雪投以要形容為「天真」來說帶有太多慾望的視線。面對泉美忠於自己慾望的要求，深雪好不容易才能繼續維持笑容。

「這個嘛，只要哥哥不在意就可以。」

「小美，不可以打擾別人家的行程。」

深雪的回應稱不上答應或拒絕，但真由美這番話明顯在責備泉美。泉美本來就是個聰明的少女，聽到姊姊委婉斥責，她就驚覺不對而恢復正常。

「說得也是。深雪學姊，恕我剛才冒犯了。」

要是事情真到此為止，司波兄妹與七草姊妹應該會和平道別，但香澄稍微比泉美更能率直表達自己的心情。

「就是說啊，泉美。不可以打擾司波學長與司波學姊的約會啦。」

「約會？」

如此慌張驚呼的人，不知為何是真由美。

「香澄，我們並不是在約會。」

達也的語氣平靜到不像是在辯解。形容為毫無情感比較合適的這種一如往常的反應，也一如往常地刺激了香澄的神經。

「男高中生和女高中生一起逛街卻不是約會，這種說法毫無說服力。」

真由美戰戰兢兢地觀察深雪的臉色。

深雪的表情不知為何，像是在克制嘴角不綻放笑容。

「我覺得男高中生是哥哥，女高中生是妹妹的狀況不在此限。」

「不過我認為兄妹約會太不實際了！」

「香澄，再怎麼說，妳這樣也很沒有禮貌喔。」

泉美刻意以強硬語氣插嘴。她很清楚香澄正處於「事到如今無法收手」的心理狀態。

香澄也知道自己逐漸陷入無底沼澤，但是不知為何，只要對方是達也，她就會無意義地持續賭氣。基本上個性瀟脫的香澄很少這樣，不像自己的這種作風也令她自己感到疑惑。

不同於這樣的想法，香澄的嘴擅自動了起來。

「優秀的魔法師有義務傳宗接代！還是說司波學長想跟妹妹……」

「香澄。」

不過香澄失控的舌頭，卻因為達也不太大的聲音而停下。

「真要這麼說的話，假日和姊妹一起度過也不實際吧？」

「！」

香澄緊繃的臉越來越紅。

達也面不改色地看著學妹不甘心地瞪向他的視線。

「學姊，我們先告辭了。」

接著他立刻移開目光起身，向真由美低頭致意。

「啊，我買單吧。」

達也手中握著帳單，真由美見狀連忙起身。

「不，我在學妹面前表現不成熟的舉動，這是賠禮。」

但達也完全不理會真由美的要求，直接前往櫃檯。

深雪起身向真由美行禮，然後跟著達也離開。

座位上只留下泫然欲泣、緊閉雙唇的香澄，以及擔心地看著她的姊妹。

離開咖啡廳的深雪在走一段路之後轉身察看。當然，七草姊妹並沒有跟來。她稍微鬆一口氣之後，向哥哥開口。

「那個……哥哥，我覺得香澄學妹沒有惡意。」

達也瞬間露出詫異表情看向深雪，接著立刻苦笑著點頭回應。

「我也這麼覺得。」

達也的回應使得深雪放鬆心情，呼出長長的一口氣。

「我也知道香澄不打算提到『那件事』，我甚至是覺得不能讓香澄繼續那個話題，才用那種論點反駁……但好像稍微挖苦過頭了。」

達也自嘲一笑，但深雪知道他並非真的感到自責。

「……深雪很喜歡哥哥不會對其他女生太過溫柔這一點。」

「……妳也具備壞女人的天分呢。」

「討厭！」深雪鼓起臉頰。

這個孩子氣的反應，使達也露出不帶苦味的笑容。

【4】

星期一，周公瑾依照約定，準時造訪九島真言。

真言出面迎接，回應願意收容逃亡的方術士進入研究所。

周與真言都露出滿意的笑容，握手道別。

而即使下達了嚴格的封口令，這場會見依然在一小時後被九島烈得知。

「……如您剛才聽到的，真言閣下允諾收容逃亡的方術士。周公瑾對此沒有特別要求報酬或提出條件，讓那些方術士潛入這裡應該就是他的目的。」

「這樣啊。」

如同僧侶般剃髮，並穿著西裝的老人報告之後，將白髮梳理得服服貼貼，且將三件式西裝穿得無懈可擊的九島烈悠哉地點頭。

「老師，可以就這樣坐視不管嗎？」

稱呼烈「老師」的這名老人是九的含數家系——九鬼家前任當家，名為九鬼鎮。雖然年齡超過六十歲，但是比起即將九十歲的九島烈，他還不到要隱居的歲數。他將當家位子讓給長女，是為了要成為烈的部下為他效力。

九之家系的團結意識高於其他含數家系。與其說他們是「十師族與師補十八家」這種對等的二十八家關係，更像是「本家與分家」、「君主與家臣」的關係。這層關係源自第九研時代，各家系以九島家為中心一同對抗「傳統派」這個共通的敵對勢力。不過，盟主之所以不是九鬼或九頭見而是九島，是基於九島烈的領袖氣質。烈的威嚴在最近失色不少（至少已經能讓真言對研究所人員下達封口令），但是對於九鬼與九頭見前任當家的世代，也就是對於鎮他們來說，烈至今依然是他們的領袖。

「無妨，不過計畫得修正。」

「您的意思是？」

「湊巧在九校戰同一天測試性能的寄生人偶，被有心人士利用大亞聯盟的方術士動手腳，試圖讓九校戰選手受重傷藉以操縱輿論，這個計畫的幕後黑手是強硬派。而且協助強硬派將方術士送進我們研究所的人，將會是接受傳統派使喚的周公瑾。」

烈對鎮這個問題的答覆，即使保守來說也是過於粗略的回答。只要擁有一般的感受性，都會認為這種想法實在過於稱心如意。

但是鎮對烈的計畫沒有提出異議。重點不是擬定縝密的計畫，而是比對方技高一籌，讓對方劈頭就碰一鼻子灰。鎮與烈都明白這一點。

「得做好安排，以免魔法科高中生有所犧牲才行……」

鎮說「有所犧牲」的意思是有人喪生。受傷程度的犧牲不在考量範圍。

「不用擔心，寄生人偶本來就有設定限制器，禁止攻擊非戰鬥人員。這次的試驗原本預定採取游擊戰模式，不過只要改成一般戰鬥模式，穿普通衣服的高中生就不會被攻擊。」

烈理解這一點，進而保證不會有人受傷。

「限制器不會受到方術的影響嗎？」

鎮的擔憂很中肯，但烈的自信仍屹立不搖。

「他們打從一開始就不可能讓寄生人偶失控。寄生物和女機人是以忠誠術式結合，限制器是忠誠術式的一部分，本質上和凱爾特的古式魔法『制約』具備相同效果。寄生物是以受到忠誠術式的拘束為條件，女機人才會提供活動所需的想子。寄生物要是意圖違抗限制器，將會一鼓作氣地釋放所有想子，陷入休眠狀態。女機人的軀殼將會因而成為封印寄生物的容器。這個規定記載在忠誠術式裡，作為違反禁忌時必須支付的代價。」

「意思是只要我們這邊有心，就能讓周公瑾的詭計從一開始就沒有任何意義嗎……」

「沒錯。」

烈與鎮靜靜對笑。

「不過這麼一來，就沒有人能讓寄生人偶失控了吧？」

鎮詢問的語氣有點在開玩笑，但烈以非常正經的語調回答。

「如果出現無法識別為己方的士兵，也就是武裝分子的話，就會成為寄生人偶的攻擊對象。我想讓風間的部下來應付。」

烈的目標不僅止於強硬派與傳統派，而是想捲入所有對立的勢力。鎮得知此事之後，不禁正襟危坐。

「風間會配合嗎？而且佐伯不會默不作聲吧？」

「會配合。至少他的某個部下會配合。」

不曉得這時候是哪種想法掠過了烈的腦海，他收起表情繼續說下去。

「要是得知九校戰被盯上，深夜的兒子必定會出動。即使知道自己將落得扮演小丑角色，他也無法選擇不介入。」

「您說的深夜……閣下是……四葉家？風間的部下當中有這種人？」

鎮壓低聲音詢問，但烈沒有回答。

「只要他出動的話，風間也不得不出動，至少比起默認，別無他法。因為風間或佐伯都無法阻止他。」

烈輕輕地嘆了一口氣。

◇◇◇

七月進入下旬，達也也終於開始有自己的時間了。和期末考重疊的九校戰新規則應對措施逐漸上軌道，新競賽操舵射擊與堅盾對壘的選手也熟練許多，本週戰績還超越了練習對象。唯一擔憂的項目是越野障礙賽跑，不過這部分只能讓選手在演習森林奔跑，藉以習慣沒有整地的地面，除此之外沒有什麼事可做。由於完全無法預料賽場會準備何種障礙物，所以只能選擇看開。

在好不容易擠出時間的七月二十一日星期六夜晚，達也決定執行他和八雲策劃的前第九研調查計畫。

現在，達也正在開往奈良的磁浮列車包廂中放鬆身心。不是公車或收納電動車廂的連結電車這種長程交通工具，是傳統的多人搭乘型列車。這種列車是一種比起不用轉車的便利性更著重於旅途舒適性的交通工具，因此存活至今。以昔日基準來說就是只有商務車廂的特快車。

那麼，即將進行諜報任務的達也為何會如此奢侈？其原因在於同行者。

剛開始預定只有達也與八雲兩人。

現在這間包廂的乘客共有四人。達也拗不過深雪「請帶我去」的要求，而水波也表示「既然『深雪大人』要旅行，我就得負責照顧」，所以連水波也順其自然地也同行了。

「哥哥，這種列車搭起來比想像中舒服呢，而且感覺速度也很快。」

看來深雪正愉快地享受著磁浮列車之旅。列車確實幾乎不會振動，座位很舒服，速度也接近短程航空的等級，但最大的重點是稀奇吧。現代的陸地交通工具轉換為少人數的分散型，連搭公車都很難得。這種多人共乘，而且內部還是包廂的高級列車，達也與深雪都是第一次搭乘。連達也都覺得和平常的感覺不同，所以深雪會覺得興奮也不無道理。仔細一看，就能發現似乎連水波也有些興高采烈。

這趟列車之旅是八雲安排的。原本打算由徒弟駕駛廂型車高速奔馳，但他知道深雪會同行之後就變更了計畫。其中一個原因，在於開車到飯店登記入住的時間會比較晚，但主要的理由是安全考量。

前第九研，九的含數家系幾乎不可能會知道這邊的行動，所以不用考慮會遭到妨礙。但是不怕一萬只怕萬一，開車的話有可能出車禍。如同去年前往九校戰會場時那樣。

從這一點來看，如果是搭磁浮列車，除非對方毫不猶豫採取無差別恐怖攻擊，否則不可能以假裝成車禍的方式襲擊。列車上有其他乘客，所以也有刺客混入其中的可能，不過以這群人的實力來說，刺客比車禍好應付。

只是大家也知道，實際遇襲的可能性等於零。

到頭來，只有八雲真正目的只是想討深雪與水波歡心的可能性很大而已。

在奈良車站下車的達也一行人在此兵分兩路。八雲先前就告知希望分頭行動，所以他自己單獨搭乘電動車廂前往京都。

達也他們在車站目送八雲離去後，就先到飯店登記入住。他們一進房就打開行李迅速換裝。達也換上騎士服加上一件外套。雖然材質進步，但盛夏穿這套服裝還是會熱，不過為了隱藏兩側腋下的ＣＡＤ，這也是逼不得已。即使只能成為一時的慰藉，他還是在外套底下噴上冷媒，準備工作就此完成。

在達也正要離開房間時，發生了就某方面而言正如預料的小小糾紛。

「……那麼，無論如何都要拋下我嗎？」

深雪投向達也的視線很誇張，簡直像是目送勇者啟程前往遙遠的世界，雙手還鄭重地在胸前交握。不曉得是不是連很寵妹妹的達也都覺得沒辦法陪她這樣玩，他的回應相當冷漠。

「因為很危險，所以我不能帶妳去。」

「我絕對不會拖累哥哥！」

「而且現在根本就不是年輕女孩該外出的時間。深雪，妳是不良少女嗎？」

現在時間將近晚上九點，如果是上才藝課的日子，在這時間外出是稀鬆平常。達也這麼說的時候也覺得沒有什麼說服力，但他以不負責任的態度說出的這番話意外有效。

「……我知道了，我會聽哥哥的話。」

深雪掛著受到打擊的表情，點頭之後就不再抬頭。

這種表現方法究竟是從哪裡學來的？達也暗自納悶。

「水波，麻煩妳照顧深雪。」

但現在不是可以浪費時間的狀況。能用的時間只限今晚。達也以照顧的名義命令水波監視深雪，伸手開門。

「遵命。」

不用看就能知道水波鄭重地對他行禮致意。從她的聲音中可以聽出她藏不住能履行職責的喜悅。達也決定在頭痛來襲之前離開房間。

◇　◇　◇

達也騎著在東京預訂的出租機車，離開飯店前往前第九研。雖然這麼說，但他無法入內，他沒有入內的理由與名目。他將機車停在路肩。這裡是研究所前面的縣道，兩盞路燈正中央最陰暗的位置。

前第九研（雖然現在改名為「第九種魔法開發研究所」，但在魔法師之間依然稱之為「前第九研」）周圍只有零星幾棟不曉得有沒有人住的獨棟住家，連無人便利商店都沒有，講好聽一點是非常清幽的環境。

正因為冷清，所以即使是很小的聲音都很容易被麥克風收音。因為路上行人少，因此即使只有一人應該也很顯眼。嚴苛得超乎預料的條件，使得達也的行動也變得謹慎。

達也從機車座位前方附設的側收納包取出情報終端裝置，開啟應用程式假裝找路，並以精靈之眼觀察研究所內部。

現在的前第九研標榜的研究主題是開發知覺系魔法。實際上或許另有玄機，但既然都當成名目了，應該並非完全沒有開發知覺系魔法。

達也並未熟知所有現存的魔法。如果在混戰中就算了，在毫無雜訊的這個狀況下使用精靈之眼，很可能會被他人以未知手段發現。

（即使如此，還是比潛入內部的風險低。）

他如此向自己訴說，然後使用俯瞰情報體次元的眼睛。

首先，先將整座研究所收入視野裡。

既然選擇九校戰作為實驗舞台，那麼P兵器應該是使用魔法技術的兵器。而從拿魔法師當對手進行試驗這點來看，P兵器不是施放魔法，就是阻礙魔法的兵器。

如果是施放魔法的武器，達也推測有兩種可能。第一種是使用了像是瓊勾玉這種儲存魔法式的物質來製作的武器。達也分析瓊勾玉至今超過半年，不過還沒有立下成果。但或許前第九研已經成功做到魔法式的儲存了。

第二種可能，是融合寄生物與人型機械的戰鬥機器人。因為有琵庫希這個實例，所以這個可能性較高。

無論是哪種可能性，都可以觀測到濃烈的想子。如果是儲存魔法式的兵器，就是觀測到源自儲存的魔法式本身的想子；如果是戰鬥機器人，就是觀測到內部寄生物積蓄的想子。

雖然也可能是妨礙魔法的兵器，但達也決定暫時先不列入考量。如果是使用晶陽石還好，但如果使用的是類似達也擁有的類演算干擾技術，就無法和普通ＣＡＤ區分，尋找一個找不到的東西只是浪費時間。

專注觀察整座研究所，看著看著果然就發現有某個地方的想子濃度特別高。達也將「視力」聚焦在該處。

（內藏寄生物的……女性型機器人？）

◇　◇　◇

在達也發現寄生人偶的同一時間……

「——喂？」

櫃檯打電話到深雪她們下榻的房間。

「好的……請稍待片刻。」

水波拿著收話口與送話口相連的復古造型電話話筒，按住送話口轉身面向深雪。

「深雪姊姊。」

水波在家裡偶爾會不小心使用「深雪大人」這個稱呼，不過在可能隔牆有耳的地方，她會基於下意識的判斷，確實使用先前決定的稱呼。

「有訪客想面會。」

「面會？找我？請教一下對方的姓名。」

「是。」

水波透過話筒和櫃檯講兩三句話之後，這次換改為以稍微緊張的表情轉過身來。

「是黑羽貢大人與亞夜子大人，他們在飯店大廳。」

水波的緊張心情傳染給深雪。

「幫我轉達，我立刻下樓。」

深雪指示水波之後，連忙走到鏡子前面。

深雪在水波的陪伴之下來到飯店大廳一看，黑羽父女確實在那裡。

「哎呀，深雪小妹，好久不見。」

貢眼尖地發現深雪之後打招呼，但深雪只有點頭回應就走向貢。

「舅父大人，好久不見。」

接近到適合行禮的距離，深雪就深深鞠躬。

「嗯，看深雪小妹這麼有精神，真是太好了。」

貢以親切的笑容回應。不只是表情，他的雙眼中也浮現相同的笑意。至少深雪的眼力無法看穿貢的演技。

「和亞夜子是三個月沒有見面了。春季的那個事件，謝謝妳在各方面的協助。」

深雪沒有自信能夠露出和貢相同的笑容。

「不用客氣，那是達也哥哥與深雪姊姊竭盡所能的成果。」

所以深雪看到亞夜子笑容裡的雙眼釋放具有挑戰意義的光芒，就稍微安心了下來。

「別站著聊，找個地方坐下聊吧。那邊那位是櫻井水波吧？妳也一起來。」

貢向深雪與水波下達看似提議的指示。深雪沒有義務服從貢的命令，但也沒有違抗的理由，所以便乖乖跟著走。

帶著兩人（加上女兒是三人）的貢不是走到飯店大廳的沙發，而是進入飯店咖啡廳，而且還是包廂形式的會議室。

「這間飯店的後台是四葉本家，但我想深雪小妹應該不曉得。」

貢像是閒聊般以惡作劇的語氣揭發了這個內幕。被先下手為強的深雪，好不容易才能繼續維持笑容。

「這樣啊。安排我們住進這裡的是九重老師……這還真是天大的巧合呢。」

「九重八雲先生嗎？看來反倒必須調查是否被設下什麼奇怪的局了。」

黑羽貢以及四葉家，都不得不對九重八雲這個名字提高警覺。

貢微微放鬆嘴角，看來深雪的回應依照貢的基準來說算是及格。

「好啦，坐吧坐吧，水波小妹也別客氣。」

第一個坐下的貢在椅子上伸手催促。

「好的，失禮了。」

深雪首先應邀坐下，接著依序是亞夜子與水波。

「夜已經深了，立刻進入正題吧。」

「抱歉這麼匆忙，因為車子在外面等。」

亞夜子補足父親的話語，朝深雪輕輕低頭致意。

「好的，請別在意。舅父大人，您在回家路上撥空前來，應該是有要緊事要說吧？」

貢的言外之意是今天不會住在這裡。深雪表示自己確實理解了這個訊息，以眼神回禮。

「沒錯，因為今天本來就沒有外宿的預定。」

貢以這句沒有必要的開場白進入正題。

「我要說的是今年九校戰要進行的實驗。」

「是指以越野障礙賽跑當成實驗場的P兵器性能測試計畫對吧？」

「妳知道P兵器的事？」

貢的語氣有些意外，看來他沒有想到深雪知道P兵器這個代號。但他立刻重振精神，再度使用難以看出內心想法的笑容武裝自己。

「不，只知道代號。不過，哥哥現在正在外出調查該武器的真面目。」

「這樣啊……」

深雪說完，貢裝出「糟了」的表情。

「舅父大人，請問怎麼了？」

深雪知道這是在引誘她，但卻無法判斷這是何種引誘，無法判斷對自己有益還是有害。她在「接受引誘」與「拒絕引誘」的兩個選項中選擇了「接受」。

「其實我們直到剛才，也都在調查P兵器的真面目。」

深雪的眼神閃現了一絲動搖。她之所以沒有回話，與其說是將話語吞回肚子裡，不如說是說不出話吧。深雪旁邊的水波睜大雙眼，單手摀嘴。

深雪的反應就某種意義而言正如希望，貢面不改色地朝亞夜子使個眼色。亞夜子從手提包取出行動終端裝置用的資料卡。

亞夜子將卡片遞給深雪時，表情有點得意。

「這是關於P兵器——也就是寄生人偶實驗的調查結果。深雪姊姊，請收下。」

「寄生人偶？意思是……」

「我想正如姊姊的想像。寄生人偶是利用寄生物的兵器。」

面對蹙眉的深雪，亞夜子以與深雪表情相反的笑容回應。

「這次真的費了好大的工夫。對方同樣是十師族，而且這次是利用妖魔來開發兵器，要是情報洩漏出去，肯定會成為媒體焦點，所以警備體制非常嚴密。即使是達也哥哥，應該也很難一個晚上就查明。」

亞夜子講得像是在炫耀，深雪在她這番話發現一個無法忽視的點。

「這些情報是亞夜子查到的……？」

「不不不，這靠的不只是亞夜子的力量。」

深雪的這個問題，貢只肯定了一半。

「而且如妳所知，亞夜子的魔法適合諜報。即使亞夜子擅長的領域跟適合戰鬥或鎮壓的深雪小妹不同，也可以說是理所當然。」

貢說的是客觀的事實。尤其如果是在鎮壓多數敵人的狀況下，亞夜子完全比不上深雪。不過這個事實，無法對看著自己手中資料卡的深雪造成任何慰藉。

現在達也需要的，是揭發國防軍與九島家陰謀的能力。

現在幫得上達也的不是深雪，是亞夜子。

「抱歉找妳出來一趟。不好意思，我們沒有什麼時間，所以就先告辭了。」

「請幫我向達也哥哥問好。」

兩人起身離席，現在的深雪光是進行制式回應就得要耗上全力。

◇◇◇

這裡是前第九研想子濃度特別高的一角。位於那裡的東西和琵庫希的類型相同，是依附在女機人身上的寄生物。在達也質疑為什麼是使用女性型而注視著女機人時，察覺內部植入了條件發動型術式。

（這是？看起來是精神干涉系魔法……）

所有女機人都內藏著近似Luna Strike的術式。這個魔法式存在得相當突兀，不像是當成機體元件組裝進去，怎麼看都像是事後追加的。

（Luna Strike是以幻象衝擊麻痺意識，強制減緩意志的克制力讓情緒失控。這是……讓寄生物失控的魔法？）

刻意讓兵器失控，這種無意義的做法令達也困惑。此時情報終端機的警鈴響了，達也的意識因此從情報次元回到物質次元——也就是這個世界。

這是收到緊急郵件的通知聲。達也迅速開啟內文。寄信人欄位是空白的，和寄到自家的那封郵件一樣。內容是「現在立刻離開現場」。

在這個狀況告知這件事，表示對方所處的場所查得出達也在這裡，並有足夠的動機警告他。達也確信這個人物的真實身分之後，他的「眼睛」隨即看見魔法攻擊的徵兆。

是釋放系的電擊魔法，以及精神干涉系的幻覺魔法。完全被暗算了。即使現在拔出ＣＡＤ也來不及。

達也瞬間如此判斷，以蘊含想子的雙手用力一拍。

想子隨著拍手聲爆發性地噴散出去。

術式解體。以想子壓力震飛魔法式的對抗魔法。

由於沒有賦予方向性，所以這次的術式解體使用的想子量比平常更多，使得周圍因而被高濃度的想子所壟罩。

達也縱身跨上機車，以最快的程序起步。

濃密的想子霧成為魔法煙幕，阻止前第九研的追擊。

◇◇◇

隔天早上，在返回東京的車上，深雪一反昨天的模樣掛著消沉的表情。她自認和往常一樣，但是在達也眼中，妹妹的笑容看起來蒙上了一層陰影。

並不是因為和去程時搭乘相同的磁浮列車包廂很無聊。昨晚達也將近深夜才回到飯店，當時深雪看起來只是有點累，今天早上見面時，也只給人狀況不佳的印象。

但和八雲會合，並進入磁浮列車在包廂裡相對而坐時（深雪不知為何沒有和往常一樣坐在達也身旁），她的笑容逐漸出現陰影，立刻變成強顏歡笑的表情。

這表情並非單純感到身體不適。再十五分鐘就會抵達東京，但她的異狀已經不尋常到無法等到返家才處理。達也當然在意分頭行動的八雲調查了什麼，卻覺得現在必須以深雪為優先。

「深雪，發生了什麼事？還是妳有什麼很在意的事……」

「達也哥哥……」

「水波，沒有關係。」

水波為了袒護深雪而想打斷達也發問，但深雪也打斷了她的話語，將手伸進包包，遞出一張行動終端裝置用的小型資料卡。

「這是？」

達也接過卡片後，蹙起眉頭詢問。

「昨天晚上，黑羽舅父大人與亞夜子在飯店給我這張卡片。」

「他們有來飯店？」

達也聽完深雪的回答，仍保持蹙眉的表情轉頭看向八雲。黑羽父女為什麼知道深雪下榻在哪間飯店？雖然沒有特別隱瞞，但四葉也不是隨時監視深雪，就算有事也沒辦法立刻查明深雪的所在地。

「啊，嗯，因為那裡是四葉旗下的飯店。我的安排不太妙嗎？」

達也的視線頗為銳利，但坐在旁邊的八雲卻不為所動地爽快招供，並說出隱情。不對，形容為「招供」應該不恰當，因為八雲不覺得自己做了壞事，而達也也沒有名目去責備師父。

「裡面似乎是P兵器——寄生人偶的資料，以及本次實驗相關的調查結果。」

「寄生人偶……那就是P兵器的真面目嗎？」

達也復誦深雪告知的P兵器名稱，連帶回想起昨晚「看見」的女性型機器人。

寄生人偶——「寄生物」、「人偶」。

這個命名過於直截了當，令人覺得沒有什麼品味，但是淺顯易懂。沉眠於前第九研的女機人正是內藏寄生物的人偶——寄生人偶。

「亞夜子是這麼說的。」

不是貢，而是亞夜子。達也聽到這裡就察覺深雪「消沉」的原因。亞夜子從小就對深雪抱持競爭心態，這在任何人眼中都很明顯，但達也知道深雪也暗自將亞夜子視為勁敵。兩人擅長的領域完全不同，不過無法藉由這種道理看開的深雪，看來也還只是個孩子。

達也沒有打開資料卡的外殼，直接將剛才收到的東西放進口袋。雖然對裡面的資料感興趣，但是現在已經快抵達東京了，再加上也不曉得誰會在哪裡偷看或偷聽——這是達也對自己講的表面話，他只是不想在深雪面前稱讚亞夜子的戰果。

——亞夜子在貢的陪同之下交給深雪的情報，不可能不值得稱讚。

「達也，可以讓我看看內容嗎？」

但是八雲想搞砸這份顧慮。

「不過師父，已經快進站了。」

過度反彈反而會讓深雪操心，所以達也注意自己的語氣，拐彎抹角地婉拒。

「不是還有十分鐘左右嗎？」

「已經不到十分鐘了。」

「哥哥，沒關係。」

達也始終維持拒絕的態度，但深雪將身子探向哥哥，從下方注視他，然後搖了搖頭。

達也將反駁的話語留在舌頭上，默默向深雪點頭。結果還是讓妹妹操心了，但他理解到繼續堅持下去的話將不再是為深雪，而是為自己著想。

「師父，您有帶終端裝置嗎？」

「沒問題，我帶在身上。」

達也從自己的終端裝置抽出了傳輸線。這趟旅程只有兩天一夜，所以他只帶隨身型的終端裝置。達也突然心想，和八雲肩並肩觀看小螢幕不是什麼令人愉快的構圖。

達也確認八雲將線插在自己的終端裝置上之後，就從深雪給他的卡片裡讀取資料。內容只有文字與簡單的圖表，所以達也一如往常地高速捲動資料，八雲也毫無問題地跟上他的速度。一般得花十五到二十分鐘閱讀的資訊量，八雲只用了短短三分鐘來閱讀，並露出了頗為滿足的表情。

「不枉費我們跑這一趟。」

或許他這是在以自己的方式顧慮深雪。如果深雪的態度一如往常，他應該會咧嘴露出壞心笑容吧。達也還沒有詢問八雲得到什麼成果，他就從自己的終端裝置把資料傳輸過來。

經由傳輸線收到的資料是個人簡歷。附照片，總共三人。姓名與長相都是漢人風格。

「這是……從大亞聯盟逃亡到日本的方術士資料？」

「是上週偷渡入境的大陸方術師。」

達也問完，八雲便點頭回應，同時補充日期情報。達也立刻理解他這麼做的理由。

「我覺得這時機也太巧了。」

簡歷上也記載著方術士擅長的魔法。以木頭、石塊、金屬製作傀儡，並且加以操作的唐土法術。這是施加在能對傀儡注入暫時性意志的孤立情報體上的精神干涉系魔法。此外還特別註明他們擅長搶走其他術士底下孤立情報體的統治權，或是讓孤立情報體脫離術士的控制作亂。註明事項中提到的魔法，和達也在前第九研的琵庫希同類——寄生人偶體內發現的魔法性質相同。

「這應該不是巧合吧，他們大概是被想要利用本次實驗的某人邀請前來的。」

「想要利用？所以並非九島家邀請他們前來……慢著，原來如此。」

達也詢問到一半就自己得到了答案。是他昨晚就自己想過的一件事。讓「自己的」兵器失控沒有意義，一般來說，兵器失控只會讓敵方得到好處。

「看來這次的事件沒有這麼簡單。但或許查明之後就會發現結構很單純。」

達也認為八雲說得很對。一個謀略在準備的過程中牽扯到其他意志，在執行階段又更涵括了各種意念。結果，還是非得等到事情全部結束，才能理解事件的本質為何……

此時，包廂面板顯示即將到站的訊息。聽不到廣播聲。

「水波，辛苦了。」

時間到，這場討論就此結束。達也在話中夾帶著此種用意來慰勞水波。

水波點頭之後就放鬆了身體。正在重複的廣播聲隨即傳入達也等人耳中。這是因為水波架設的想子護罩與隔音力場解除了。

達也再度以視線慰勞，而水波則坐著低下頭回應他。

今年九校戰的行程是八月三日舉行賽前宴會、五日開幕、十五日閉幕，光是競賽天數就是比去年多一天的十一天。

不過即使天數增加，舉辦地點也沒有變。第一高中代表隊依照往年慣例，在賽前宴會當天上午八點半在學校集合，接著分別搭乘大型巴士與工程師用的作業車前往會場旁邊的飯店。

關於代表隊的人數，選手是正規賽男女各十二人、新人賽男女各九人、技術團隊八人、作戰團隊四人，合計五十四人，比去年多兩人。這是競賽規則變更造成的結果，不過就算多了兩人，大型巴士依然還有很多空位。技術團隊直到去年都是全部一起搭工程車移動，不過今年是每輛一人，合計四人跟著工程車移動，另外四人搭巴士。搭巴士的其中兩人是達也與五十里。他們實際上兼任作戰人員，應該和作戰團隊一樣搭巴士——以這個道理堅持主張這兩人應該一起搭巴士的人是誰，應該不用多說也能知道吧。

今年技術團隊加入兩名一年級，男女各一。在其中的男學生隅守賢人聆聽達也述說移動時的注意事項時，有某個女學生向達也投以冰冷目光。

「那個男的為什麼要帶女僕機器人去九校戰啊？」

香澄看著琵庫希從賢人分配到的工程車後門上車，以厭惡語氣低語。

「香澄，稱呼司波學長『那個男的』很沒有禮貌。而且那並不是女僕機器人，是人型家事輔助機械。」

泉美以慌張的聲音規勸泉美。香澄對達也的態度雖然有在某段時間好轉，但發生了期末考前的那件事之後，香澄對達也的負面情感又增強了。

泉美並非不明白香澄討厭達也的理由。考前那件事有一半以上是香澄自己的問題。雖然這麼說，但泉美也覺得達也的反擊稍微惡毒過頭，而且兩人的個性、調性不合，並不是能夠以道理說明的事情，所以泉美並不打算責備香澄說達也壞話的舉動。

只是她不希望深雪聽到雙胞胎姊姊說的壞話。因為即使說得保守一點，深雪也很尊敬哥哥達也，不會把外人對哥哥說的壞話當成玩笑帶過。簡單來說，泉美會告誡香澄是基於自私的動機，不希望她給予自己最喜歡的學姊不好的印象。

「要叫女僕機器人還是3H都好，反正性能都一樣。」

「幸好」香澄沒有察覺同年紀的妹妹心中這個黑心想法。這不是因為香澄遲鈍或純真，而是因為她正專注於貶低達也。

「雖然原因在於HAR的介面，不過既然這樣，就沒必要設計成可愛女生的外型吧？」

「3H的基本外型是二十五歲的女性喔，把她形容成女生有點……」

「問……問題不在那裡啦！我的意思是沒有必要設計成美女！HAR的主要用戶是女性，我覺得設計成平凡的大嬸剛剛好。」

泉美並不是一定贊同香澄的意見，但這次她覺得挺有道理，所以沒有說什麼——反正無論說了什麼，激動的香澄都不會聽進去。

「3H設計成美女或美少女，搞半天都只是為了滿足男人『希望漂亮女生照顧生活起居』的下流心態吧！居然把這種東西帶去九校戰……」

「香澄。」

香澄只顧著高談闊論，直到學姊接近到身後搭話都沒發現背後有人。她嚇到挺直背脊，戰戰兢兢地轉過身。

「妳為什麼嚇成這樣？」

雫掛著詫異表情站在後方。

「呃，不，沒事。」

「是嗎？話說時間差不多了。」

看來雫沒有聽到剛才那番話。不過香澄也只能短暫鬆口氣。看向兩旁，她才發現學長姊與同學都已經上車了。

「北山學姊，不好意思！」

「……抱歉讓您跑一趟。」

看來雫是基於同為風紀委員的交情來叫泉美，順便叫香澄。

雙胞胎露出惶恐表情，跟著雫偷偷摸摸地上車。

◇ ◇ ◇

今年路上沒有出事，巴士裡也沒有洋溢險惡氣氛，第一高中代表隊就這樣平安抵達了飯店。期間也沒有發生任何小差錯，一切按照預定進行，順利迎接賽前宴會的開幕。

達也早已進入了會場。他和去年不同，身穿自己的制服。在一旁陪伴的深雪，看著達也肩膀刺繡的八齒齒輪徽章，開心地微笑。

「深雪，妳在笑什麼？」

達也可以分辨出客套笑容與真正的笑容（僅限深雪）。妹妹突然露出開心的微笑，達也莫名有些在意而如此詢問。

「魔工科的制服很適合哥哥，所以深雪忍不住覺得很開心。」

「怎麼又提這件事？妳應該已經看四個月了吧？」

達也露出感到些許驚訝的表情——在深雪背後待命的水波，則是露出了「這個人在講什麼傻話？」的冰冷眼神，但她在這裡是少數派，應該說孤立無援。

「達也同學，我也這麼覺得！」

「我也是。」

穗香充滿活力（暗中較勁？）贊同深雪這番話，雫也表示同意。

「嗯。去年總覺得不太搭，大概因為是借來的衣服吧。」

昴說完，英美就回應「是啊～」而反覆點頭同意。獲選為選手的二年級女生，似乎都和深雪有相同感受。

正規賽的選手不只是從二年級，也從三年級學生甄選。在去年新人賽留下壓倒性佳績的現任二年級女生，在獲選的十二名代表之中就占了五個名額。

深雪參加冰柱攻防的單人賽，雫與花音是冰柱攻防雙人賽，穗香與昴是幻境摘星，英美是操舵射擊雙人賽。這五人加上一年級的水波目前正圍在達也身邊。達也應該是情非得已，不過在旁人眼中的他正是處於後宮狀態。此外，同為二年級的十三束與森崎，以及獲選為祕碑解碼選手的幹比古，也被社團與風紀委員會的學長澤木逮到，因而在三年級學長的圍繞下縮起身子。

達也並非不擅長應付女性，甚至不以為苦。不過一個男生應付六個女生，而且盡是可愛的女孩，這種狀況還是會令他靜不下心。去年的賽前宴會，昴與英美對達也敬而遠之而沒有接近，所以要說改變確實是有。只是從昴剛才的發言來看。達也當時似乎也被好好品頭論足了一番。

因為不能一直盯著女生們看，所以達也便移開視線環視會場，接著發現一個同樣被女學生包圍的「熟人」。

對方似乎也發現了達也，或許是因為感受到他的視線也說不定。一条將輝帶著一群同樣穿第三高中制服的女學生走向達也。

達也也主動踏出腳步迎接將輝。穗香與英美很自然地讓路，達也與將輝以各自在身後帶著一群女學生的狀態相對——但將輝這邊並非只有他一個男生，吉祥寺真紅郎也在一旁。

「……司波同學，好久不見。」

不過將輝的第一聲問候是對深雪說的。

「是的，一条同學，好久不見。」

將輝的笑容因為緊張而緊繃，深雪以和其成為對比的完美客套笑容回應，其他人則是給了白眼。吉祥寺在尷尬空氣還沒有出現時出來打圓場。

「司波達也同學，自從橫濱那次就沒有見面了。很高興看到你好像沒什麼變。」

「吉祥寺，我也很高興看到你如此健旺。」

達也的遣詞用字有些冷漠，但他以頗為友善的表情回應，然後直接看向吉祥寺身旁。

「一条也是。你在橫濱時真的是大展身手呢，不愧是染血王子。」

「……可以別這麼叫嗎？」

達也以非常正經的聲音說出這個別名，將輝隨即微微蹙眉。

「你不喜歡這樣？我可不是在消遣你啊。」

「我不喜歡這種誇大的說法，很正常地叫我一条就好了吧？」

「我知道了。」

達也率直地（也可以說毫不在乎地）點頭，這個反應讓將輝略感意外，但他沒有說出自己是對什麼事感到意外。

「話說司波……啊，我可以這樣稱呼嗎？」

「當然。」

第一與第三高中的女生們則是無視於他們，開始互相交流。第三高中的女生們看起來有所顧慮（應該不用說也能知道是在顧慮誰吧），但還是和樂融融地在聊天。將輝以女學生們的聲音當成背景音樂，壓低音調詢問達也。

「你不覺得今年的九校戰有些奇怪嗎？」

這個話題相當唐突，但將輝表情非常正經，吉祥寺也掛著類似的表情。

「有很奇怪嗎？我只知道去年的九校戰，所以不清楚。」

達也這番話有所隱瞞。其實達也猜得到將輝在意什麼事，只是無法保證這個猜測正確，所以想聽將輝親口說得更清楚一點。

「關於競賽項目的變更，我還能理解。」

「畢竟九校戰的執行要項，也是以競賽項目可能變更為前提。」

吉祥寺也加入對話，似乎不打算只打個招呼就離開。

「競賽內容看起來偏重於戰鬥層面，但考量到最近的情勢，我覺得這樣反而妥當。」

「不過，只有最後一項競賽『越野障礙賽跑』並不妥當。」

「對，只有這項失當——不太正常。」

「那原本是陸軍森林戰訓練採用的項目，而且居然還取了競賽名稱這點，也讓人覺得很不可思議。公開的情報也很少，只知道大略的狀況……不過四公里長的賽場似乎是大規模演習用的規格，連現役部隊都很少採用。」

「這樣的比賽卻在高中生的競技大會，而且還是在累積許多疲勞的最後一天舉行，即使參賽選手是魔法師，風險也太高了。」

「此外還是二年級以上的所有選手都會參加。雖然不強迫，不過只要在一小時內跑完，所有人都可以得分，這樣的話應該沒有選手會不參加吧。」

「還有其他疑點。雖然這種說法不太好，但九校戰是一種表演，在某方面來說肯定是魔法師對社會宣傳的一場表演。」

「可是觀眾完全看不到越野障礙賽跑的比賽狀況。就算是祕碑解碼的森林戰臺，還是可以欣賞祕碑前方的攻防戰，但越野障礙賽跑卻連這部分都沒有。」

「我只覺得這場比賽暗藏了其他目的，而不是為了讓現場與電視觀眾收看。」

「容許並實施這項競賽的本屆九校戰，感覺除了讓我們魔法科高中生比賽魔法技能，似乎也滲入了其他的意圖。」

達也聆聽將輝與吉祥寺的對話，頗為由衷佩服。他是收到寄件人不詳的郵件才開始調查本屆九校戰的內幕，但是這兩人恐怕是以自己的思考能力嗅到九校戰背後介入的意志。

「這是一条家的調查成果嗎？」

「嗯？不，我們並沒有做到去調查的地步……你覺得有必要嗎？」

「如果在意某些事又具備調查的手段，那麼調查一下比較好。但要是沒有多餘的資源處理這件事就另當別論了。」

達也如此回應將輝的詢問。他的說法沒有挑釁的意圖，但確實是即使將輝會如此解釋也在所難免的說法。

「我們一直都留有這種程度的餘力！我的意思是，需要做到去調查的地步嗎？」

「俗話說有些事情別知道比較好，不過這是謊言。我只碰過知識不足而為難的狀況，從來沒有碰過知識成為阻礙的案例。一条，你有這種經驗嗎？」

「沒有，不過這是兩回事……」

「距離九校戰最後一天的越野障礙賽跑還有十二天。雖然稱不上足夠，但我覺得也沒有短到非得死心認定什麼事都做不了。」

「將輝，這次應該是司波同學說得對。」

吉祥寺在旁邊像是安撫般地向噘起嘴的將輝搭話。

「雖然我們處理不來，不過剛毅伯父或許查得出什麼端倪。」

吉祥寺所說的剛毅伯父是一条家當家，換言之就是將輝的父親。吉祥寺這番話，是在支持達也的意見。

「……我知道了，我請家裡的人調查看看吧。」

將輝不是對吉祥寺，而是對達也這麼說。

達也、將輝與吉祥寺在討論某個不適合宴會會場的嚴肅話題。察覺這點的第一與第三高中女生都沒有打算找他們說話，而是自己愉快地聊天。此時一名第四高中的男學生向她們搭話。

「雫。」

「晴海表哥。」

他找的人是雫。穗香似乎也認識這名少年——鳴瀨晴海，兩人相互打招呼。

雫說出的「表哥」這個稱呼，使得深雪想起雫提到表哥就讀第四高中的這件事情。她藉由回想起這件事成功移開注意力，假裝不認識那名跟在這名男學生身後的第四高中新生。離開眾人去和表哥交談的雫數度點頭之後，走到深雪身邊。

「深雪，我有個請求。」

雫這麼說的時候，表情當中似乎帶有些歉意。

「什麼事？」

「我表哥想介紹達也給學弟妹認識。」

「介紹哥哥給他們認識？」

深雪裝出疑惑的表情，暗自心想「居然來這招」。

「嗯。表哥就讀第四高中，他說新生聽到達也同學的傳聞之後想見個面。」

魔法科高中各校具備不同的風格。第一與第二高中的教育依循國際評價標準，第三高中秉持尚武校風，重視將魔法作為戰鬥手段。相對的，第四高中傾向於教導用在實驗室的魔法技巧與魔法工學。達也在去年大會以ＣＡＤ技師身分展現高超技術，即使第四高中新生崇拜他，也不是什麼不可思議的事。

「要問哥哥的意願，但我想他不會拒絕。」

深雪回答之後，便小跑步接近達也。達也和將輝他們剛好談到一個段落。

「哥哥，方便借點時間嗎？第四高中的一年級學生想找哥哥打聲招呼。」
「找我？嗯，我知道了。」
達也表示理解，不過將輝與吉祥寺也因為跟達也不同的另一個理由而露出能夠理解的表情。
「第四高中」和「達也的實績」就是如此契合。
「一条同學，吉祥寺同學，方便借一下哥哥嗎？」
「呃，嗯，沒有問題，我們剛聊完。」
將輝被深雪搭話之後再度緊張起來。深雪文雅地對他微笑行禮，然後帶達也前往雫在等待他們的地方。
「一条，下次再見了。」
將輝沒有回應達也。他的注意力完全固定在深雪的笑容上。

「我是黑羽文彌。初次見面，司波學長。」
「初次見面，我是黑羽亞夜子，和文彌是雙胞胎姊弟。請您多多指教，司波學長。」
在雫的表哥介紹之下，文彌與亞夜子向達也進行「初次見面」的問候。兩人的問候毫無任何突兀之處。
「初次見面，我是司波達也。」

不過達也也一樣。

「但我就讀第一高中，不算兩人的學長啊。」

「即使學校不同，司波先生在魔法師界依然是我們的學長。」

「我們姊弟雖然就讀第四高中，其實不太擅長技術層面，但如果方便的話，還是可以請您指導我們嗎？司波學長的技術讓我和弟弟都好感動。」

這當然是文彌他們為了今後易於接觸達也所演的戲，所以深雪沒有插嘴搞砸兩人作戲。加上她沒有自信能假扮成至今都不認識他們，所以沒有主動開口。

「九校戰期間實在是沒辦法，但如果有其他機會就沒有問題。」

「真的嗎！」

「謝謝學長，請您將來務必指導我們。」

他們兩人，尤其文彌明明是男生，卻沒有主動和深雪這樣的美少女交談，這一點不太自然，但這也沒有嚴重到會毀掉初次見面的虛假戲碼。文彌他們順利讓大家認為本次是初次見到達也，然後回到第四高中學生的集團。

賽前宴會是不分桌的無座位自助餐會，但因為每年都會舉辦，所以大致上都以學校為單位決定好各自的位置了。將輝回到第三高中的桌位，同校女學生們也跟著他走。

即將就要到來賓致詞的時間了，達也也和失去交談對象的同年級女學生，一起回到第一高中的桌位去。

「達也，剛才的第四高中學生……」

他一回來，幹比古就悄悄來到旁邊向他開口詢問。

「你是說那兩個一年級？」

雖說是悄悄接近，但達也當然察覺了。所以就算幹比古突然搭話，他依然不慌不忙，當然也沒有說溜嘴。

「嗯……他們兩人好像說自己姓『黑羽』。」

「難不成你剛才有在讀唇語嗎？」

達也的語氣暗藏責備般的刺。當然，他是故意的。

「抱歉，我做了像是在偷聽的事情。」

另一方面，幹比古染上罪惡感的聲音則是有些結巴。他生性正經八百，不提他實際上是否有讀唇，但他難免會感到內疚吧。

「沒關係，反正我們也不是在聊什麼不方便被聽到的話題。」

得到達也的無罪判決，幹比古看起來稍微鬆了口氣。

但他立刻露出陰沉的表情。

「那兩人有什麼問題嗎？」

達也問完，幹比古有些猶豫地開口。

「今年春天開始流傳一件事……十師族四葉家底下，有個叫作黑羽的分家。黑羽在四葉一族當中似乎是特別有力的分家。」

「今年春天開始流傳？真突然啊……幹比古覺得那兩人和四葉有關？」

「我不確定就是了。」

「黑羽這個姓氏確實罕見，但並不是完全沒有其他例子啊。」

「真要說的話，四葉這個姓氏也不算特別稀奇喔。」

達也引導幹比古放棄追究的這番話，被幹比古使用相同論法駁回。

繼續堅持下去會被認為是在賭氣而造成反效果。如此心想的達也改變了話題方向。

「原來如此，所以你覺得不應該接近那對姊弟？」

「我沒有這個意思……不，沒錯。至少我覺得不應該由我們主動接近。」

「對方主動接近就沒有關係？」

「麻煩事找上達也就只能無奈地認命了。」

達也覺得他說得很過分，原本打算回嘴挖苦幾句，但是很遺憾的，時間已經到了。會場切換燈光，來賓開始致詞。

首先是提供九校戰場地的基地司令官簡短致詞（內容近似訓示），接著魔法協會理事、國立魔法大學校長代理接連上台。高中生基本上沒有機會目睹的名人陣容下台之後，依照往年慣例，會是由九島烈壓軸為整場致詞做個總結。

但今年的來賓致詞在沒有「宗師嘉言」的情況之下結束了。

出乎預料的發展引得眾人議論紛紛。不只是學生，來賓也一樣。

第一高中的學生當然也不例外，只是其中也有學生不同於眾人，知道整件事情的隱情（類似隱情的緣由）。

「聽說宗師身體微恙。」

剛才不知何時消失的雫，在面露困惑表情、不斷左顧右盼的穗香身後說話。

「雫，是那樣嗎？」

穗香以受驚的表情轉身詢問，雫點頭回應。

「我從那邊聽來的。」

雫看向正在和國會議員來賓交談的魔法協會事務局職員。究竟是從兩個之中的哪一個人那邊聽來的……在一旁聽到穗香她們對話的深雪覺得兩邊都有可能。

◇　◇　◇

第一高中的女選手是五名二年級、七名三年級，飯店是雙人房，所以無論如何都會有三年級和二年級同房（順帶一提，一年級也是奇數的九人所以多一人，但今年男女技術團隊各挑選一個一年級學生見習，所以男女各十人，很慶幸的免於和高年級同房）。

二年級女生的分房方式是穗香與雫、英美與昴，剩下的深雪和三年級剩下的花音同房。技術團隊這邊則是三年級男生三人、女生一人；二年級男生一人、女生一人；一年級男生一人、女生一人，男女各有一組是三年級與二年級同房，結果變成達也與五十里同房。

這樣的結果會發生什麼事？

九校戰住宿期間沒有夜間點名之類的東西。由於是軍方設施，所以有值班士兵巡邏，但是巡邏兵不會進房。而且深雪與花音同房、達也與五十里同房。

這個問題應該沒有很難，至少第一高中的選手除了一年級，幾乎所有人都預料到答案了。達也離開會場的時候，來到他面前的不是五十里，是深雪。

「九島閣下缺席呢。」

深雪端正坐在床邊，對正在換裝的達也這麼說。她腳邊放著收納她換洗衣物的行李箱。如果只是來聊天或來玩，不需要帶這種東西過來。

「聽雫說是身體微恙……」

「這是謊言。不對，或許身體、腦袋或精神真的出狀況，但他沒有出席是其他原因。」

這番話的意譯是「九島烈瘋了」。深雪對如此斷定的達也感到傻眼。即使這個房間現在只有他們兄妹兩人，這種說法對日本魔法界的長老也算是非常不客氣。

不過說到傻眼，其實達也對深雪感到更加強烈、劇烈的傻眼。即使是花音的要求，即使花音與五十里已經訂婚，但怎麼可以「協助」婚前的年輕男女共度夜晚呢？達也如此心想。

他內心不會避諱和深雪同房就寢，甚至不會抗拒。達也只在意要是這件事被發現，將有損妹妹的評價。另一方面，他也覺得為了接下來的事情著想，與其和五十里同房不如和深雪同房還比較方便。這就是他沒有趕走深雪的原因。

「……雖然這麼說，但如果理由是生病，應該會是在家裡休養，至少正常來說，他絕對不會來這裡才對。我不知道九島烈在打什麼主意，但他不在附近正合我意。」

他已經是將近九十歲的高齡，魔法威力與體能照理說應該也不如以往，但曾經被譽為「世界最巧」的魔法技術依然是個威脅。一年前隱約窺見的實力——去年賽前宴會運用精神干涉魔法震懾全場的技術，以及一眼就「辨別」ＣＡＤ隱藏電子金蠶的好眼力，顯示「世界最巧」的他寶刀未老。與他為敵並與之對峙時，尤其在不是正面衝突的暗中攻防中，他是絕對不能大意的對手。

不對，是即使沒有大意也可能會被搶得先機的老練高手。達也並非瞧不起九島家的魔法師，但是烈不在的事實讓達也的心情輕鬆許多。

「深雪，我出門了。」

達也換上全身漆黑的服裝之後告知深雪。他其實很想穿隱形套裝，或是強化隱形機能的改良型可動裝甲，但達也也知道這是強人所難。

「哥哥，請小心。」

深雪從床邊起身回應達也。之所以沒有要求跟著走，是因為她明白自己不適合跟著行動而克制自己。她的雙眼訴說自己其實想一起去，但達也假裝沒看見。

「深雪才要小心別被人發現妳在這個房間。如果被發現的話，妳要老實說明自己拗不過無論如何都要換房間的千代田學姊。」

達也這番話不是謊言或推卸責任，而是事實。但他毫不猶豫地唆使深雪讓學姊背負全責，這種毫不客氣的態度至今依然令深雪覺得有趣，因而輕聲一笑。

達也想調查的是越野障礙賽跑的賽場。他當然不認為P兵器——寄生人偶已部署在會場。即使如此，只要知道當地的地形，就可以預測哪些地方會設置陷阱或安排伏兵。

然而達也卻沒能潛入賽場。

（嚴加警備到這種程度，為什麼去年會容許無頭龍入侵？）

達也環視滿布到密不透風的警戒系統，在心中咂嘴。然後他立刻察覺到自己有所誤解。

（不對，就是因為去年發生那件事才這樣嗎……）

正規軍基地居然容許犯罪組織入侵，以前發生這種事得切腹謝罪，基地幹部應該丟臉丟到差點氣死吧。這種嚴格到很偏激的警戒網，肯定是為了防止去年的事件重演。

達也慎重擴張「視野」以免被國防軍魔法師發現。他的「視力」不會被想子雷達偵測，不過監視團隊可能有人具備超感官知覺，可以偵測到他的特異能力。達也悄悄讓自己的認知滲透到世界當中，並且維持在隨時都能中斷連結的狀態。

擴張的視野一角捕捉到熟悉的「存在」。達也看見的不是影像，是情報。軀體的構造情報在潛意識領域轉換成易於理解的符號。對方的物質次元座標沒有很遠。物理距離很近，情報距離卻很遠，證明「她」的隱身技術多麼高明。達也在內心稱讚「了不起」，並且走向「兩人」。行走約五分鐘後，他便朝著融入黑暗的黑影開口。

「亞夜子、文彌。」

現場產生了一股「突然被搭話而嚇了一跳」的氣息，緊接著黑影就固化成形。夜視力強的達也，認出睜大雙眼的亞夜子與看起來很高興的文彌。

「達也哥哥……請不要嚇我啦。」

「我沒有這個意思。」

「既然這樣，那就用不著發出那麼恐怖的聲音吧？」

亞夜子的抗議有好幾成是認真的。她吐出的一小口氣就像是安下心來，眼角也泛出了少許淚水，應該是反射性地流出來的吧。

達也沒有反駁亞夜子責備他的這番話。雖然不是正在戰鬥，但現在的達也處於類似的心理狀態，他也自覺語氣沒有很溫柔。

「你們也來看賽場？」

即使如此，他也沒有道歉。

「……是的。不過警戒太嚴密了……」

「所以我們進不去。」

文彌代為回答亞夜子欲言又止的部分。

「用亞夜子的魔法也沒辦法入侵嗎？」

達也因為感到意外，而不小心提出了無須多問的問題。

「啊，不，抱歉。我並不是在責備妳。」

看到亞夜子低下頭的達也，這次立刻謝罪。不用一一確認也知道，亞夜子懊悔的心情更勝於達也的驚訝。

亞夜子擅長的特異魔法是「極致擴散」，通稱「極散」。這是在指定領域內，將任何氣體、液體、物理能量的分布平均化，導致無法識別的魔法。

「極散」在分類上屬於聚合系魔法，也可以記述在啟動式，就這方面來說是普通的魔法，但是要當成真正有意義的魔法隨心所欲地施展，堪稱是幾乎不可能的事。一般魔法師頂多只能使用「極散」的低階版本「擴散」。就達也所知，能夠使用「極散」的只有亞夜子。

像是將聲音「平均化」的時候，無論是聲響或音樂都會成為平坦的雜音，無法聽出其中的意義，但是無法隱瞞雜音——也就是聲音響起的事實。這還處於「擴散」的等級。

將平均化的領域擴大到聲音強度會低於聽覺範圍，「擴散」魔法至此才算是達到「極散」的境界。亞夜子的魔法發動速度與事象干涉力都不如深雪，但是改變事象的領域廣度凌駕於深雪，她在這方面的天分是四葉第一。

缺乏亮度的夜間戶外，是亞夜子最能發揮本領的領域。她能將自己或己方反射、放射的電磁波在瞬間，並選擇性地擴散平均化，藉以融入黑暗之中；她也能夠將音波與氣流的變化擴散平均化，躲避聽覺與嗅覺的偵測。經過以上兩種過程後，她便能和黑夜的空氣同化。「夜」這個代號來自她的名字，但同時也是顯示她極散魔法的特徵。

擁有如此能力的她卻無法入侵沉入闇夜的人工森林。所以達也會感到驚訝是在所難免，亞夜子會不甘心地咬唇也是理所當然。

「達也哥哥也來調查嗎？」

文彌之所以會如此詢問達也，並不是為了將話題從亞夜子身上移開。文彌認真覺得即使他們做不到，達也或許有可能做得到。

達也的「分解」與亞夜子的「極散」，兩者改變事象的方向性類似。將物質分解為組成要素，從另一個方向來看就是破壞物質結構，將組成要素的配置打亂成為無構造狀態。分解魔法也可以當成是極散魔法增加深度、縮小規模的相近魔法。

而且實際上，亞夜子學會極散魔法的契機，正是來自在四葉本家接受訓練的達也。當時達也還是小學生，卻已經能熟練使用分解魔法與「自我」重組魔法，和大人們一起接受戰鬥訓練。黑羽的魔法師會被選為他的訓練對象也不是什麼稀奇的事情。當時在亞夜子還在煩惱找不到自己的特性，並以父親部下當對手練習魔法的時候，達也就以簡單易懂的方式對她實際示範分解。

達也以精靈之眼得知亞夜子的魔法特性和他類似。還年幼的他抱持著增加自己「同伴」的念頭，對亞夜子示範如何使用以「分解」作為基礎的「極散」。

亞夜子的「極散」等於是達也所傳授的。要說她是因為達也而確立了「黑羽亞夜子」這個身分，以及在四葉魔法師中的地位也不為過。

因此亞夜子絕對不會將達也鄙視為「單純的守護者」。這件事也是文彌崇拜達也的理由之一，同時是黑羽姊弟「高估」達也的原因之一。

「嗯，但我也進不去，正在傷腦筋。」

達也擅長的領域是戰鬥與暗殺。潛入敵陣的技術也接近一流，不過這是因為接受八雲的教導，天生的適合度遠比不上亞夜子。亞夜子無法入侵的地方，達也不可能神不知鬼不覺地入侵。

「這樣啊……」

文彌難掩失望地低語。

「要再試一次看看嗎？哥哥和我們合作的話，或許行得通。」

但文彌立刻樂觀地提議——雖然內容並不具體。

「不，要是逞強引發騷動是最不妙的結果，今天應該乖乖撤退。」

「是啊。」

回應達也的不是文彌，也不是亞夜子。

「是誰！」

亞夜子犀利詢問來者何人，接著森林裡浮現一個高瘦的人影。

「師父，請你用正常一點的方式登場好嗎？」

達也一邊嘆氣一邊說出這句話。而正如達也所說，人影的真面目是八雲。

「達也說得對，今晚最好撤退。」

八雲沒有回應達也的抱怨，而是接續自己剛才的話語繼續說下去。

「……達也哥哥，難道這一位就是……？」

不曉得亞夜子是不是猜到八雲的真實身分了，她放鬆戒心詢問達也。

「應該就是亞夜子想的那樣。」

「那麼，這位先生就是『那位』九重八雲老師嗎？」

這次是文彌感慨良多地點頭。對於身為四葉家諜報部門黑羽家下屆支柱的兩人來說，八雲這個名字似乎有著相當重要的涵義。

「所以師父，您查到什麼線索了嗎？」

八雲聽完達也的詢問之後，搖了搖頭。

「不，賽場還沒有設置任何東西。」

「您進去賽場了？」

亞夜子不由得大喊，連忙摀住嘴巴。這個孩子氣的動作使得達也放鬆地露出微笑，但他立刻收起笑容，再度面向八雲。

「我們面對警備系統束手無策，但師父居然能進得去賽場，真了不起。」

達也朝亞夜子一瞥，她果然露出不甘心的表情，不過卻不像是在自責。

「不不不，沒有那麼誇張啦。」

另一方面，八雲毫不自重地驕傲回應。達也暗自抱怨他老大不小還這樣炫耀，但是後來重新想想，覺得八雲或許是要將亞夜子的注意力從她自己的內心移到外頭的他身上。

「所以裡面是什麼樣子？您剛才說什麼都沒有……」

如果是被動式感應器，都可以用亞夜子的魔法癱瘓。問題在於主動式感應器。八雲是以何種方式騙過各種主動式感應器？要說達也不在意是假的，但很明顯的，即使問了也問不到答案。八雲不可能這麼輕易亮出底牌。達也認為與其去在意這種事，更應該以原本的目的為優先。

「就是字面上的意思。現在的賽場，還只是個計畫性地設置『普通』障礙物的『平凡』演習用人工森林。」

「沒辦法預測寄生人偶設置的位置嗎？」

「沒辦法。無論設置在什麼地方，條件上都沒有太大的差異。這裡就是這樣的構造。」

「換句話說，使用寄生人偶的時候，至少可以無視於地形的影響嗎？」

「寄生人偶在製作的時候，應該就是偏重實戰性能到能夠做到那種地步吧。」

結果今晚溜出飯店是徒勞無功。達也向八雲道謝，接著招呼文彌他們，各自回到飯店。

◇ ◇ ◇

達也他們這一夜徒勞無功，但是事態卻沒有停下腳步，而是持續進行。事件或許是在現場發生，但事件也同時是在遠離現場的地方做準備。

國防陸軍第一〇一旅旅長——佐伯少將早上很早開工，晚上很晚收工。她自己笑著說這是因為長官丟太多事情給她做的幕僚時期過得太久，但是對她的部下來說可不能一笑置之。旅參謀長總是將「平時早點回家也是司令官的工作」這句話掛在嘴邊，但佐伯表示「現在的局勢對於將官來說是戰時」，不予理會。今天深夜，她也在司令官室檢視九校戰派遣部隊的編隊報告。

她愛好紙本文件是重視機密性所導致的結果，機密度低的報告她還是會依循現代風格以螢幕檢視。佐伯發現畫面一角亮起影音通話的來電訊號而蹙眉。

第一〇一旅沒有對外聯絡人。除非是遭遇奇襲之類的緊急狀況，否則很難想像總司令部會在這個時間打電話到旅長專屬號碼，如果是防衛省的行政聯絡就更讓人費解了。究竟會是誰打電話來……佐伯抱持著疑惑心情接起電話。

『佐伯閣下，抱歉這麼晚還打擾您。』

出現在畫面的是比她年長的老紳士。佐伯知道這個老人的名字。

「是四葉的葉山先生吧，久違了。」

『喔喔，國防陸軍首屈一指的知名智將佐伯閣下，居然記得在下這種無名小輩的名字，在下倍感光榮。』

佐伯不改表情，在內心低語「你哪裡算是無名小輩」。不用說，她正是在拉攏達也加入獨立魔裝大隊的時候認識葉山的。在「挖角」達也時，佐伯以最高負責人的身分帶著風間直接到四葉家協商，當時實質上的協商對象就是葉山。佐伯雖然當面見到真夜，但是除了打招呼之外都沒有好好講過話。四葉那邊主導和一〇一旅協商的正是這個老人。

『今天在這個時間打擾您，是有件不太能外傳的事情想商量。若您現在不方便，在下可以改天再聯絡。』

佐伯將部分注意力用來回憶往事時，葉山再度詢問她現在是否方便。佐伯原本沒有多想就打算要拒絕，但她連忙阻止自己的舌頭。

「……請說吧。」

『感謝。那麼在下請主子和您交談。』

佐伯還沒有理解這句話的意思就先倒抽了一口氣。

葉山在畫面中恭敬行禮，然後他的身影便隨即消失在畫面當中。

『佐伯閣下，好久不見。』

鏡頭切換之後，畫面映出一名身穿著禮服，禮服顏色的紅色還深到讓人誤認是黑色的美女。

相較於三年十個月前，她的美貌絲毫沒有褪色。

「——四葉小姐，好久不見。」

佐伯的背脊不禁竄過一陣緊張。四葉家當家——四葉真夜。佐伯長年擔任情報參謀，當然熟知真夜自身的實力，以及「四葉」擁有的實力。

『我知道閣下也很忙，所以容我長話短說。』

真夜這番話的語氣比她鄭重的遣詞用句還要親切不少。看起來比實際年齡年輕許多的柔和笑容，也完全不會給人恐怖的印象。

但是佐伯以記憶中的資料壓制視覺與聽覺所接收到的情報。魔法射程和物理距離沒有直接的關係，魔法是否命中並非取決於物理距離，而是情報距離。相傳四葉的上上任當家——真夜的父親四葉元造，只要透過鏡頭現身就能讓對方身中法術。或許光是像這樣以視訊連結，四葉真夜就可以殺害她也說不定。佐伯至今面對多麼了不起的長官或高官，都不曉得諂媚或畏懼為何物，但是面對掌握自己生殺大權的對象，就非得要慎重行事不可。

「——請問是什麼樣的事情？」

『是關於某個想陷害閣下旅團的陰謀。』

佐伯是靠著她的膽量，才能讓表情維持不變。但如果沒有重新繃緊神經，或許就藏不住內心的動搖了。

『有人計畫在全國魔法科高中親善魔法競技大會——具體來說是以越野障礙賽跑為舞台，進行一場自導自演的恐怖攻擊。』

「……知道主謀是誰嗎？」

佐伯沒有問這個消息的真實性。即使對方不是真夜，應該也不會拿這種事情來玩笑。

『主謀是以國防陸軍總司令部酒井上校為中心的集團，也就是反大亞聯盟的強硬派。』

真夜說完輕聲一笑。這無疑是在暗示真正的主謀另有他人，但佐伯也沒有進一步詢問。因為很明顯的，就算問了也得不到答案。

『閣下的旅團則是擔任其執行部隊。』

「我可不打算扮演這種小丑。」

要說佐伯沒有生氣是騙人的。她自認不會糊塗到中這種顯而易見的陷阱，也不認為部下會如此愚蠢。

『我也這麼認為，所以才像這樣借用您的時間。』

真夜應該姑且算是在稱讚吧，但佐伯高興不起來。即使真夜是世界最強魔法師之一，還是比佐伯小十幾歲。更何況關於現在討論的謀略，佐伯才是專家。她感謝真夜提供情報，但這種高姿態令她覺得很不愉快。

只是佐伯沒有將這種想法顯露於言表。她沒有這麼幼稚。

「那麼，您究竟想說什麼？」

『他們打算波及我家的人。』

「……是指大黑特尉？」

『真佩服您如此明察秋毫。但那孩子基於「性質」，也無法避免捲入這件事就是了。』

真夜在畫面嘆出的這口氣看起來不像是在作戲，而是真心話。佐伯也覺得自己和她抱有相同意見，心情上也很類似。

『只是我們也不想飾演這個被分配到的角色。』

「所以阻止他就好了嗎？」

『不，既然有這個難得準備好的舞台，我反倒想趁著機會，讓那些強硬派人士成為「真正」的幕後黑手。』

佐伯目不轉睛地看著畫面上的真夜，但即使憑她的眼力，也無法看穿真夜的真正用意。只不過佐伯並非什麼都看不出來。四葉很明顯是基於某種理由想打垮酒井上校的集團。

佐伯也早就覺得這個強硬派討人厭了。的確，要是現在開戰，日本應該能戰勝大亞聯盟吧。但是世界並非只以日本與大亞聯盟組成。她當年袒護風間也是基於相同原因。大越戰爭當時的反大亞聯盟迎合派與現在的反大亞聯盟強硬派互為硬幣表裡，這樣太單純了。必須要將軍事行動當成國際外交的要素之一來考量才行。

佐伯不認為「軍人不該介入內政或外交」。命令當然必須服從，但她覺得不需要連沒有被下達命令的事情都得要自重。即使如此，她也覺得酒井上校這一派脫離了軍人的分際。

不過這始終只是國防軍內部的事。照理說四葉應該也沒有肅清酒井集團的必要，而且這麼做也沒有好處。佐伯很清楚四葉沒有掌權慾。她是少數可以和四葉直接交流的高階軍官之一。她有自信能夠斷定四葉會基於自身利益發揮力量，就只有在為了自衛與報復的時候。

四葉背後是否隱藏著想排除強硬派的勢力？

佐伯沒能在此時此地詢問這件事。

『關於這件事，我希望能得到閣下的協助。』

她還沒有詢問，對方就先提出了要求。

「意思是……要我出兵？」

『不，是收拾善後。因為我們不能曝光。』

就算形容得保守一點，這種說法也過於厚臉皮。因為真夜要將國防軍鬧得天翻地覆，再叫國防軍少將收爛攤子。

「這樣對我有什麼好處？」

但是佐伯沒有變得情緒化，而是詢問這麼做可以得到何種實質利益。

佐伯的問題使得真夜露出妖豔微笑。

『十師族對國防軍的干涉會減弱喔。』

真夜所說的「十師族」並非是指十師族整體，而是指九島烈個人。佐伯不用她說明也能理解這一點。

佐伯像是逃避真夜的笑容般閉上雙眼，默默思索之後點頭了。

「夫人，這樣沒有問題嗎？」

真夜和佐伯協商結束之後，葉山如此詢問。

「什麼問題？」

真夜這句回應，是理解到這句詢問的意圖何在，卻刻意反問的一句話。

若是葉山以外的人，應該在這時候就會緘口不語了。但是這種姑息的封口令，對這個老管家不管用。

「這件事和九島大人有關，還只是我們的推測。」

「所以我才沒有提到老師的名字不是嗎？而且……」

真夜假惺惺地宣稱之後，便露出壞心的笑容。

「若真要這麼說，那這個事件也無從證明是強硬派自導自演的恐怖攻擊。」

葉山面不改色，只有點頭回應。

「這反倒該說是不實的罪名呢。不過這種話真的是說了也沒有用，因為是那幾位大人要求肅清強硬派。」

真夜也維持剛才的笑容，點頭回應老管家這番話。

「說得也是，我們不能違抗贊助者的意願。如果沒有發生這次的事件，我們應該也只能選擇粗暴的手段了吧。」

兩人之間洋溢著與其說是主從關係，不如說是共犯的氣息。

「就這方面而言，那位名為周公瑾的人的暗中活躍也正合我們的意。只是想到要幫達也閣下善後就頭痛。」

「要是做得像去年那麼高調就傷腦筋了……希望他至少能安分到半年後的明年正月。」

真夜說著便裝模作樣地嘆了口氣。

「即使如此，但要是麻煩事波及到深雪，也不能要求他別出手。」

「夫人，您認為佐伯閣下會協助達也閣下嗎？」

「沒有問題。因為根本阻止不了，所以最後也只能幫忙。那孩子是最凶惡的魔法兵器，國防軍沒有膽量草率應付。」

因為我也沒有這個膽量——葉山覺得自己似乎聽到了真夜這句無聲的低語。

◇　◇　◇

賽前宴會結束的第二天下午，穗香與雫邀約一起在房間吃午餐（不是在達也房間，而是在穗香她們的房間），因此帶著深雪等四人回到飯店的達也，在自行訂房前來加油的學生擠得滿滿的飯店大廳裡，聽到朋友叫他的聲音。

「呀喝～」

艾莉卡向大家揮手。這一幕似曾相識，不過她穿的衣服比去年低調多了。具體來說是無袖外搭襯衫加七分褲的褲裝。

「妳來幫大家加油了啊。」

「那當然。啊，另外兩人也來了喔。」

就如她所說，雷歐從她身後走來。

「妳啊，自己的行李給我自己拿啦……喔，哈囉，達也。」

他雙手各提一個包包，色彩鮮豔的那個包包似乎是艾莉卡的。

「艾莉卡，鑰匙……啊，達也同學、深雪同學、穗香同學、雫同學，午安。」

緊接著，拖著輪式行李箱的美月也從雷歐身後登場。

「午飯呢？」

「還沒有吃。」

達也簡短地詢問，艾莉卡簡潔地回答。

「也把幹比古叫來吧。」

這麼多人進入雙人房會很擠。達也等人前往九校戰代表隊已離去的咖啡廳露天座位。

現在已經超過用餐尖峰時間，所以八人不用等就有座位。大家才剛剛坐下，幹比古就突然開口發問道：

「好像比預定時間晚，發生了什麼事？」

幹比古詢問的對象是美月，但率先對這番話做出反應的是艾莉卡。

「喔～……」

「怎……怎樣啦？」

艾莉卡投過來的笑容透露出嗜虐的氣息，使得幹比古因而畏縮。

但他的對應方式是錯的，而且已經太遲了。

「原來你有事先向美月打聽過行程啊。」

「只是收到電子郵件而已。」

幹比古面帶慌張表情回嘴。但從他面露慌張時，這回應就已經是反效果了。

「咦？Miki和美月有交換電子信箱嗎？」

「既然是朋友，好歹也會交換一下電子信箱吧？」

幹比古愛理不理地扔下這句話後，艾莉卡就將視線從他身上移向坐在他身旁的雷歐。

「你有美月的電子信箱嗎？」

「沒有，因為沒有必要。」

現在語音通訊群組很普及，如果想以文字交流，一般都是利用限定群組登入的留言板。電子郵件的優點在於可以寄送整理好的檔案，以及詳細指定收件人來進行祕密通訊——順帶一提，達也他也知道艾莉卡與美月的電子信箱，卻完全不打算告訴幹比古。幹比古「被害得」誤以為得知女生的電子信箱是某種愧疚的事情，臉變得紅通通的。

而艾莉卡現在則是滿臉笑容。幹比古旁邊的美月也和他一樣臉紅，並移開目光（補充一下以免誤會，他們是把兩張圓桌靠在一起圍桌而坐，座位排列依序是艾莉卡、美月、幹比古、雷歐、雫、穗香、達也、深雪）。

幹比古承受不住這種狀況，情緒終於爆發。

「妳是在誤會什麼啊！柴田同學並不是只寄信給我，也有寄給深雪同學、光井同學與北山同學啊！」

但他生氣只會讓誤會加深。

「達也同學呢？」

「沒有收到。」

幹比古向達也投以「你這個叛徒」的目光，但達也的思緒不會被這種不白之冤影響。

「話說回來，艾莉卡——」

只是幹比古——更正，是美月看起來快要達到極限，所以達也決定換個話題。

「你們說比預定時間晚到是真的嗎？」

達也的問題使得艾莉卡蹙起眉頭。

「嗯，是啊。」

現代的陸地交通系統已從構造層面解決塞車問題，若是遲到程度超過誤差範圍，就代表路上出了某些狀況。艾莉卡的注意力從幹比古身上移開，大概是因為路上出的狀況，令她不悅到無法忽視吧。

「因為啦啦隊的巴士在基地入口遇到示威遊行隊伍。」

美月立刻插話回答，或許是因為她認為這是脫離窘境的機會。

「示威遊行？」

穗香會如此詢問美月，是因為基地入口離這間飯店有點距離，即使吵鬧的音量很大，這邊也不會曉得那邊發生什麼事。

「嗯，就是……人類主義的……」

美月的回應使得眾人——不只是當時不在場的達也等人，目睹現場的艾莉卡與雷歐也露出不耐煩的表情。

「就是一如往常的那個啦，那個。」

艾莉卡的語氣盡顯她內心的不悅情緒。

「魔法科高中生過半數從軍是錯的，快醒醒吧，軍方只是在利用你們——就是講這種話的傢伙。真是的，多管閒事。」

艾莉卡大概是說著說著又再度火大了起來，情緒越來越激動。相對的，雷歐卻像是連回想都不願意般不發一語。

「再說，哪裡有過半數了？把高中畢業的升學率跟大學畢業的就業率加起來，這樣到底有什麼意義啊？這是從不同母體計算出來的比例，沒辦法直接加減乘除。這麼簡單的道理他們怎麼會不懂啊！」

不知道是不是因為艾莉卡相當不悅的緣故，她重視邏輯的程度不同於以往。由於不是感情用事，所以也不知道她何時會消氣。這讓達也只好不得已著手滅火。

「因為示威遊行或造勢演講需要的不是正確性，是衝擊性。他們也明白這是詭辯。而且魔法大學的畢業生有百分之四十五會進入國防軍或相關企業，光看這個數字確實就是很高的比例，所以批評這一點也沒有用。」

「你說那什麼話啊？達也同學，你是站在他們那邊的嗎？」

「我？怎麼可能。」

達也露出的苦笑，意味著已經有軍人身分的他不可能這麼做。

「說得也是，對不起……」

艾莉卡當然理解這一點，也隱約察覺到達也無法選擇不這麼做。

「話說回來，Miki。」

「我叫作幹比古。」

幹比古刻意再度使用以往的制式抱怨，是因為他察覺到艾莉卡意圖改變氣氛。

「你還在用『柴田同學』這種稱呼？既然都已經用『深雪同學』來稱呼深雪了，那你也用美月的名字稱呼她就好了啊。」

「現在這種事情不重要吧！」

不過，幹比古的貼心卻被艾莉卡恩將仇報。

[6]

八月五日，西元二〇九六年的九校戰終於開幕。今年不只是競賽項目改變，各項目的執行要項也有所改變。

首先，冰柱攻防與堅盾對壘是將參賽的九人（九組）分成三人（三組）一隊，三隊分別舉行單循環預賽，各隊第一名的三人（三組）再進行單循環決賽。操舵射擊是各選手（各組）逐一上場，以跑完全程的時間再加上命中靶數加分後的總分來進行排名。

規則變更最少的幻境摘星，預賽人數是各校三人共二十七人，從原本的四人一組共六組，變更為有三組四人、三組五人，會編入四人組還是五人組將由抽籤決定。此外，飛行魔法的連續使用時間限制為一分鐘，也就是說選手有義務在一分鐘之內著地。

祕碑解碼則是從預賽分組單循環賽加決賽淘汰賽，改為用上整整兩天來進行九校單循環賽。五座戰臺全部使用，每一輪舉行四至八場比賽，總共進行十輪賽事。換言之，祕碑解碼的選手會在大會第九、第十天打八場比賽，而且還要在大會最後一天的第十一天參加越野障礙賽跑。預料他們的身體與心理負擔將相當沉重。

大會第一天舉辦冰柱攻防雙人賽的男女預賽，以及操舵射擊的雙人賽。

「原本想說比賽時間重疊的話，會造成五十里學長的困擾……」

「看來不用擔心了。」

他們在一大早的第一高中帳篷裡連上大會總部對代表隊發布的情報網站一看，接著達也就像是安心般地低語，五十里也以笑容回應。他們正在看今天的賽程表。

冰柱攻防的預賽是男女各九場比賽，只有往年的一半。每組一天也只比賽兩場，這項競賽的選手負擔大幅減輕。

相對的，往年男女各有兩個賽場，今年卻只有男女各一，所以賽程表整體的密度沒有變，不過各校的行程就變得沒有那麼緊湊。

達也之所以鬆一口氣，是因為他得知英美的比賽沒有和雫她們的比賽重疊。

達也在冰柱攻防負責雫的ＣＡＤ，在操舵射擊負責英美的ＣＡＤ。這是基於兩人強烈要求。不過要是英美的比賽和花音＆雫雙人組的比賽重疊的話，那就必須要拜託五十里包辦花音與雫的輔助工作了。

原本無論是冰柱攻防或是舵射（選手們對操舵射擊的簡稱），技術團隊在比賽時都沒有什麼事情可做。只有三戰兩勝的堅盾對壘與三節比賽的幻境摘星，可以在比賽時進行ＣＡＤ的微調、交換或是提供建議，所以雙人競賽只要有一個技術人員就沒有問題。但達也還是不太願意將自己負責的選手交給他人。如果這種可能性成真，他應該也會感到愧疚吧。

而實際賽程，英美是上午第一個上場，雫是第四與第七場比賽，比賽時間並沒有重疊。

「那我去舵射的場地了。」

「加油。但我覺得既然是由司波學弟負責的話，應該就不用擔心了。」

五十里目送達也離開時，臉上掛著只由男學生展現會很可惜的燦爛笑容。

起點旁邊設置了三個選手與後勤準備室，達也打開第一組選手所使用的準備室。裡面空無一人。雖然這麼說，但距離比賽時間也還有三十分鐘以上，即使技術成員在這時候已經差不多該開始準備了，但是對選手來說算是可以從容應對的時間。

「早安！」

達也剛想完，梓就帶著這聲充滿幹勁的問候入內。

「司波學弟，早安～！」

達也還沒有向梓問好，就看到英美從後方露面了。雖然不經意覺得出師不捷，但他決定照順序回應。

「會長早安。艾咪，原來妳和她們兩位在一起啊。」

達也之所以說兩位，是因為和英美搭檔的三年級學姊也一起入內。個性相當文靜的她只向達也微微點頭致意，所以達也也只以眼神回禮。

「嗯，我們剛才一起吃飯。難道讓你等很久了？」

英美以不太在乎的樣子詢問達也。

讓她在意這種事情也不太好，所以達也很普通地搖了搖頭。

「不，沒有等很久。」

「太好了！」

英美雙手一拍，露出微笑。這個動作在某些人眼中或許覺得做作，但是很適合她。

「那我立刻開始調校ＣＡＤ吧。」

達也對英美這麼說。

「我們也從這部分開始吧。」

梓也向負責的選手如此提議。

第一天的結果是英美雙人組第一名，男子組操舵射擊第三名。花音與雫的搭檔晉級決賽，男子組冰柱攻防也順利突破預賽。

「艾咪表現得真漂亮，幾乎沒有漏靶吧？」

「昴，謝謝妳。我自己也嚇一跳喔。」

晚餐席上也出現這種開朗的聲音，但是並非輕鬆獲勝。

「沒有想到七高居然會訓練到那種程度。」

幹部席——梓、服部、五十里、花音、達也、深雪聚集的一角，雖然氣氛沒有守夜那麼陰沉，但眾人面帶認真的表情在舉辦第一天的檢討會。

「本校是男子組第三，女子組第一，相對的，七高是男子組第一，女子組第二嗎……」

服部接續梓那句話，回顧今天的成績。雖然只結束第一項目，但名次是第二名，而且明天的操舵射擊單人賽，是第一高中預料最可能陷入苦戰的項目。

「不愧是『海之七高』。我覺得術式的精度應該沒有輸太多，但選手熟練度很驚人。」

五十里感觸良多地說完後，服部以慎重語氣再度發言。

「明天的單人賽由七高包辦第一名，後續的總分排名或許會對我們有利。」

「因為和三高的分數差距不會拉大？」

「我自己也知道這種想法很消極。」

第三高中是男子組第二名、女子組第三名，總共六十分。今天的總分是第一高中多他們二十分。雖然只是第一項目的結果，但是在現階段領先的狀況說出「差距不會拉大」確實是消極的想法。換言之，他們對於明天的單人賽就是如此沒有自信。

「……果然還是讓司波學弟負責舵射的單人賽比較好吧？畢竟他負責任何人都會贏。」

花音突然提出這種蠻橫的論點。不，這在理論上是正確的，但即使形容得保守一點，她把這件事講出來也是過於魯莽。

正如預料，一股能夠冰凍整個幹部席的壓迫感席捲而來。花音反射性地警戒起來，不過由於達也安撫深雪、五十里安撫花音，使得場外混戰並未真的發生。

「……不可能現在才換工程師。而且就算由我負責，也不一定能改善戰績。」

所有人（就連花音）都不得不認同他這句話的前半段說得有道理，但是眾人聽完後半段，臉上認同的表情就轉變為質疑。因為今天能在女子雙人賽得到第一名，明顯是因為射擊魔法的精度與效率高到驚人所致。

「從今天的樣子來看，第一輪的練習會大幅影響成績。關於這方面，光是雙人賽選手提供單人賽選手一些建議，應該就會有所不同吧。」

這也是正確的論點，但達也明顯是在轉移話題。不過這次沒有人抗議或動用權力逼迫，或是做出未達抗議與逼迫程度的行為。

◇ ◇ ◇

即使深雪住在達也房間是半公開的祕密，但被人目擊現場的話在各方面上還是不太妙，因此沒辦法和去年一樣，將達也的房間當成聚會場所。

即便如此，也不能在飯店大廳或咖啡廳一直聊下去。飯店原本就已經客滿，所以目前的現況是各校啦啦隊也限制只有二十人能住在這間飯店，其他人則是分散到基地外面找地方住。要是在飯店大廳或咖啡廳待太久，肯定會招致他人冷眼。

所以達也他們挑選的閒聊地點，是調校ＣＡＤ用的工程車旁邊。

「……感覺好像露營一樣。」

「在飯店用地內露營？」

穗香輕聲說出感想，雫則以提問的方式吐槽她。

「所以才會覺得怪怪的吧？」

「妳說得很對。」

不過，這段對話是穗香反敗為勝。

她們坐的是露營用的折疊椅，面前有露營用的組合桌，頭上則有著從「露營車」車頂延伸出來的車邊篷。

其實第一高中技術團隊的調校用工程車，是沿用了貨車型露營車。想到去年單純使用小型廂型車，就覺得這次的規模算是格外充足，甚至令人覺得奢侈。實際上，別校學生看到一高的工程車也都瞪大了雙眼。

這項「暴行」的主謀，很容易想像得到是深雪。敬愛的哥哥去年被迫搭乘「狹小」的工程車移動，使她因此抱持不滿與憤怒，這個想法經過一年仍未消失，導致她斷然強行改善技術團隊的環境舒適度——此外，這筆費用由北山家捐款贊助。深雪個人想叫ＦＬＴ（也就是自己的父親）出錢，但她無法推辭雫父親的好意。

只不過她做到這種程度卻還讓達也一起搭巴士，可見深雪只要是關於哥哥的事情大多都會很任性。不對，以結果來說，不只是達也移動時的環境舒適度，其他技術人員的環境舒適度也改善了，所以或許反而可以說是很公平吧。

——不過這一切都只是結果論。

「請用咖啡。」

「嗯，辛苦了。」

這不是深雪與達也的對話。雖然深雪很不願意，但端咖啡給達也的是琵庫希。不只是達也，琵庫希端了咖啡給所有人。

「……謝謝。」

「…………」

深雪與水波的不悅情緒沒有完全隱藏起來。不過琵庫希在系統方面上掌握了露營車的廚房，兩人在這時候無從插手。

「啊，謝謝。」

賢人如同對待人類般，以所有人當中最自然的眼神看著琵庫希。他在這場九校戰報名想當達也的助手，並且漂亮奪得這個地位。

「美月，艾莉卡其實不是身體不舒服吧？」

深雪大概是想要掩飾這份不是滋味的心情，再度拿剛才聽到的這件事詢問美月。

在場的有達也、深雪、穗香、雫、幹比古、美月、水波、賢人等八人，無法算入人頭的琵庫希負責供應茶水。

「是的……艾莉卡說她要忙其他事情。」

夜已深的這個時間，沒有多少學生外出。雖然這麼說，但在停車場工程車調校CAD的技術團隊不只有第一高中。從剛才開始就有別校工程師，在經過附近時假裝若無其事地偷看這場格格不入的茶會。到了明天，第一高中的選手應該也會知道這場茶會的存在吧。這麼一來，明晚之後的參加者肯定會增加。

反過來說，現在在這裡的就只有達也與深雪直接、間接找來的成員。而且兄妹當然也邀請艾莉卡與雷歐，但他們兩人不在這裡。

「雷歐說他會來啊……」

幹比古不經意地使用類似辯解的語氣說明。他只是以語音通訊邀雷歐過來而已，兩人並非同房，所以他會無法掌握雷歐的行動也是在所難免。但幹比古不禁覺得非得幫忙辯解，這應該是他好好先生的個性使然。

「那個……我過來這裡的時候有看見西城學長。」

此時，某個出乎意料的人物提供了這個情報。發言的是在達也正前方掛著笑容的賢人（深雪與穗香穩坐達也兩側，所以他覺得至少要坐在正對面）。他在晚餐之後一直在這裡工作，所以他在進入茶會時間之前有先回房間沖過澡才來。

「他在飯店大廳被羅瑟日本分公司社長給叫住了。」

「羅瑟？」

達也之所以疑惑地反問，是因為他有事先從幹比古那裡聽過相關知識。

朝幹比古一看，他的雙眼也浮現相同的疑惑，並看向達也。

「是的，那一位肯定是恩斯特．羅瑟。」

達也與幹比古的眼神溝通只是一瞬間的事情，達也立刻就將視線移回賢人身上了。賢人看起來並沒有察覺他們的眼神交流，露出像是幼犬搖著尾巴跑過來的笑容回答達也。

「不過西城學長好像一副很困擾的樣子。」

賢人如此補充。

「說我怎麼了？」

緊接著，雷歐就像是早在等待登場般，在這個時間點現身。

賢人並不是在暗中說雷歐的壞話，但要是維持現狀，難免會因為拿學長當話題閒聊一事而感到尷尬。

「他說剛才在飯店大廳看到你跟恩斯特・羅瑟。」

達也在氣氛變得尷尬之前出面應付雷歐。

「啊，嗯……沒錯，所以我才遲到了，抱歉。」

「沒關係，這又不是什麼很拘謹的茶會。」

正如賢人所感覺到的那樣，羅瑟的話題似乎讓雷歐不太愉快。達也沒有進一步詢問，直接邀雷歐坐下。

茶會在晚間十點之後結束。幹比古、雷歐以及姑且因為他是男生的賢人送雫、穗香與美月回去，深雪與水波以幫忙收拾為藉口留下來。

深雪和達也同房是公開的祕密。雖然這麼說，但深雪也沒有膽量在穗香等人面前回到達也房間，她「還沒有」灑脫到這種程度。穗香也不想看著達也與深雪和樂融融地消失在同一扇房門後面。深雪會留在這裡，是兩人的想法巧妙交錯的結果——水波會一起留下來的原因，主要是基於「侍女的使命感」，希望至少幫忙收拾善後。

而水波的矜持充分地得到了滿足。這是因為，琵庫希受命於達也忙著處理其他工作，沒有一起收拾餐桌。

琵庫希現在正坐在達也所俯視的露營椅上。她閉上雙眼，以雙手摀住耳朵。3H的軀體並非只靠耳朵聽聲音，閉上雙眼也可以透過光學感應器視認周圍的狀況。而且如果想阻絕外部情報，只要關閉感應器就好，所以這個動作在「機械層面」上並沒有意義。琵庫希擺出這種像是人類的姿勢，是因為她正在運用機械以外的知覺。

「怎麼樣，偵測得到嗎？」

『捕捉不到「同胞」的反應。』

琵庫希以主動型心電感應回答站在前方詢問的達也。她在茶會結束之後就遵照達也的命令，尋找附身融合在女性型機器人當中的寄生物——寄生人偶「內容物」的所在處。

依照黑羽家提供的情報，寄生人偶在本質上其實和琵庫希相同。達也認為寄生人偶大概是九島烈知道琵庫希的存在之後想要複製她而製作的東西。使用的外殼當然不是用來支援家事，而是用為戰鬥所製造的軀體。但不是採用男機人而是女機人，可見肯定是參考了琵庫希的狀況。

寄生物可以偵測同類。不只是以人類為宿主的個體能相互偵測，以人類為宿主的個體以及以機械為宿主的個體也能相互偵測，這在二月的事件當中已經獲得證明。既然這樣，以機械為宿主的個體應該也可以相互偵測。

達也認為，琵庫希之所以偵測不到寄生人偶的所在處，是因為寄生人偶處於無法被感應的狀態。寄生物不可能因為雙方都附身在機械上就無法相互偵測，但也很難想像九島家還沒有將寄生人偶運來這裡。

（是設定為休眠狀態嗎？還真謹慎……）

達也聽琵庫希說過，低活性的個體很難偵測，九島的技術人員也知道這件事嗎？總之今晚可以知道一件事——至少在比賽正式開始之前，很難以這個方法查出寄生人偶的保管場所。

水波來到達也身旁，向他告知已經收拾完畢。繼續在這裡堅持下去也沒有好處。達也命令琵庫希回到車上鎖好車門進入休眠狀態，然後帶著深雪與水波回到飯店。

◇◇◇

八月六日，大會第二天凌晨。

夏天時天亮的時間很早。即使如此，現在的天空依然一片漆黑，才正要開始逐漸混入藍色。在這個不上不下的時間，深雪在陰暗的室內坐在床邊。她坐著不動，注視心愛哥哥的睡臉。

知道這件事的人肯定大多都會覺得意外，但達也睡眠時都睡得很熟。深雪讓室內維持陰暗，但他不會只因為開燈就醒過來，即使房內稍微發出稍微刺耳的聲響也不會醒。

不過，接下來這件事應該有很多人能理解。無論達也睡得熟不熟，他都能醒得又快又好。首先，他絕對會在決定要起床的時間醒來。不用鬧鐘，光靠生理時鐘就能在準確的時間醒來。此外他在熟睡時，依然對惡意或害意非常敏感，即使連一根針落地的聲音都沒有發出來，只要危害他或深雪的人悄悄接近就會立刻清醒。而且就算對方沒有惡意，只要接近到一段距離以內，達也的意識就會從睡夢中浮現，睜開雙眼。

這個距離與界線，會依照時間與場合而有所不同。有時候真的是接近到可以感受得到呼吸的極近距離，都還不會睜開雙眼，有時候光是有人進房就會清醒。深雪認為，達也恐怕是在入睡的時候自行設定了允許入侵的界線吧。她推測只有在還沒有設定界線就睡著的狀況下，才能夠極度接近哥哥。

既然是在相同房間就寢，她起身正常走動的範圍應該就是設定在界線之外。實際上，即使她搬椅子到床邊坐，達也也沒有要清醒的徵兆。

只是她無法確信能夠繼續接近。或許再靠近十公分，達也就會清醒。或許即使她在同一張床上依偎著哥哥入睡，哥哥也不會清醒。

深雪很想知道。

她想知道哥哥究竟允許她靠近到何種距離。什麼樣的距離才是自己可以進入的距離。

（哥哥到底容許我到何種程度呢……）

深雪突然感到一股寒意。並不是這個想法令她內心發涼。雖然是盛夏，但現在是氣溫偏低的凌晨，她身上是盛夏時穿的薄睡衣，一直都沒有換穿衣服當然會著涼。

在這個時候，深雪的意識開始朝奇怪的方向迷失。

（哥哥不冷嗎？）

其實這次是深雪第一次和達也同房共度一整晚。昨晚（正確來說是前天晚上）她過於興奮，結果就如同跳電般不知在何時睡著了，一覺到天亮。但是昨晚到今天早上，深雪很在意睡在旁邊床上的達也而清醒了好幾次，到了最後就在天還沒有亮的時候，像這樣在哥哥枕邊做出跟蹤狂般的行徑。睡眠不足開始融化深雪的自制心。

深雪如同照顧發燒的病人，朝達也的額頭伸出手。看似清醒實則恍惚的意識，已經不再在意剛才的擔憂，不再害怕「可能會吵醒哥哥」。

幸好達也沒有睜開雙眼。透過手心感覺到他的額頭是冰涼的。

（好冰……）

坦白說，只是因為達也熟睡導致體溫降低（達也的身體不會進行「無謂」的代謝，心情平靜時的體溫原本就低），加上睡眠不足而疲累的深雪體溫上升，才會有這種感覺。

（糟糕……得幫哥哥暖和身子才行。）

不過，深雪的思緒短路了。

（我想想，在這種時候讓肌膚相觸就好……是這樣吧？）

這是遇難時的準則。要是頭腦正常運作，這個點子肯定會讓深雪害羞到過熱，但她不知何時得到了「看護」這個名義，並覺得這麼做是理所當然。

（……不過我不敢脫衣服就是了……）

即使如此，似乎也還是殘留著最底限的羞恥心。深雪忘記「可能會吵醒達也」的躊躇，悄悄鑽到達也身旁。

（哥哥，深雪來幫您暖和……）

意識已經朦朧的深雪就這麼抱著達也，正式啟程前往夢鄉。

達也確認妹妹熟睡的呼吸變得規律之後睜開雙眼。

（終於睡著了啊……）

達也溫柔移開深雪放在他胸前的手，緩緩鑽出被窩。其實他在深雪摸他額頭的時候就醒了。只是因為妹妹的樣子怪怪的（不用看，從氣息就感受得到），所以便裝睡觀察狀況。

「幸好」他即使和絕世美少女同眠也不會任憑性慾驅使。但他並不是完全不會湧現性慾，而且想到和妹妹在同一張床上互擁就會覺得相當不自在。深雪身體的柔軟觸感令他覺得很舒服，所以尷尬程度增加了數倍，實在沒辦法就那樣繼續睡下去。

即使如此，妹妹今天就要比賽了，不能在這種時間再度叫醒她。達也不曉得深雪幾點就醒來了，但現在至少還可以再睡一下。

達也小心翼翼地不發出聲音，換上輕便的衣服，抱持著「好好睡一覺吧」的想法撫摸深雪的頭髮，然後悄悄離開房間呼吸清晨的空氣。

◇　◇　◇

「早安。」

「啊，早安……？」

達也與深雪端著早餐三明治進入總部帳篷。梓一邊回應一邊歪過腦袋，這聲問候因此變得不上不下。

跟在達也身後的深雪看起來莫名——應該說是非常難為情。就梓所見，兩人的距離比平常遠（具體來說約三十公分），而且深雪微微低著頭，眼角有點泛紅。

今天是深雪上場的冰柱攻防單人賽預賽。在企圖拿下總冠軍的第一高中作戰裡，預定女子組的冰柱攻防要奪冠。謹慎的梓將其列入可以最確實取得積分的項目，也希望再怎麼樣也要避免在預賽就被淘汰。以深雪的實力無法想像她會在這個項目落敗，即使如此，現在的她卻令人感受到一絲不安。

「……發生了什麼事嗎？」

梓之所以如此詢問，是想將這份模糊的不安解釋為自己多心，來消除這份不安。

「『什麼事』的意思是？」

但是達也以不容分說的語氣反問，使得她不敢再多問什麼。

◇　◇　◇

結果，深雪完全不容許交戰對手跨越雷池半步就突破了預賽。男子組雖然也出現過某些令人捏把冷汗的場面，但還是順利通過預賽。此外正如第一高中幕僚團的擔憂，操舵射擊的男女單人賽都是第四名，以零得分的慘敗收場。

反觀別校的成績，第七高中男女都奪冠得到一百分，以總分兩百分的結果繼昨日再度位居第一。第三高中男女都是亞軍，得到六十分，以總分一二〇分超越第一高中成為第二。考量到明天之後的比賽，第三高中應該會認為可以很快超越第七高中，這對於第三高中來說，本來應該是好的開始才對。

不過第三高中的晚餐光景並非一片喜色，二年級聚集的一角覆蓋著沉重的空氣，這片烏雲來自沒能在操舵射擊單人賽獲得冠軍的吉祥寺。

「吉祥寺，第二名也很棒了，不用這麼在意。」

「是啊，我也是第二名，但是就沒有這麼在意。」

也有三年級學生在用完餐拿餐盤到回收檯的時候路過鼓勵他，但是效果不彰。

「沒有想到七高會用那種方法……」

至今不發一語、緩緩動筷的吉祥寺，突然如此不甘心地低語。要是眼前沒有餐具，他或許早就趴下來了。

他會受創不只是因為落敗，落敗的方式才是問題。這次與其說是實力不如人，更像是作戰不如人，這讓依靠智謀應戰的吉祥寺因而受到很大的打擊。而且他也有感覺到，今天戰敗不是實力的問題，是作戰的問題。

「這也是沒辦法的事啊。」

比起默默消沉，說點喪氣話或牢騷話還比較易於安慰。他周圍的二年級同學抓準這個機會向吉祥寺說話。

「是啊，在那種規則之下放棄射擊根本不正常。」

第七高中的戰法單純又超乎預料。只使用機械化的無瞄準射擊，打到就算賺到，省下來的魔法力用在操作小船，只求盡快抵達終點。操舵射擊的規則，是將射擊成績最好組別的擊靶數除以最快抵達終點組別的時間，計算打一個標靶所花的時間，用這個時間乘以各組的擊靶數之後和航行時間相減，所得時間最短的組別獲勝。換句話說如果航行時間差不多，就是擊靶數多的組別有利，相對的，如果擊靶數不多，就是航行時間短的組別有利。

順帶一提，男子單人賽擊靶數最多的是第三高中的吉祥寺。換句話說，就是精密射擊與無瞄準射擊的差距小於航行時間的差距。追求精確的戰法卻輸給只憑蠻力的戰法，這個結果使吉祥寺無法接受。

「何況雙人賽的每一隊都是重視擊靶數啊。」

「實際上，一高女子組就是因為那樣才會打贏七高啊。」

「七高只是湊巧幸運地歪打正著罷了吧？比賽的時候偶爾也會發生這種事啊。將輝也這麼認為吧？」

二年級男學生將話鋒轉向將輝，並徵求他的同意。此時安慰吉祥寺的所有人，都察覺了一件奇妙的事。

回想起來，將輝直到現在都還沒有對吉祥寺說過半句安慰的話。不只如此，他從今天晚餐時間開始就一直不發一語。雖然有用手將飯菜送進口中，但他的內心感覺卻像是被完全不同的事情所囚禁著。

「將輝？」

「嗯？噢，俗話說勝負天註定，今天只是不受老天爺青睞罷了。今天雖然輸給七高，但我們超過一高了，整體來看不只不差，我甚至覺得是很好的進展。」

看來將輝是有在聽大家說話，但他卻沒能拭去不自然的感覺。圍著吉祥寺的同學不分男女，眾人面面相覷。

「這樣啊……說得也是，我們超過一高了。」

「我們的最終目標是總冠軍，明天之後要做的事情也是堆積如山。」

「意思就是太在意今天的成績是最不可取的做法是吧？我知道了，將輝。」

但吉祥寺似乎因為將輝這番話而看開了。晚餐時間就在這種氣氛下結束，沒有任何人去追究將輝不自然的態度。

今天也有舉辦夜間茶會的預定，不過要等到以調校ＣＡＤ為首的各項工作完成才能辦茶會。明天上午是堅盾對壘男子雙人賽，下午是冰柱攻防女子雙人決賽。達也繼續負責突破冰柱攻防預賽的雫，而且堅盾對壘的桐原＆十三束搭檔之中，他也擔任桐原的工程師。加上後天上午是冰柱攻防女子單人賽的深雪，下午是堅盾對壘男子單人賽的澤木，負責這麼多主力選手，預料這兩天會是達也「在九校戰」最忙碌的一段時間。

「司波學長，桐原學長的ＣＡＤ電壓已經檢查完畢了。」

「再來進行自動除錯程序。」

「是。」

達也由賢人擔任助手，調校雫與桐原的ＣＡＤ。這項工作與其說是調校更像是檢查，所以他找賢人擔任助手是偏重於教育意義，藉以教導他調校ＣＡＤ的「正統」步驟。但賢人比預料的還要手巧，知識也很豐富，充分成為達也的助力。

在兩人的工作即將看見終點時，有人前來造訪達也。

「是一条啊，怎麼了？」

造訪工程車的是將輝。

「抱歉這麼晚打擾你。現在方便借點時間嗎？」

「對我們來說不算太晚，而且借點時間沒有問題。賢人，休息一下。」

「是，學長。」

達也對賢人說完，便和將輝一起移動到工程車燈光照不到的地方。

「你們讓一年級擔任工程師？」

並肩跟著達也過來的將輝有些意外地詢問。

「我去年也是一年級啊。」

不過達也的回答有些諷刺。「看來我多嘴了。」將輝說完便露出苦笑。

「所以？我覺得你來找我，一定是關於越野障礙賽跑的事。」

達也不理會將輝頗為友善的態度，反而搶在對方開口之前如此詢問。將輝有一瞬間露出了不悅的表情，但他後來也覺得現在不是該閒聊的時候。

「嗯，沒錯。看來火藥味比想像的還要重喔。」

「你查出什麼情報了嗎？」

達也停下腳步面對將輝，將輝正面承受達也的詢問。

「還稱不上查明，只是似乎和國防軍的強硬派有關。」

「強硬派？」

達也疑惑地反問。將輝也立刻察覺到，自己只講「強硬派」，會讓他聽不懂是針對什麼事情的強硬派。

「啊，抱歉，我是說國防軍內部的反大亞聯盟強硬派。」

「你的意思是他們在九校戰暗中搞鬼？」

單純地去思考的話，就會發現這是相當好懂的構圖。想以戰爭取勝的勢力為了簡單迅速地擴充戰力，而去挑選軍事適合度高的魔法師。高中生應該沒辦法立刻成為戰力，但強硬派應該也不希望在短期內開戰。而且要是在九校戰得到成果，很容易想像得到他們會將這種做法擴大到以大學生為主的魔法競賽。

不過要把九島家──不，是九島烈，要把他跟強硬派聯想在一起是件非常困難的事。達也聽說過九島烈討厭將魔法師當成兵器使用。雖然始終只是個傳聞，但是可信度很高。如果只是聽藤林這麼說，或許還可以解釋為她偏袒自家人，但是否定十師族體制的風間也說過相同的話。

烈討厭將魔法師當成兵器使用，但並未否定把魔法師當作軍人來利用的做法。反過來說，正因如此，那位老者才更不可能會用這種像是暗算的做法將魔法科高中生當成白老鼠。因為軍人不是消耗品，是重要的資源。

「聽說酒井上校似乎希望我們魔法科高中生別經過防衛大學，直接志願加入國防軍。」

將輝的後續說明令達也更感疑惑。原來如此，如果強硬派的目的是確保當作即時戰力的志願兵，就不會和九島烈產生對立。假設將戰鬥色彩強烈的項目納入九校戰也是為了這個目的，那他們有何意圖就淺顯易懂了。恐怕他們是想在魔法科高中學生們內心植入解放鬥爭本能與破壞衝動的快感吧。他們肯定是希望藉此讓更多年輕人志願成為軍事魔法師。

即使自己也是這樣的年輕人──甚至還只是被稱為少年的年紀，達也依然事不關己般地想著那樣的事情。刺激鬥爭本能與破壞衝動也是四葉的訓練手法之一。

只是這麼一來，就無法解釋那個讓寄生人偶失控的術式。強硬派知道多少？又介入到何種程度？他們和幕後黑手有關？還是單純的配角？

此時，達也內心不經意浮現小小的疑問。

「……虧你連酒井上校這個名字都查得出來。」

一条家在國防軍內部應該也有相當的管道，不過要在這麼短的時間查出主謀姓名絕對不是易事。這不是大眾政黨，所以應該也不可能是依照派系製作的名冊外流所致。

達也這句無法辨別是否為自言自語的詢問，使得將輝露出苦悶表情。

「因為酒井上校是我爸的老朋友……」

即使是達也，也還是被這個「爆料」給嚇到了。

「一条，你該不會……」

「這就錯了！司波，別誤會！」

達也刻意讓將輝以為自己有那種想法，將輝就正如預料地露出慌張模樣來否定。達也聽他否定也安心了。只是敵人增加的話還好，要是狀況變得更加複雜，他就會因為嫌麻煩而以蠻力翻倒整場棋局。

（不……乾脆一不做二不休，直接破壞越野障礙賽跑的賽場好了。這樣就不用管對方究竟設了什麼局。）

「他們有交情是以前的事！」

將輝正為別的事情焦急，完全不曉得達也在思考這種極度危險的事情。

「四年前的佐渡侵略事件，當地的最高指揮官就是酒井上校。」

（九島家的目的跟國防軍的想法，本來就和我無關。）

「我想你應該知道，當時為了收復佐渡，就以我爸為中心組織了義勇軍，同時我爸也委託酒井上校調派連隊規模的部隊到北陸的新潟。當時政府與國防軍都在注意沖繩，佐渡也由義勇軍暫時收復，所以國防軍原本似乎只打算出動一個大隊。」

（一高也並非一定要在九校戰奪冠。反正越野障礙賽跑在最後一天舉行，深雪、穗香與雫她們到時已經是項目冠軍了。若繼論文競賽之後九校戰也同樣在舉行期間停辦，魔法協會應該會丟盡面子——但那和我無關。）

「酒井上校回應了我爸的要求，我至今依然很感謝他。我爸說當時實際投入了大量兵力，才得以避免遭受更進一步的攻擊，而且我也這麼認為。」

（在地表下方發動質量爆散，應該無法和一般兵器的爆炸做區分。我自製的第三隻眼也可以在幾公里程度的近距離瞄準細微質量，既然是在地表淺層發動，應該也不會刺激到火山脈。在深夜動手也不會傷及各校學生。問題就在於如何說服深雪，以及要嫁禍給誰……這樣。）

「不過上校在沖繩戰鬥告一段落之後，卻試圖逆向侵略新蘇聯！不管我爸再怎麼規諫，上校都不肯改變主意。總司令部當然不可能准許他這樣冒險，最後逆向侵略企畫沒有執行，但直到連隊回到正常崗位為止，上校與我爸似乎都一直吵得不可開交，結果吵到決裂，之後就沒有再和上校有過交流。」

（如果像去年那樣有犯罪集團出沒，就可以將責任塞給他們。國防軍裡有沒有什麼潛在的反叛勢力呢？）

「昨天找我爸商量的時候，他也在煩惱說希望上校不要做出反叛這種傻事，但最後還是搖頭認定上校已經是外人所以幫不了忙。」

「反叛？」

達也在此之前，思索的事情都和將輝的「辯解」完全無關。但是和思緒一致的詞傳入耳朵，他的注意力就自然而然地移向將輝這番話。

至於將輝，則是因為至今（看似）默默地聆聽他辯解的達也突然有所反應而嚇到，因而心想「反叛」這個詞是否過於激進而產生另一種慌張。

「不，並不是酒井上校的集團可能造反。我自己也不知道詳情，就只是有他遲早會造反的傳聞出現而已。」

「意思是沒有根據，是吧？」

「啊，嗯。」

「不過聽得到這種傳聞？」

「好像是……總之！」

將輝大概是感覺到話題朝著不利於自己的方向進展，提高音量強行回到正題。

「酒井上校現在和一条家毫無關連，只是因為之前有交情才認識很多共通的朋友，這次的事情也是以這個管道查到的。上校的集團也沒有企圖造反，他們的企圖頂多就是召集許多年輕魔法師吸收到自己的派系，在將來進攻大亞聯盟而已吧。」

「光是這樣就已經是件大事情了……總之謝謝你的情報，受益良多。」

「我……我並不是為你調查，所以不用道謝。總之基於這個原因，他們應該不會在比賽時出手，要也是等大會結束吧，可能在閉幕宴會，或是私下個別接觸……查到詳情再通知你。」

「感謝幫忙。」

達也用簡短的道謝目送以過分匆促的速度離開現場的將輝。達也知道將輝的推測是錯的，但他不打算將他捲入寄生人偶的事件。

（強硬派嗎……）

出現可以當成替死鬼的具體候選人，使得達也反而因此恢復冷靜。即使是進行偽裝工作，時間也明顯不足。進行寄生人偶實驗的越野障礙賽跑不到十天後就要舉行，就算請八雲協助，也很難在這麼短的時間完成布局吧。四葉家或許做得到，不過真夜根本不可能會幫忙炸毀富士演習場的部分區域。

（看來我在各方面猶豫過頭了，不像我的作風……）

達也以這種形容方式承認自己累了。今晚就暫時先將寄生人偶的事情趕出腦海，和妹妹與朋友們舉辦茶會放鬆一下吧。達也如此命令自己。

◇◇◇

大會第三天上午進行堅盾對壘男子雙人組預賽與決賽，及冰柱攻防男子雙人組決賽。

而現在正在進行的是堅盾對壘男子組單循環決賽的第三場。第一與第三高中在單循環決賽各拿下一勝，這場比賽的勝利者就是堅盾對壘男子雙人賽冠軍。

十三束舉盾突擊。三高選手從至今的比賽得知一高兩人都是近戰型，所以一直在和桐原與十三束保持距離的狀態下交戰。但是直接產生作用的遠距離魔法，悉數被十三束雖然狹小，強度卻很高的領域干涉（這是三高選手的想法，實際上是接觸型術式解體）擋下。三高選手改為發射壓縮空氣塊。

「喝啊啊啊啊！」

十三束的盾放射衝擊波攪亂壓縮空氣，使其成為只是一道「相當強」的風。這是加速魔法「速裂彈」的衍生型加上移動系魔法「靜止」的複合招式。這招不是對固體群賦予放射狀的加速，而是對接觸盾牌的氣體賦予垂直於盾面的加速方向（「靜止」是用來減少反作用力）。

直到開始準備九校戰，十三束都沒能夠習得使用空氣的攻擊魔法（這是現代魔法師的普遍技術）。這種魔法大多必須將空氣的壓縮狀態維持到相當接近或接觸到敵人為止。無法在手腳碰得到的範圍外控制魔法的十三束，會對這種魔法抱持想迴避的想法也是情非得已。

但如果他「完全」學不會，就真的是「想法」的問題了。只要站在地表上，空氣就是無所不在，也存在於「手碰得到的範圍」。如果只是加速手邊的空氣就不需要遙控。例如澤木使用的空壓波音速拳，就只是以固定在拳頭周圍的空氣塊，將空氣塊接觸到的空氣往前推而已。難只難在要將身體的一部分加速到音速的技術，以及必須讓固定的空氣塊順利跟著音速移動，發射壓力波的「工序」完全沒有用到遙控。

想出這個理論架構的人，是兼任作戰參謀的達也。不過讓十三束學會「爆風」，而且為了讓他能隨心所欲使用這招而幫他修改啟動式以及最佳化他的ＣＡＤ這部分，是平河千秋的功勞。

比起啟動式這樣的軟體，千秋原本就更擅長ＣＡＤ本身之類的硬體，啟動式也是擅長調整卻不擅長改寫。不過十三束提出「零距離爆風」的構想之後，千秋就每天去找指導老師珍妮佛・史密斯學習不擅長的啟動式改寫，成功將爆風的啟動式重組為能讓十三束易於使用的格式。雖說是零距離，但十三束能使用爆風堪稱是託千秋的福。

桐原抓準十三束瓦解三高攻勢的時間點衝向前方。雙方在擂台上的位置是十三束在中央、三高兩人在角落、桐原在雙方之間。

桐原壓低重心單腳跪地，並將身體向前倒，以盾牌重擊擂台。

擂台在下一秒產生晃動。這是因為桐原以魔法送出振動波，而且他又把振動波調節為和重擊擂台時反彈回來的振動同步。

中央的搖晃幅度比較大，但是站在角落的三高搭檔受到的心理影響比較嚴重，因為摔出擂台就算失去資格落敗。

他們的注意力移向腳邊，從桐原與十三束身上移開。

兩人沒有放過這個破綻。十三束以自我加速魔法衝過桐原的所在位置，前去撞向三高選手的盾。這次用的是他的拿手絕活——以固體為對象的速裂彈。

三高另一個選手無暇注意摔出擂台的搭檔。桐原以盾牌邊角打向該名選手的盾。

這是高頻刃的變化型。三高選手的盾牌不是被切開，而是化為粉碎。不用等到第二回合，堅盾對壘男子雙人賽就確定由一高奪冠。

桐原抓起十三束的手朝天際高舉。在擂台旁邊的工作人員區裡，千秋也很開心地在為他們鼓掌。她因為坐在達也身邊而一直板著臉，但現在的她看起來似乎連這件事都忘了。

◇◇◇

第三天，一高的成績是冰柱攻防男子雙人賽第三名、女子雙人賽第一名，堅盾對壘男子雙人賽第一名、女子雙人賽在預賽被淘汰。堅盾對壘的女子雙人賽是失算，不過這是因為她們和預賽第一的第三高中同組，如果她們在預賽打贏第三高中，現在反而會是第一高中拿下冠軍吧。那場比賽就是如此激烈。

不過結果就是結果。第三高中在今天的競賽都拿到第二名以上，在第二天結束時，第三與第一高中只差四十分，今天卻拉開到一百分，因此晚餐席上沒能炒熱氣氛來祝賀奪冠的搭檔。

雖然不能算是代替——

「雫，恭喜奪冠！」

「不過以雫的實力來說，會奪冠是理所當然的對吧。」

「嗯嗯，雫，恭喜妳！」

在達也工程車舉辦的夜間茶會裡，眾人紛紛為雫奪冠一事祝賀。

「謝謝各位。」

無論聽見多少次祝賀的話語，她果然還是會很開心吧。雫微微靦腆一笑，低頭致意。

「明天就輪到深雪了呢。」

然後她便為深雪加油打氣。她這麼做的時候有些害羞，卻絕對不是為了遮羞。

「是的，我也得努力才行。」

深雪也以不開玩笑也不掩飾的率直笑容回答雫。

「深雪還是別把努力放在心上比較好吧？要是過度緊繃，也可能會失誤。」

「深雪不可能因為小小的失誤就輸吧？頂多只要小心太早使用魔法，被判偷跑而失去資格而已吧。」

「這就是最嚴重的失誤了。」

「真是的……昴跟艾莉卡都覺得我這麼迷糊嗎？」

昴與艾莉卡之所以裝出警告的語氣調侃她，大概是受不了雫與深雪醞釀出來的純真氣氛吧。雖然不是當成其證據，但深雪以稍微戲謔的語氣抗議後，眾人隨即便被放鬆的氣氛所籠罩。

「不，我不是這個意思。」

昴苦笑回應，深雪也沒有繼續追究。

女孩們歡樂的聊天聲乘著微風融入夜空。在達也工程車舉辦的夜間茶會，人數正如預料的變多了，也因而變成了一場熱鬧的茶會。

第一天說「有事要忙」而沒來的艾莉卡，也從昨晚開始就若無其事地前來參加。今天里美昴與明智英美也加入，露營桌也差不多要擠滿了。要是人數繼續增加，就必須要去調度新的桌椅過來了吧——不過二年級的女選手已經到齊，應該不用考慮人數繼續增加的問題就是了。

話說，達也等人的茶會已經在隔天早上廣為一高學生所知。而且英美與昴今晚加入茶會的原因，並不是因為經過一晚而不再客氣的緣故。

「話說回來，幸好艾咪心情轉好了。我好擔心她要是就那樣整晚鬧彆扭的話怎麼辦。」

「哪……哪有鬧彆扭！我才沒有鬧彆扭！」

這是很重要的事所以再三叮嚀……應該不是這樣，不過英美賭氣反駁，昴只能說著「好了好了」來安撫她。雖然態度看起來不像是真的在安撫，但也就是說英美的心理狀態就是這麼差，至少昴有這種感覺。

昴與英美住同一個房間。她們不像穗香或雫那麼親近達也，來到九校戰會場之後，除了比賽時間以外都是兩人共同行動，所以要是英美心情不好，昴也會覺得不自在，而且身為朋友，她更想為她想想解決的辦法。

「發生了什麼事嗎？」

深雪不是詢問當事人英美，而是昴。

「就說沒事了！」

紅著臉的英美從旁大喊想要妨礙，但昴不可能因為這樣就閉口。

「十三束那個傢伙啊……」

昴閉起單眼，聳肩嘆氣這麼回答。不只是深雪，連穗香與雫也露出像是在說「啊……」的這種理解到發生什麼事的表情。

「十三束同學怎麼了？」

美月詢問坐在旁邊的雫，不過回答她的是艾莉卡。

「反正就是在和那個女的卿卿我我吧？」

「那個女的……是指誰？」

「平河啦，平河千秋。」

美月似乎終於聽懂艾莉卡的意思了，但她好像還無法接受，朝英美投以想詢問的視線。

「艾咪，以十三束同學的個性，我想他真的只是在表達謝意。」

在晚餐席上看見十三束很要好地和千秋（不過千秋微微低著頭）交談的穗香，以這番話安慰著英美。

「就說沒事了……」

英美強烈否定，但不只是穗香看見十三束頻頻找千秋說話，深雪與雫也看見了相同的場面。即使不提這一點，只要比照英美與昴的表情，誰說的話可以信任也是一目了然。

「艾咪，十三束同學不行喔。」

「什麼意思？」

何況英美做出這麼淺顯易懂的反應，甚至令人質疑她是否想隱瞞。不過雫講話的簡略方式聽起來也相當具有挑釁意味。

「十三束同學和達也同學不一樣，他是『真的』很遲鈍，所以得明講才行。」

雫接著說出先前省略的部分，使得英美露出複雜的表情。是不想辯護，但就算要辯護也做不到的表情。

說到複雜的表情，被當成話柄的達也也不曉得要選擇露出何種表情而傷腦筋，但「幸好」他沒有困惑太久。

『主人。』

琵庫希突然以心電感應呼叫，達也隱藏緊張心情面不改色地起身。除了某些特定狀況，他禁止琵庫希使用心電感應。換句話說，就是這種特定狀況發生了。

「哥哥？」

「達也同學？」

「機器的狀況似乎怪怪的，我去看看。」

達也對深雪與穗香留下可以隨她們解釋的藉口之後，便動身前往工程車。

達也一進入工程車，就看到琵庫希用駕駛座的資訊面板叫出了地圖。位於地圖中心的游標隔著越野障礙賽跑的賽場，落在和這裡反方向的軍用道路。

『我在此處捕捉到同胞的反應。』

「還在持續發出反應嗎？」

面有難色地瞪著地圖的達也，如此詢問琵庫希。

『還在持續。對方似乎也感知到了我的存在。』

「知道有幾具嗎？」

『識別出十六具個體。』

和達也在前第九研確認到的女機人數量一致。

『啊……』

琵庫希以一副感到意外的感覺發出意念聲。最近這種反射性的舉動越來越像人類了。

「怎麼了？」

『同胞的反應同時消失了，推測是進入休眠狀態導致的結果。』

「有移動的徵兆嗎？」

『持續發出反應的期間沒有移動。』

現階段無法光明正大地在國防軍設施裡檢修寄生人偶。雖然不知道情報外洩到何種程度，但寄生人偶的性能測試應該是祕密計畫才對。達也認為既然這樣，那合理的做法就是準備行動實驗室之類的裝置直接運進演習場。

達也不知道有效監視寄生人偶運作的距離是多長，但若是為了測試性能，對方在實驗進行時理應想在近一點的地方監視。就在賽場後方不遠的區域符合這個條件，只是問題在於——

（如同我們這邊偵測得到寄生人偶，對方應該也知道琵庫希的位置……）

這一點正是不安要素。如同琵庫希能感知到寄生人偶，寄生人偶也能感知到琵庫希，同時九島家的實驗團隊也會得知這邊察覺到了寄生人偶的存在。

若達也是他們的話，他會立刻轉移陣地，或是直到實驗當天都遠離該處。但他們也很可能因為安於受到九島烈庇護的立場而沒有明顯提防。

（……我不是昨天才認定一直猶豫也是無濟於事嗎？就算到頭來白費力氣也無妨，總之先去設局看看。）

達也在揮去心中迷惘之後，便如此下定決心。

達也裝上預藏在工程車上的裝備下車一看，就發現茶會已經結束了。

「達也同學，明天見。」

「深雪也明天見。」

「達也同學，感謝招待。」

「司波同學、深雪，今天打擾你們了～」

「再見，達也。」

「司波學長，晚安。」

朋友們（加一名學弟）熱熱鬧鬧地返回飯店。深雪在目送眾人離開之後，便抬頭望向達也，嫣然一笑。

「哥哥，您現在要外出吧？」

「對。」

深雪問得正中紅心，達也甚至沒有出現隱瞞的念頭就點頭了。

「我就是這麼認為，才會請大家離開。」

看來他被深雪看透到可說是恐怖的程度了，但達也心想「這種事早該司空見慣了」，使他心中的動搖在顯現於腦海之前就先消失了。但達也無法壓抑住下一句話所造成的內心動搖。

「哥哥，請您不要去。」

「深雪……妳說什麼？」

「不。哥哥，我不會讓您去的。」

從深雪臉上看不出激動神情，她的雙眼因為堅定意志而發出明亮的閃耀光芒。

「哥哥現在有必要前往敵陣嗎？深雪不這麼認為。」

「琵庫希偵測到敵方位置了，這可是好不容易掌握到的線索。」

「問題不在這裡。我想問的是哥哥為什麼非得要在『事前』阻止九島家的實驗？」

達也難得語塞。他收到不明寄件人的警告信之後，就覺得理所當然要阻止這場實驗。不過這是一定要由「他」來處理的事情嗎？

「這或許是我的任性也說不定。或許是因為我這次沒有幫上哥哥的忙，才會冒出這種不知羞恥的想法。」

這麼說的深雪表現出堅毅的態度。她確實承受了這份「羞恥」並且擋在達也面前。

「我甘願承受任何斥責。不過哥哥，請先聽我說。」

達也無法將視線移開深雪的目光。即使決心前往敵陣，卻無法離開她面前。

「哥哥完全沒有理由為九島家的實驗負責。而且寄生人偶要進行性能測試這件事，哥哥也沒有任何責任。」

達也也明白這一點。他在心中對此感到贊同。

「同時，哥哥也沒有道理為參加越野障礙賽跑的所有選手負責。」

「…………」

達也的心情就像是在坐禪時被板子敲打肩膀一樣。達也隱約開始理解到深雪想說什麼，以及妹妹是對的，而自己是錯的。

「哥哥，深雪現在要說一件任性的事，一件非常膚淺的事。」

深雪的語氣沒有自卑與偽惡，她的意志堅定不搖。

「哥哥只要保護我就好，只要為我負責就好。」

但只有她的聲音顫抖得像是隨時會掉淚。

「哥哥沒必要關心我以外的人，沒必要關心第一高中的學生，甚至是別校的學生！」

深雪咬緊牙關低下頭，瀏海遮住了她含淚的雙眼。

「寄生人偶的事情等到比賽當天再處理就好了。只要不考慮解放寄生物主體，那種東西根本就不會是哥哥的對手。全部等到當天再破壞就好了。被解放出來的主體，我會在比賽結束之後一起解決掉。」

深雪以如同是在瞪視他、挑戰他的視線，和達也四目相對。她的雙眼沒有流出淚水。

「即使這樣哥哥還是要去的話，恕我冒昧，我會使盡全力來阻止哥哥。」

達也這次真的慌了。

因為他感覺到深雪體內充滿禁忌的力量。

「深雪，住手！妳……難道想封鎖我的『眼』嗎？要是這麼做的話，會連妳都沒辦法使用魔法啊！」

「那樣的話，明天的競賽就必須要棄權了吧。說不定也必須要從第一高中退學。但總比哥哥繼續勉強自己來得好！」

深雪首度展露激動情緒，以哽咽的聲音將真心話表露無遺。

「哥哥，您有察覺自己逞強到了什麼程度嗎？從早上到傍晚都在調校選手的ＣＡＤ，比賽結束後還接受其他技術人員的諮詢並提供建議。而且直到深夜都在指導學弟，同時為明天做準備。還要應付九島家與國防軍……這樣就算是哥哥也撐不住的！哥哥會累垮的！」

深雪雙眼滑落一顆顆的淚珠。

達也總算發現自己很疲勞，發現自己徹底疲累到沒有察覺妹妹左思右想到這種程度。他感受到棲息在心中的迷惘消失，內心變得輕盈。

「妳不必這麼做。」

深雪以感到意外的表情仰望達也。達也的語氣不再焦躁，轉而充滿了平靜的溫柔。

「今天我會直接回房。」

「哥哥……？」

「深雪，妳說得對，我錯了。」

深雪原本不認為自己會成功說服哥哥，她明白其實基於「人性」，哥哥才是對的，所以很難馬上相信哥哥居然會回心轉意。

「如妳所說，我該保護的只有妳。只要能夠保護妳，其他事情都無所謂。我只要有妳在身邊就好。」

這是深雪一直期望聽見的話語，是填滿她內心的話語，也是束縛她內心的話語。深雪就只是默默注視著達也，就好像剛才的高談闊論根本沒有發生過一樣。她的眼神和剛才一樣率直，卻又和剛才完全不同，充滿了夢想。

「回房間吧。」

被推動肩膀的深雪，如同傀儡般開始往飯店的方向走去。

——徹底扮演著背景的水波，因為剛才那一幕而低下頭，藏起自己像是在忍受著複雜心情的表情，跟在兩人身後離去。

◇◇◇

大會第四天上午，冰柱攻防的女子單人賽，深雪在單循環決賽的兩場比賽中都是不到一分鐘就打倒對手，順利奪冠。

雖然是會擔心對手可能因此留下心靈創傷的壓倒性勝利，但深雪看起來不以為意。觀眾們甚至沒能注意戰敗者。深雪露出的愉快笑容，使得觀眾忘記鼓掌看到出神。正可說是為她著迷。

午餐之後是冰柱攻防男子單人賽，以及堅盾對壘男子單人賽。達也負責堅盾對壘。他在前往擂台旁邊的途中和澤木會合。

「司波學弟，你今天看起來狀況很好。」

即使上午都在處理冰柱攻防（也就是深雪）的事，早餐時還是有在帳篷碰面。

「有差這麼多嗎？」

達也同時冒出「現在才這麼說？」的感覺與唐突的感覺，並且反問澤木。

「是啊。第一、第二與第三天，總覺得你看起來沒有完全專心在比賽上。即使如此，你還是有好好表現出成果，所以我不打算插嘴，但我一直覺得你是不是有抱持著什麼煩惱。」

達也暗自驚訝。他抱持的不是煩惱而是迷惘，但他不認為自己有把這件事寫在臉上。實際上像是穗香、雫、幹比古等朋友，或是和他之間的關係比澤木還要親密的五十里與梓等人，都沒有察覺他狀況不佳。也可能是因為沒有一直在一起才會察覺這種細微變化，即使如此，澤木觀察的眼力還是值得畏懼。

「你今天的表情很清新，感覺得到精神奕奕。」

「我可能在自己沒有察覺的狀況下累積了不少疲勞。昨天久違地睡得很好，所以身體狀況才恢復了吧。」

這種說法不突兀，卻也不高明。如果是我，我應該不會接受這種說法吧——達也如此心想，並回應澤木。

「那太好了。司波學弟，以這個步調加把勁吧！」

但澤木甚至完全沒有起疑的樣子。他只是看著前方，不去思考多餘的事情，只注視即將來臨的比賽。

◇◇◇

就像是和達也的恢復同步般，第一高中開始急起直追。

第四天，第一高中的成績是冰柱攻防男子單人賽第三名、女子單人賽第一名。堅盾對壘男子單人賽第一名、女子單人賽第一名。前一天落後第三高中一百分，如今縮減到六十分。

到了新人賽，第一高中的進擊依然持續著。新人賽第一天，操舵射擊男女雙雙奪冠，達也和賢人一起擔任男選手的工程師，帶領學弟們打倒第七高中獲勝。女子組的部分則是香澄在頒獎台中央露出「怎麼樣啊！」的得意表情。

新人賽第二天是堅盾對壘與冰柱攻防決賽。堅盾對壘男子組以第三名作結，但女子組漂亮奪冠。雖然達也擔任水波的工程師，不過他幾乎沒有登場的餘地。

冰柱攻防同樣是男子組第三名、女子組第一名。女子組的冰柱攻防由泉美獨領風騷。泉美回到第一高中帳篷時掛著滿臉──隱約感覺得到愛戀氣息的笑容抱住深雪，但在這個值得慶賀的時候，深雪也是乖乖當個（站著的）抱枕，讓她抱到心滿意足。

再來是新人賽第三天。

「……這就沒辦法了。」

「在幻境摘星和亞夜子對決果然還是太艱難了……就算是我，大概也沒有勝算吧。」

為了準備後天的幻境摘星正規賽而在今明兩天放假的達也，在觀眾席欣賞幻境摘星的決賽。第一高中有一名選手晉級決賽。

其實在甄選選手的階段，曾經提議讓泉美或香澄去報名女生的明星項目——幻境摘星。很多人支持這個方案，但是達也強硬反對，所以最後香澄報名操舵射擊，泉美則是冰柱攻防。

達也反對兩人報名幻境摘星的名目是「香澄適合操舵射擊」、「泉美和冰柱攻防的調性很合」。這不是謊言。七草家魔法師的特徵是「沒有不擅長的領域」，換句話說就是適合使用任何魔法，而且調性都很合。像真由美那樣明顯擅長某些魔法反而是例外。

不過真正的理由是「在幻境摘星贏不了亞夜子」。

亞夜子最擅長的魔法，是將氣體或能量擴散、平均到無法識別的聚合系魔法「極散」。極散術式和幻境摘星沒有直接關係，但亞夜子有另一個和「極散」同樣擅長的魔法。

那就是「疑似瞬間移動」。這個魔法是以空氣形成的繭包覆自己或己方搭檔，中和慣性，然後利用在一瞬間通過真空通道的方法來進行移動。

真空通道會被認定是妨礙其他選手，所以這個魔法不能直接在幻境摘星使用。但是只要將疑似瞬間移動的術式降級，就會成為一邊產生強風，一邊以眼睛跟不上的速度跳躍的魔法。

使用飛行魔法也敵不過她的速度。疑似瞬間魔法的移動距離比飛行魔法差得多，但這在幻境摘星中不成問題。如果真有在這項競賽贏過亞夜子的方法，那大概就只有在她發現光球之前先把光球打掉這個方法吧。

正如達也與深雪的預測，幻境摘星新人賽陷入了亞夜子獨自不斷得分的狀況。第一高中的學妹也是全力以赴，維持現狀應該可拿下第二名。

但也僅止於此。因為現在分數差距也是有增無減。

比賽結束的鐘聲響起。

幻境摘星新人賽的結果如下：冠軍是四高的黑羽亞夜子，第二名是一高、第三名是三高、第四名是其他五校。

新人賽最後一天是祕碑解碼。第一高中雖然陷入苦戰但依然全力以赴。

祕碑解碼今年起改為九校單循環賽，正規賽與新人賽都分成兩天使用六座賽場，每隊打八場合計進行十輪賽事（也就是說，各隊有兩個時段不用比賽）。

第二天的第九輪賽事，七寶琢磨帶領的第一高中隊到目前為止六戰全勝。他們在上上一輪比賽好不容易打贏戰前視為最強勁敵的第三高中，當時新人隊就已經洋溢起奪冠氣氛。然而在前一輪比賽目睹第三高中敗給第四高中之後，琢磨他們的意識就像是被澆一桶冷水般緊繃起來。

「那個傢伙好厲害，叫什麼名字？」

不是在相關人士觀戰區，而是在一般加油區看這場比賽的雷歐詢問達也。

「黑羽。黑羽文彌。」

「黑羽？他果然……」

同樣在一般觀眾席觀戰的幹比古，像是要避免被別人聽到般以不清楚的聲音這麼說。

第一高中對第四高中的比賽，目前正要步入尾聲。很遺憾的，是以第一高中陷入危機的情況迎向尾聲。

這裡是各處放置巨大岩石，模擬石灰岩地形的「岩地戰臺」，設立在一角的第一高中祕碑由七寶琢磨防守。他出乎意料地自願擔任防守，將至今前來的敵人悉數擊退。之前能夠戰勝第三高中的最大因素，也堪稱就是琢磨將對方攻擊手全部打倒這一點。

這樣的琢磨面對文彌卻屈居下風。文彌如同牛若丸那樣在大岩石之間跳來跳去，不容許琢磨進行瞄準。而且文彌手上的手槍造型ＣＡＤ在空中鎖定琢磨，接著一股無形衝擊襲擊琢磨。

無系統魔法「幻衝」。

這是達也在去年新人賽也使用過的術式，但是他使用起來的威力比達也高得多。這也是當然的，文彌使用的不只是幻衝，還巧妙地在幻衝裡藏入系統外魔法「直結痛楚」。這是文彌所擅長的魔法，也只有文彌能夠使用，可以讓對方的精神直接感知到痛楚。

他將魔法威力降低，不用說是觀眾，連在場的魔法研究員都不會發現他使用這個魔法，所以不至於一招就剝奪琢磨的意識。這麼做的結果導致文彌的魔法沒有被當成「直結痛楚」，而是被當成強力的幻衝。

不過無論被誤解成什麼樣的魔法，這個魔法的威力與帶來的結果都不會因此有所改變。累積在精神上的痛楚正確實地不斷奪走琢磨的專注力。

專注力減弱，會直接降低魔法的威力與成功率。琢磨為了阻止文彌的行動，試圖施展「碎石雨」（對小石頭施加群體控制，集中射向敵人的魔法）。

琢磨的周圍浮起許多小石頭。

但是這些石頭沒有襲擊文彌，而是灑落在文彌前一秒所站的岩石上。

文彌手中射出暗藏「直結痛楚」的幻衝。

他將第一高中的三個人全部擊倒，於是第四高中確定獲勝。

祕碑解碼新人賽由第四高中奪冠閉幕。不過第一高中保住了亞軍，奪得新人賽總冠軍。

這使得在新人賽結束時，第一名的第三高中和第二名的第一高中相差分數變為五分。一年級的活躍使得第一與第三高中的爭冠競賽回到原點。

九校戰第九天，戰鬥再度從新人賽回到正規賽。在這片星空之下，即將進行別名「精靈之舞」的幻境摘星決賽。

第一高中將穗香與昴兩人送進決賽。穗香的工程師是達也，昴的工程師是梓。同為二年級的兩人採取要在這裡一鼓作氣超越第三高中的作戰計畫。在確定第三高中只有一名選手晉級決賽的時候，這個作戰計畫就成功了一半，達也與梓也已經盡力完成了取得另一半成功的準備，再來就端看選手的表現了。

穗香換上以亮綠色為底的貼身比賽制服，有些害羞地站在達也面前。即使知道是比賽用的服裝，但在這麼近的距離被異性看見這套穿著還是會覺得難為情吧。

「完全沒有異常。妳自己有覺得哪裡怪怪的嗎？」

達也除了檢查ＣＡＤ的調校，還目不轉睛打量穗香的身體，這也是在所難免。因為以他的狀況來說，使用自己的「眼睛」調查會比機械觀測更加確實。

「不……沒有。沒問題。」

穗香終於害羞地輕聲回答。基於某種原因，這比起單純被異性注視還要更令她害羞。達也同樣知道這個原因，但正因為知道原因，才更必須要裝出若無其事的表情。

為了讓她專心比賽，和預賽前一樣讓她一個人靜一靜吧……達也如此心想，也打算向穗香這麼說的時候——

「司波同學，打擾了。」

原本在隔壁準備室和梓進行最終調整的昴進來了。

「什麼事？」

這句話在字面上不太友善，但語氣沒有那麼冷漠。達也單純只是詢問。雖然是同校選手，但幻境摘星是個人賽，在選手即將進場的時間點造訪接下來要交戰的對手，即使不到超乎常理的程度，也算是不正常。

「想說來跟司波同學打個招呼。」

「跟我？打招呼？」

「對，跟你。」

昴像是在賣關子般點頭。不過這是她的習慣動作。一年前就算了，但現在的達也已經不會去在意她這種動作。

「我會拿下這場比賽的勝利。不好意思，司波同學的不敗神話將在今天終結。」

不過，這種高傲的說話方式一點也不像昴的作風。

她說的「不敗神話」，指的是達也負責的選手從去年以來就是只輸給彼此，實際上未嘗敗績。今年九校戰也一樣。操舵射擊雙人賽的英美，冰柱攻防雙人賽的雫、單人賽的深雪，堅盾對壘雙人賽的桐原、單人賽的澤木，新人賽操舵射擊男子組、新人賽堅盾對壘女子組，全都奪冠。

「不過這些勝利都不是我自己贏來的。」

不過達也沒有將這些勝利誤認成是自己的功績。英美、雫、深雪、桐原、澤木、水波，他負責的盡是些不用他協助也能奪冠的選手，達也反倒覺得是自己走運。即使他的回應帶點苦笑，也不代表他的個性扭曲吧。

「就算這樣，司波同學負責的選手也沒有輸過。我要打破這個神話。」

不過客觀來看，這份實績肯定也造成了交戰對手的壓力。昴露出不像她作風的強勢態度，應該也是為了排除這股壓力吧。

老實說，這個態度令人感覺很差。不過就算這麼說，昴對達也來說依然是同校選手，貿然回話增加壓力也是不當的做法。

「這樣啊。」

達也只能簡短如此回應。

目送昴離開的達也將視線移回穗香，便發現她不知為何熱血沸騰。

「達也同學！」

她的雙眼裡已經不再蘊藏著害羞，取而代之的是熊熊燃燒的鬥志之火。

「我會努力，我會努力拿下冠軍！我會保護達也同學的不敗記錄！」

過於不服輸的這股氣勢，反而令人擔心會弄巧成拙。但以穗香的狀況來說，這時候潑冷水肯定是反效果。達也在這一年的來往中摸清了她的個性。

「這樣啊，那就靠妳了。」

這時候火上加油反而比較好。

「好的！」

穗香開心地以充滿幹勁的笑容點頭。

幻境摘星決賽。

結果是穗香冠軍、昴亞軍。三高的選手奪得季軍，但得分是一高八十分，三高二十分。

第一高中終於在總排名的部分站上第一。

◇◇◇

「途中還很擔心會變成什麼樣子，不過看來今年也沒有問題。」

第一高中學生聚集的晚餐席上，洋溢著比起喜悅，更像是放心的氣氛。

九校戰第十天，第一高中在祕碑解碼也奪冠，總分領先第三高中九十五分。雖然曾經被超前一百分，但現在完全反敗為勝。

「吉田是今天的最大功臣，你真的表現得很好。」

稱讚幹比古的是在祕碑解碼組隊的三年級學生三七上凱利。他具備印度與英裔血統，金色頭髮加黑色皮膚的搭配非常罕見。

「不……這不只是我的功勞，也承蒙學長們的協助。」

幹比古說著便看向不遠處在女生們圍繞之下用餐的達也。

「達也也幫了不少忙……」

「說得也是，司波今年也以工程師身分大顯身手。喂，司波！」

凱利向抬頭看向這裡的達也招手。達也端著吃到一半的餐盤起身，離開以妹妹深雪為首的美麗女生集團，來到這張充滿陽剛味的餐桌。幹比古看著他走來，同時壞心地想著「我可不會只讓你吃香喔……」——不過並不確定他是否真是如此心想。

「總之先坐下吧。」

這句話出自陽剛味最重的澤木。達也沒有笨到刻意違抗（因為他端著餐盤過來，所以打從一開始就不打算違抗吧），說聲「我知道了」就坐到澤木指示的座位上。

「今天辛苦了。」

「不，我昨天沒能好好協助，所以希望今天能盡量彌補。」

達也輔助幹比古並非臨時的決定，幹比古的ＣＡＤ從一開始就是由達也負責。不過真要說的話，一開始就已經預料到幻境摘星與祕碑解碼的比賽時間可能會重疊。而明知可能會分身乏術，達也依然被選為穗香與幹比古的工程師。

「昨天的那個是在所難免，是打從一開始就知道的事。」

場中所有人都明白這件事，但服部卻刻意說出口，反映出他「規矩又死板」的個性。

「一點都沒錯。而且以你昨天的表現來看，稍微放水也不成問題。你的確為今天的勝利貢獻良多。」

「這樣也幾乎確定是總冠軍了吧。有臉見學長姊們了。」

繼澤木之後，凱利以鬆一口氣的表情這麼說。他升上三年級才首度獲選為代表，傳統的擔子肯定格外沉重吧。

就達也來看，這番話講得還太早。以目前的積分差距來看，第三高中還是可以在明天的越野障礙賽跑反敗為勝。

但達也並沒有指出這點。老實說，無論是名次、積分或總冠軍，對他來說都不重要。

他要讓明天的競賽平安結束。

不對，為了讓明天的競賽在表面上可以平安結束，他要消滅所有「阻礙」。

達也在無關痛癢的問答背後，如此下定決心。

◇　◇　◇

晚餐後，達也來到飯店的瞭望室。月亮還沒有升起，但天空清澈無雲。富士山在星光之下展現朦朧的輪廓。山的前方是如同地獄深淵的黑暗。他在陽台俯瞰演習用的人工森林。這裡是明天的越野障礙賽跑場地，也是有人在幕後籌畫的暴行上演的舞台。

「怎麼樣？」

他詢問身旁擁有少女外型的人偶。

『沒有反應，推測依然在休眠當中。』

回答的是寄宿於人偶的魔物。在倫敦會議命名為「寄生物」，達也等人稱為「琵庫希」的靈子情報生命體。

「果然還是只能等到明天了嗎……」

達也的自言自語透露出他失望的心情，但他臉上沒有感到消沉的跡象。達也肯定想知道由寄生物寄宿在女機人的人型魔法兵器，同時也是明天實驗的主角──「寄生人偶」位於何處。但他現在帶琵庫希來到這裡，原因並不是在期待她真的可以查出位置。而且，如果只是要琵庫希尋找寄生人偶，那根本沒有必要來到高處。因為琵庫希與寄生人偶在本質上是同類，只要彼此處於活動狀態就能偵測到彼此。

自從被深雪以賭上魔法師生命說服的那天夜晚以來，達也就不再試圖於事前阻止九島家這個可能嚴重危害魔法科高中生的實驗。這樣或許正合神祕情報提供者的意，但達也決定等到當天，也就是明天到了現場再判斷要怎麼做——「神祕的情報提供者」沒有追加提供有用的情報，由此就能明顯看出對方並不是要在事前阻止實驗。

達也會來俯瞰沉入夜幕的明日舞台單純只是心血來潮。真要說的話，是因為九島家與神祕的情報提供者將他耍得團團轉，所以他來這裡稍微宣洩一下怒火，也就是「明天你們給我走著瞧！」的意思。讓琵庫希偵測寄生人偶只是「順便」。

「達也。」

瞭望台夜間並非禁止進入。不過將近深夜的這個時間，頂樓露台沒有燈光也吹不到冷氣，達也沒有想到除了自己以外，居然還會有其他怪胎來到這裡。

「師父，您是來乘涼的嗎？」

不過，八雲的怪胎程度比我嚴重多了……達也如此心想。他所想的「自己以外的怪胎」並不是八雲。

「算是那樣吧。因為晚風比冷氣舒服。不過那位大小姐應該有事找你吧？我覺得差不多該打聲招呼了。」

八雲說完並沒有聳肩，但站在露台上的達也抱持類似的心情看向他所說的人物。

透過夜幕看見的人影是比他年長，就世間看來卻還年輕的女性。她現在給人的印象和平常不同，大概是那張美麗臉蛋沒有以往那種裝模作樣的笑容，而是掛著沒有餘力的緊繃表情。

「那封信果然是少尉寄的嗎？」

達也完全不說開場白，如同延續對話般詢問，藤林的臉露出苦笑稍微放鬆。

「你怎麼知道？」

「這是可能性的問題。如果去想我認識的人當中，有誰能夠使用那麼高階的技術，少尉是第一人選。」

「也可能不是你認識的人吧？」

「就算去思考這種可能性也沒有意義。」

「也對……」

雖說稍微放鬆，但藤林表情依然緊繃。究竟是基於緊張、罪惡感，還是完全不同的原因……達也的洞察力還不足以看透箇中原因。

既然不知道，那麼詢問就是最好且唯一的解決之道，所以達也毫不客氣猶豫地詢問。

「您在前第九研前面的道路那裡也有對我提出警告對吧？您想要我做什麼？」

「做什麼嗎……我希望達也做什麼呢……」

達也注視的目光如同要射穿藤林雙眼，卻找不到任何能判斷她在敷衍的要素。

「達也，要不要換個地方？」

即使以魔法防止竊聽與偷拍也不能放心，她要講的事情就是如此深入吧。

「這個嘛……」

本次事件在某些方面上，無法斷言藤林與獨立魔裝大隊是自己人。雖然也不是說不擔心是陷阱，但也沒有這麼嚴重。

「方便也請師父在場嗎？」

「好啊。」

「好的，我不介意。」

「我明白了，那就交給您安排。」

達也得到兩人應允之後，接受藤林的提議。

藤林帶達也與八雲來到車上。這輛車和達也當成工程車使用的露營車類似，不是停在分配給九校戰的停車場，而是停在有點距離的地方。車上沒有任何人。

『主人，沒有偵測到通訊用的電波。』

琵庫希曾在牛山等人的協助之下，盡量在3H軀體的容許範圍內強化她的感應器，這樣的她也沒有察覺可疑之處。

「達也坐吧，八雲老師也請坐。」

藤林邀兩人坐上簡易沙發之後，便稍微若有所思地看向琵庫希，但她最後還是不發一語地走向車內廚房。

她大概是一開始就不打算花太多時間吧。藤林以托盤端著三個裝入黑色液體的玻璃杯回來。她將杯子擺在桌上，然後無視於站著的琵庫希，坐在兩人正對面。

「從頭依序說明比較好嗎？」

藤林沒有邀兩人喝飲料，就突然開口詢問達也。語氣變得親切，或許是代表她不是以軍方立場對待達也。

「這個嘛，在您詳細說明之前，我想先確認幾件事。」

達也毫無戒心地拿起杯子喝飲料。他剛好口渴。

「好啊。」

藤林並不驚訝達也會毫不猶豫地就喝下她招待的冰咖啡。她知道達也可以比她更正確認知物質成分，再說，毒也只能在「短短一瞬間內」對達也有效。

「首先是第一個問題，您為什麼寄第一封信之後，就沒有再追加提供詳細的情報？少尉受到監視了嗎？」

藤林覺得達也劈頭就問她不想被問到的事情，但她現在不能不回答。

「是的。」

「那麼第二個問題，您這次之所以會來找我，是風間少校或佐伯閣下的意圖嗎？還是九島閣下的意圖？」

「……是隊長的命令。外公沒有監視我。」

「沒有監視」究竟代表藤林響子在本次強硬進行的實驗和九島家完全無關，還是被信賴到無須監視？

「藤林家的大小姐，我也方便問一個問題嗎？」

八雲在達也進一步詢問之前插嘴。「藤林家的大小姐」這個稱呼是否妥當？至少達也不認為是妥當的稱呼。但藤林並不在意，露出平淡的笑容點頭。

「好的，請問。」

「藤林家站在何種立場？」

但她面對這個問題無法維持撲克臉。她蹙眉不是因為不想被這麼問，而是因為她自己也得顧慮藤林家的立場。

「中立。」

「意思是妳內心反對，表面上卻無法反對九島家的所作所為是嗎？」

「…………」

「藤林家現任當家夫人，是九島家現任當家的妹妹。基於這層關係，在『九』的魔法師與傳統派的對立中，藤林家身為古式家系卻站在『九』的魔法師這邊。如果藤林家現在和九島家分道揚鑣，將會在日本魔法界被孤立……大概是這樣吧？」

藤林之所以收起臉上的表情，應該是為了避免內心被解讀吧。但從她收起笑容的那一刻起，就不得不說她的嘗試失敗了。

「但是，我希望妳告訴我的，並不是這件事情。關於利用大陸的方術士這部分，藤林家有什麼看法？」

總是一副悠哉模樣，看不出喜怒哀樂的八雲，眼神蘊含犀利的光芒。

「關於這件事，我們並不樂見。真言舅父大人這次邀請逃亡方術士進入前第九研，家父不斷要求他回心轉意。」

藤林即使懾於八雲的目光，依然清楚回答這個問題。藤林家確實基於姻親關係站在九島家這邊，但他們之所以沒有介入「九的含數家系」與「傳統派」的糾紛，而是選擇和傳統派對立，是因為他們擔憂把他國術士帶入國家核心可能造成危機。

「逃亡方術士擁有的技術確實有用。利用他們提供的術式，使得寄生人偶的想子消耗量最多減少了三成。不過即使如此，家父與我都還是覺得邀請他們加入是一種錯誤。」

「師父，不好意思，還是照順序來吧。」

達也這句話，使得八雲與藤林之間的緊繃氣息煙消雲散。八雲的臉上恢復為平時那沒有情感的微笑。

「藤林少尉。」

相對的，達也投以陰險的假笑，使得藤林感受到另一種不同的緊張感。

「這次的事件也讓我覺得非常煩躁。即使知道他們的概要計畫是在九校戰拿魔法科高中生進行魔法兵器實驗，卻很難查出背後真正發生的事情。但老實說，我現在還是不曉得。因為提供情報的人不肯進一步透露。」

「那個……達也，這是因為……」

總覺得藤林表情看起來有微微的抽搐。

達也大概是看到她的表情就稍微消氣了，收起嗜虐的笑容。

「不過只要無視於幕後活躍的黑手們有何意圖，這件事就沒有那麼艱深複雜了。」

這是深雪讓達也察覺的，不過這和現在要談的事情無關，所以達也沒有提及。

「首先，國防軍內部的反大亞聯盟強硬派，將九校戰項目改成著重於戰鬥的類型。」

藤林沒有反駁達也這番指摘。

「接著，九島家利用這次的改變，計畫進行寄生人偶的性能測試。」

「這是外公提議的，剛開始的時候舅父似乎反對這件事。」

「那麼，是九島閣下決定利用逃亡方術士的嗎？」

「……不，這是舅父的決定。」

「這樣啊。拉攏九島家現任當家，在幕後操縱逃亡方術士的這個人，總之先稱為X吧。X企圖讓寄生人偶失控，導致九校戰參賽選手傷亡。或許不打算鬧出人命，卻想讓選手傷重到攸關魔法師的生命。選手們是未來可能成為國家戰力的魔法師，X的最終目的應該是斷絕這些魔法師的供給於未然，以妨礙日本增強國力。」

「是的，我們也這麼認為。所以我才在這裡。」

「……這是什麼意思？」

藤林的雙眼沒有從達也暗藏不信任與質疑的視線移開。

「達也，我們請求你協助阻止寄生人偶失控。」

藤林不是起立敬禮，而是坐在沙發上，將雙手重疊在併攏的雙腿上，深深低下頭。她使用的稱謂不是「特尉」，是「達也」。

「協助？」

「是的，不是命令。這個委託不在我基於任務而有權下令的範圍，所以這是求助。」

藤林抬頭之後從沙發起身。察覺這是默默示意「跟我來」的達也同樣起身。藤林走到足以收納成年男性，就某方面來看像是棺材的箱子前面，在達也旁觀之下打開蓋子。

不曉得是不是有在鉸鏈部位加裝彈簧，「棺材」的蓋子在輕輕上提之後就自動打開。裡面是類似厚實工作服的群青色可動裝甲。

「寄生人偶的性能測試，是國防軍私下委託十師族九島家進行。我們出手妨礙將成為國防軍的內亂，成為軍方與十師族的私鬥。」

「意思是要我成為非法的祕密破壞員？」

達也語氣冷硬。藤林的意思等同於他們在達也真實身分曝光的時候也不會袒護，所以達也只回以這種反應已經算是很親切了。

「我覺得你會這麼解釋也是在所難免。」

達也的目光越來越嚴厲，但藤林堅毅地承受著他的視線。或許是在逞強，但藤林看起來沒有感到慌張。

「……好吧。」

短暫互瞪之後，讓步的是達也。他原本就打算獨自「處理」寄生人偶，老實說，他很感謝能夠使用強化隱形機能的新型可動裝甲。

「謝謝。這輛車你可以自由使用。這是鑰匙。」

達也從藤林手中接過無線控制盒。

「用完就按這顆按鍵，五分鐘之後會只有『內側』自爆。」

在藤林所指的壁面一角上，有個嵌在黃黑條紋外框內的紅色按鍵極度搶眼，看起來就很像是自爆按鍵。

「可動裝甲怎麼辦？我覺得這不是會因為車輛自爆就能燒光的東西。」

「放回原本的箱子裡就可以完全燒光，這部分實驗過了。」

「我知道了。」

達也朝藤林點頭，然後給「自爆按鍵」一個白眼，如同自言自語般低語。

「這次是利害關係一致所以照辦，不過我將來會討回這筆人情債。」

聽完達也這番話臉色後蒼白的藤林，像是逃走般向他道別。她將可動裝甲連同車子塞給達也之後便動身前往飯店。八雲隨口說了聲「姑且送妳一程」就前去陪她一起走到飯店。在四方形車身融入黑暗之後，八雲詢問藤林：

「大小姐，那真的是風間的命令嗎？」

「……請問這是什麼意思？還有，可以別叫我『大小姐』嗎？」

藤林繃著臉，沒有看向八雲就如此回應。

「恕我失禮。藤林小姐，我是在想，應該沒有必要讓達也做那種事吧？為免誤會說明一下，我覺得其實寄生人偶應該不會失控。」

「您的意思是我在說謊？」

「因為說謊也是工作之一啊……」

八雲以像是責備，也像是安慰的語氣述說。

「兵器都具備安全裝置。我不認為九島烈這樣的人會疏忽這種事……話說藤林小姐知道嗎？密教也有將人偶當成傀儡操縱的法術。雖然那是道行不足以召喚真正護法童子的修行僧，拿來作為替代品使用的冒牌貨。」

「不……我不知道，但是可以想像。」

藤林以慎重的語氣回應突然轉變的話題。她以眼角餘光觀察也完全無法解讀八雲的表情。藤林知道原因並不只是環境陰暗。

「不久前，我久違前往了『本山』一趟，請教這方面的專家。但他說他已經可以召喚真正的護法童子，沒有在用冒牌貨了。」

當時似乎發生了一些事，八雲回憶當時不禁笑了。

「無論是任何術士，似乎都不會忘記定義該保護及攻擊的對象。而傀儡違反定義就會受罰。驅動傀儡的要素似乎會封鎖傀儡避免它繼續亂來，包含這種封印術才是完整的操縱術。」

八雲轉過身來。空洞的雙眼，裂成弦月狀的嘴，這張臉就如同魔物寄宿的人偶，藤林差點就叫了出來——不，是她想尖叫卻叫不出來。

不知何時，藤林就已經中了八雲的法術。

「寄生人偶也有內建類似的法術吧？例如禁止攻擊非戰鬥人員之類的。因為若不是那樣，就無法當成自律行動的兵器使用了。」

「……您說得對。」

藤林沒有失去意識與意志。

「即使方術士想讓寄生人偶襲擊高中生，根基術式也不會允許。一旦開始失控，控制術式就會轉變為封印術式去封印寄生物。」

「我有聽說這件事。」

只是她無法隱瞞，無法說謊。

「要讓寄生人偶發狂，就必須按照順序先解除將寄生物固定在機器人偶內的術式，再將恢復自由的寄生物重新固定在機器人偶裡。在寄生物固定於機器人偶內部的狀態下，就無法讓寄生人偶發狂。」

「我不曉得。」

「這樣啊……還沒有驗證到這個階段嗎？」

八雲的目光移開藤林。

藤林失去力氣，跪倒在地上。

八雲朝黑暗呼喚。

「似乎是這麼回事。不過風間，你知道嗎？」

黑暗塑造出人的形體。風間出現在停車場通往飯店的零星燈光之下。

「知道什麼？」

「達也沒有必要冒這個險。」

「不，我不知道。」

藤林以驚愕表情仰望風間，不知道是不是因為沒有想過他會親自監視的緣故。風間沒有看向藤林，以（看似）沉痛的表情回答師父的問題。

「你沒有問過這位大小姐？」

「是的。」

風間也是古式魔法師之一，應該也多少具備了傀儡術的知識，不可能不知道法術內藏安全裝置。既然他刻意不問，就表示……

「這樣啊……看來你們是有什麼想讓達也大鬧一場的理由呢。」

「師父也同樣瞞著達也吧？」

風間以問題回應問題，間接肯定了八雲的推測。

「雖然不是辯護，但旅長不曉得這件事。旅長熟悉魔法的運用方式，卻只限於現代魔法，在古式魔法的領域等同於外行人。」

「但我覺得就是為此你才會輔佐她啊……」

「師父為什麼不阻止達也？」

看來風間的方針是避免回答不方便說明的事。

「因為阻止他的話會演變成麻煩事啊。」

八雲也不在意。他打從一開始就不打算責備風間。

「藤林小姐，關於我剛才說的……」

八雲如果覺得沒有危險，就會對達也那麼說。

「那是一般論點，只有這次可能不會這麼順利。」

決定不涉入俗世的八雲之所以徹底介入這個事件，是因為這恐怕不只會影響到俗世。

「……什麼意思？」

「九島烈大概也被同樣的想法囚禁了。不只是他，前第九研的老人們應該也都安心處於同樣的『常識』裡吧。」

八雲自己也快到被稱為老人也不奇怪的年紀，卻以「老人」形容這群「九」的舊世代。

「關於寄生物的性質，你們應該有從達也那裡得到過詳細的報告吧。」

風間與藤林默默點頭回應。

「寄生物在不同於這個世界的次元，受到強烈又純粹的意念吸引，通過次元之牆的小洞來到這世界。他們和擁有強烈又純粹意念的個體融合，在接受強烈又純粹的意念後開始活化。」

八雲重複「強烈又純粹的意念」這個詞。藤林率先察覺箇中意義。

「難道……九重老師的意思是……？」

「強烈又純粹的意念。明天是攸關九校戰冠軍的最後一天，有些地方會充滿這種意念也不稀奇吧？」

「意思是束縛寄生物的術式可能會失常……？」

風間以呻吟般的聲音擠出這句詢問。

「或許會失控，也或許不會失控。但我覺得至少無法斷言絕對不會失控。」

八雲的回答非常不負責任，而又極為真摯。

「而失控的寄生人偶在最後會被破壞，因而從機械身體解放的寄生物，有可能會依附在擁有強烈又純粹意念的年輕人身上。」

風間與藤林都無法反駁八雲提出的最壞結果。即使九島烈在場，也只會變得臉色蒼白，同樣無法反駁吧。

「所以我覺得以結果來說，將那套戰鬥服給達也是對的。藉由達也的力量單方面打倒寄生人偶，試圖使對方放棄將妖魔用於軍事用途的愚蠢行徑——風間的這個獨斷計畫，到最後應該也會順利完成吧，所以我會把這件事藏在心裡。相對的，我希望你告訴我一件事。」

八雲表示不會讓佐伯得知風間隱瞞情報，並以此為代價要求風間提供情報。

「是什麼事？」

「是誰將大陸的方術士送進九島家？」

就算風間想回答，他也不曉得答案。回答八雲的是藤林。

「……是橫濱一名叫作周公瑾的華僑青年。」

「橫濱的周公瑾啊，最近莫名地經常聽到這個名字。」

「師父，您知道這個人？」

八雲沒有回答風間這個問題。

「那麼，既然我想知道的事情也問到了，我就先告辭了。關於隱瞞情報與黑箱作業，我會守約保密。」

八雲朝著燈光照不到的道路外側踏出一步。光是這樣，他的身影就消失得無影無蹤。

八雲離開之後，藤林才終於站了起來。

「隊長，那個……」

「少尉，走吧。本官不想在這裡被達也看見。」

藤林想說某件事，但風間卻打斷她的話語，走向飯店。

不知道藤林是不是因為不想繼八雲之後又遭受達也責備，乖乖地跟在之後肯定會處罰她的風間身後。

「少尉。」

風間背對藤林，沒有確認她是否跟過來就向她開口。

「是，隊長。」

「看來少尉也被九島閣下給騙了。」

「什麼？」

行走中的藤林瞬間差點因此絆倒。

「寄生人偶可能會失控，但閣下對少尉說不可能失控，對吧？」

「啊，是的。」

即使她沒能立刻理解風間想說什麼，但風間講到這裡，她心裡就有底了。

「貴官試圖親自確認情報是否屬實。雖然沒有立刻報告是貴官的疏失，但是以結果來說，貴官沒有提供假情報，預先防止本官下達錯誤的命令。」

風間的意思是他不會追究藤林站在九島家那一邊。

「少尉——辛苦了。」

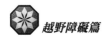

「不，謝謝長官。」

風間沒有停下腳步繼續前進，而藤林則停下腳步朝他的背影深深鞠躬。

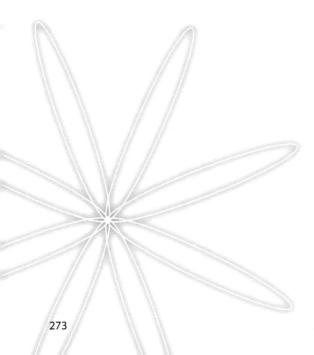

八月十五日，九校戰第十一天。達也和前十天一樣在相同時間起床，一樣在第一高中帳篷吃完早餐，一樣為負責的選手進行最終檢查。

今天的賽程是上午九點半舉行女子組越野障礙賽跑，下午兩點舉辦男子組越野障礙賽跑。選手報名在昨天下午五點截止。原本預料到昨天為止的名次太低的學校可能不會參加，但結果九所學校有資格參賽的二年級以上男女選手全部都報名了。

達也負責二年級女生所有人及幹比古，總共六人。六人份聽來很辛苦，不過除了一年級工程師，原本就是由六人負責二十四人的ＣＡＤ，只是都集中在上午而已，平均起來不算特別多。

他從七點半上工，在九點完成調校。而且這段期間他也不是一直工作，中間休息了不少次，不過在旁人眼中看來似乎相當辛苦。服部與五十里頻頻詢問他「不要緊（嗎）？」。所以達也完成工作之後，即使表示想回房休息不看女子組開賽也沒有人起疑。

越野障礙賽跑這項比賽，無法從外部觀看比賽時的樣子。各選手必須帶著發訊機檢查是否出界，也可以藉此得知誰在哪裡奔跑。不過就算放出可飛行的小型攝影機，也因為被樹木遮蔽而幾乎不可能從上空拍攝，只能以設置在各處的攝影機拍攝接近的選手。

基於這個原因，很多人打從一開始就打算以會場播放的區域有線電視觀戰。雖然在選手與後勤團隊當中，會如此無情的人終究只是少數派，但是達也的狀況，則是會被眾人以同情的目光送他離開。

上午九點二十分，代表隊與觀眾的目光都集中在起跑線。九校各十二人，合計一〇八名女跑者齊聚一堂，整齊排列在起跑線上。女性用的野外服配上寬鬆背心與厚實靴子、手套、兼用為簡易頭盔的帽子、護目鏡、保護關節的護具等，雖然附上各種多餘的裝備，但基本上是緊貼身體的工作服。這麼多人聚集在一起就有種獨特的華麗感。

達也神不知鬼不覺地溜出飯店走向停車場。這裡不是開放給九校戰用的停車場，而是軍用停車區域，但如果只是純粹靠近就不會引人起疑。

達也在中途和琵庫希會合。她身穿普通連身裙，袖子是寬鬆長袖，衣領有扣好，腰部很鬆，裙子也及踝，是完全沒有裸露的衣著。不過幸好在這個時代，在盛夏打扮成這樣也不奇怪。

因為尋找寄生人偶的所在處需要用到琵庫希，達也才會找她過來，但琵庫希身旁有另一名達也沒有特地找她過來的少女。

「水波，妳怎麼會在這裡？」

水波對詢問的達也行禮之後回答：

「是深雪大人的命令。」

「深雪的？」

水波剛才不是說「深雪姊姊」，而是「深雪大人」。這並不是口誤，明顯是刻意的。換言之，水波現在不是他在第一高中的學妹，也不是偽裝的表妹，是以四葉侍從的身分行動。達也正確理解到了水波的用意。

「深雪大人表示自己在比賽時無法成為達也大人的助力，要屬下代為協助您。」

水波的表情比平常還要堅定。不是以往看起來有些困惑的那種晚輩少女般的稚嫩表情，而是能獨當一面的魔法師的表情。不提這是否是她的期望，但這應該是水波原本的樣子。

達也立刻打消要把她趕走的念頭。她想讓自己的實力幫得上忙，實際上也幫得上忙。「十五歲少女幫得了什麼……」這種想法很傲慢，而且真要說，達也自己也只不過是個十七歲少年。

「我知道了。跟我來。」

「是。」

水波似乎也絲毫不認為自己會被趕走。

達也在藤林提供的車子裡換上可動裝甲（水波在他換裝時背對他），並且向琵庫希詢問寄生人偶的配置。

『在這裡。』

琵庫希傳達意念的同時，十六個光點與地圖也同時投射在達也眼前。琵庫希透過工程車的通訊機，將資料傳送到可動裝甲頭盔內建的護目鏡螢幕。達也在昨晚就已經先讓琵庫希與工程車完成了同步。

光點的數量和達也先前在奈良確認到的數量，以及琵庫希前幾天感應到的數量相同。這代表琵庫希完全掌握了寄生人偶的位置。而「她們」現在就在賽場中央靠近終點線的區域布陣。帶頭的深雪（達也斷定會是深雪領先）在最快的情況……或者應該說在最糟的情況下，約十分鐘就會遭遇寄生人偶。

（——既然這樣，就要在八分鐘內打倒最前面的寄生人偶，二十分鐘內全數清除。）

達也如此計算緩衝時間之後，轉身面向水波。

「水波就在這裡防止外人襲擊。」

「是。」

水波在聽完達也的命令後乖乖地點頭。雖說如此，但她的雙眼卻述說著自己對這個命令有意見。水波大概是感覺到達也希望她遠離火爆的戰鬥了吧。這是個危險的誤會。

「水波，琵庫希負責了鎖定寄生人偶的位置這個重要的職責。」

「是。」

她似乎也明白這一點，所以即使這次有些困惑，她還是順從地回答。

「不過，這並不是單方面的偵測。」

水波頓悟地睜大了雙眼。

「寄生人偶也偵測得到琵庫希。而且如同琵庫希知道人偶感知到她，運用人偶的人們應該也知道我透過琵庫希鎖定了人偶的位置。」

達也深深注視水波的雙眼，如同直接將警告刻在她的心底。

「這輛工程車很可能遇襲。」

「是。」

水波以緊張的表情點頭回應。

上午九點二十九分，以可動裝甲隱藏容貌的達也，發出實際存在的富士教導團隊員的識別訊號，同時離開工程車前往舉辦越野障礙賽跑的演習森林。

◇◇◇

上午九點三十分。在起跑線上，每隔一百公尺就會設置一個高兩公尺的平台。而在這個平台上，四十一聲槍響同時宣告越野障礙賽跑開始。

選手大多以慎重腳步前進，其中率先衝進樹林的是第八高中組。或許是因為他們身為致力於野外演習的第八高中學生，而抱有著「森林是自己的主場」這種自負心理吧。

第三高中團隊的一名三年級學生，像是不服輸般往前衝，大概是為了要再度勝過第一高中而感到心急才會這麼做。看起來明顯鬥志高昂的這名女學生猛然一跳——中了陷阱。

達也關閉識別訊號，並將裝甲的隱形功能開到最大值，躲在演習森林的外圍。他在聽到槍響的同時衝進越野障礙賽跑的賽場。

寄生人偶散在全長四公里賽場的後半部分，達也看了這樣的布陣，便覺得對方是在引誘他。也就是「有能耐就在選手遭遇人偶前打倒吧」的意思。看來自己正被某人玩弄於股掌之間。

（自以為是如來佛也太自大了，不過這樣反而方便我行事。）

即使這個推測正確，他也打算將計就計。不論幕後黑手在想什麼都沒有關係，只要癱瘓寄生人偶，消除它們危害深雪的可能性，他就算是達成目的。

達也併用飛行魔法貼地奔馳，前往部署位置最近的寄生人偶所在地。

起跑沒有多久，前方設置巨大螢幕的觀眾席就突然被笑聲給籠罩。

◇　◇　◇

越野障礙賽跑的規則大致來說有三項。第一，不准妨礙其他選手。要是被抓到蓄意妨礙就會失去資格。但視野正如前述相當不佳，實際抓到妨礙行為的機率很低，是「被抓到算自己倒楣」的等級。因此這項規則與其說是罰則，更像是不成文協定。

第二，不准脫離四公里見方的賽場。各選手身上的發訊機連結富士演習場獨自的定位系統，大會總部可以確認每個人正在哪裡移動。此外，選手也知道自己位於賽場何處。眼鏡型護目鏡會配合選手的要求顯示地圖與現在位置，要是即將出界，簡易頭盔也會發出聲音警告。

第三，不可以跳到高於樹木的高度。在樹上移動基本上就已經不算是障礙賽跑了。這是「最快通過迷宮的方法是什麼？」「翻牆直走就好了」的論點。

定位系統是三次元形式，所以也可以知道選手跳得多高。不過是否跳得比周圍樹木高，只能以遠距離監視器確認，所以這次採用更簡單的方法。

具體來說，各處上方都架設了網子當成障礙物，要是不小心跳太高，還沒有超過樹木的高度就會被網子纏住——如同現在螢幕播放的這樣。

中招的人是第三高中選手，在幻境摘星得到第三名的女學生。連這種字幕都是即時顯示，對於當事人來說實在惹人同情，但是大受觀眾歡迎。如同蝴蝶被蛛網纏身，莫名有種迷人氣息的光景，應該也是受歡迎的理由之一吧。

這一幕不只是會場螢幕，也透過有線電視轉播。全國播映的版本必須經過國防軍審核，因此這是限定基地內部收看的有線頻道，相反的，只要是在基地裡，即使遠離會場也收看得到。隔著演習森林，位於飯店另一側的司令部分部大樓高級軍官會議室裡也播放著這段影像。

「確認不明魔法師入侵。」

「能播放影像嗎？」

「沒辦法播放即時影像，監視器不夠。」

「錄影的就好，快播。」

「是！」

不過，軍人們的注意力並非集中在女高中生的可憐模樣，而是集中在另一個人身上。

在有線實況轉播畫面旁邊播放的光景，是同一座演習森林的不同場所。

播放的是群青色人影在陰暗的森林中穿越樹群的短暫影像。

「不能調整得亮一點嗎？」

「是，立刻調整。」

影片改變亮度從頭播放。在輪廓變模糊卻增加亮度的畫面上，這個人影身穿的服裝和他們類似，但是各個地方都和他們的飛行戰鬥服有點不同。

「是佐伯少將那邊開發的新型可動裝甲。」

「那麼，那個情報原來是真的嗎？」

可使用魔法的機器人兵器。這個計畫是九島家提出的。

而本次利用九校戰現在正在進行的比賽測試這種魔法兵器，並不是國防軍正式認可的計畫，而是非官方的祕密實驗。即使妨礙實驗也不會被總司令部公開懲處。

和九島家——和九島烈對立的佐伯少將，非常有可能祕密投入破壞人員摧毀這次的實驗，所以在他們的團隊當中，很少人懷疑這個情報。即使如此，親眼目睹日軍不惜內鬥的實際案例，從他們的價值觀角度來看，難免會感到驚訝。

他們沒有私心。如果目的是飛黃騰達，這些人都擁有更高超的手法。

明知會吃虧——也就是會妨礙自己出人頭地，卻依然主張強硬論點，這純粹是基於愛國心而生的舉動。他們相信必須對大亞聯盟取得決定性的勝利，才能為日本帶來和平，為此就必須說服反對開戰的人士。他們決心若是沒辦法說服，就得要逼他們閉嘴。

不過，這段程序說到底也是必須藉由和平手段來實現才行。國防軍應該保護日本的利益，要是國防軍內部交戰，是有損國家利益，本末倒置的背信行為。所以，他們決定再怎麼時不我予也絕對不動用武器。他們是反大亞聯盟強硬派，不是對同胞的強硬派，這是他們的矜持。

以他們的這個角度來看，佐伯少將為了妨礙反對勢力而輕易決定投入魔法兵力的做法，令他們難以置信。這項實驗確實伴隨著危險，他們之中也有人覺得應該至少要避開女子組比賽，只在男子組比賽進行測試。

然而對方傾盡全力想毀掉整場測試的這種立場，使得他們覺得即使沒有人員受害，仍然不可饒恕——反過來說也一樣。

「聯絡九島的技師。要反擊沒有關係，但是叮嚀他們別殺了破壞員。」

「是，我會向他們下令避免對破壞員造成致命傷。」

強硬派的領導者酒井上校，擔心被用為棋子的魔法師安危。即使處於對立的立場，他仍為了避免失去維護國家利益的寶貴人材而下達如此命令。

九島家當家九島真言，接到來自實驗現場的通訊而蹙起眉頭。

「不准殺掉破壞員嗎……」

他對於「別殺魔法師」這個指示本身沒有異議。不過有必要的時候，這些人只以「你們是魔法師」為理由，將魔法師送進絕境。明明是為了避免這種狀況而開發寄生人偶，這個魔法師卻想妨礙計畫，真言無法壓抑內心對於這個魔法師的怒火。

「將人偶的攻擊目標改為入侵者，叫它們聯合逮捕入侵者。允許它們在不出人命的範圍內使用所有攻擊。」

真言將煩躁情緒宣洩在通訊機另一頭的開發主任身上，實質上則是宣洩在試圖妨礙他們的魔法師身上。

「真言大人似乎很生氣。」

被怒罵的開發主任，露出一副覺得受不了的表情轉身看助手。

「不過他確實很礙事啊。」

螢幕映出身穿群青色飛行戰鬥服的魔法師從容閃避密集的樹群，幾乎筆直衝向寄生人偶。看來這個魔法師擁有某種能正確偵測寄生人偶位置的方法。

「將入侵者設定為攻擊對象，最終目標是逮捕。還有，人偶有偵測到某個個體對吧？那肯定是這傢伙的助手，同樣派人去抓。」

開發主任命令寄生人偶逮捕達也，同時命令暫時由他管轄的九島家私兵去搶奪琵庫希。

◇　◇　◇

達也從樹後衝到寄生人偶面前踩穩腳步，以CAD瞄準機體。但在下一秒，達也還來不及使用魔法，全身就遭受強烈的衝擊往後飛。

（這傢伙……好快！）

被撞飛落地，出乎意料的短暫空中游泳。達也在因為思緒加速而拉長的時間裡，分析對方先發制人的原因。

寄生人偶在剛才的攻防戰中，反應速度明顯高於達也。從感知對方身影到展開行動的速度，快到人類追不上。這讓人覺得不單只是因為電子頭腦的情報處理速度快，而是根本是專為戰鬥開發的機種。

纖細的軀體乍看之下和強勁無緣。不過達也回想起來了，穿著女用森林迷彩野戰服的這具軀體，蘊含著不同於外表的威力與速度。

沒有戴頭盔或帽子，是因為短髮是氣流與水流的感應器；沒有戴護目鏡或防護眼鏡，是因為眼球本身就是負責保護光學感應器。皮膚是防彈合成橡膠，關節以球面馬達直接驅動，擁有比琵庫希更加冰冷的美貌。這種女機人是——

（女性型機械兵（F-type mechanical soldier）。原來還有在繼續開發？）

這是設計為戰鬥機械，用來代替步兵的人型機器。標榜可以和步兵共用裝備而進行研究，主要目的是用在高危險地區的警戒任務，不過達也聽說已經暫停開發，原因在於比起刻意製作成人型，乖乖配備非人型的自律移動自動槍座還比較划算。

打造為軍用的女機人，具備專精於戰鬥的情報處理能力。但達也還沒有發動完魔法就中招的理由應該不只如此。

沒有特定的作用點，從前方朝全身平均施加壓力，這是遭受加速系魔法攻擊時的熟悉觸感。還有這種敏捷的速度，以及粗略的情報體架構——

（加速系統的單一——不對，是念動力[PK]！）

達也在空中調整姿勢以預防遭受衝擊。

背部狠狠撞上了水櫟樹幹。撞擊力道比想像中的小，應該是多虧裝甲的緩衝性能。這種程度的摔傷不必發動「自我重組」。

達也沿著樹幹滑落著地，立刻擺出戰鬥態勢。達也遵循自己的直覺猛蹬地面。他無暇使用魔法，連閃憶演算都來不及，只以利用想子強化肌肉而得到的爆發力跳離原地。

他的判斷換來了迴避成功的回報。他剛才所站的位置，出現如同大槌子敲打過的凹洞。

（這也是加重系魔法。這種原始的魔法式果然是念動力。）

在冬季交戰過的寄生物，也有某些個體具備相同傾向。不是使用「魔法」，而是使用「超能力」的個體。魔法師捨棄「超能力」為代價取得「魔法」。捨棄壓倒性的速度為代價取得多樣性、正確性以及穩定性。達也覺得眼前的敵人更加貫徹類似的做法。

（寄生物是以超能力為武器嗎！）

或許這具個體是特例，但樂觀是禁忌。

達也操作愛機三尖戟的選擇鍵，設定為術式解散的循環演算。破壞魔法式構造，將其還原為均質想子雜訊的分解魔法「術式解散」。輔助該魔法發動，而且和一般魔法式性質不同的想子情報體，寫入了達也特化的魔法驗算領域當中。

寄生人偶身上釋放出想子光。達也的眼睛看見的不是光芒本身，而是光芒塑造出的構造體與魔法式。

瞄準他的腳發射的情報體，具備「彎折」的意義。

在「意義」轉換成「現象」之前，達也的術式解散就了分解情報體本身。

寄宿在人偶內部的物體透露出慌亂氣息。或許感到不知所措的不只是人偶，也包括操縱者，感覺人偶的反應莫名遲鈍。別說追擊，對方甚至沒有發射達也一開始挨的那種防禦力場。

在達也如此認知的同時，機械人偶也接近而來。他以跟自己思考一樣迅速的速度移動身體，朝寄生人偶胸口施展掌打。

想子構成的振動波從手心滲入女機人的軀體，暫時消弭包覆寄生物主體的想子防壁，使連結寄生物與女機人的術式曝光。

（複製結束。）

達也以重組魔法的要訣複製其術式。

恢復態勢的寄生人偶，以超越凡人的戰鬥機器人臂力揮拳毆打，但已經完成複製目的的達也往旁邊一跳，閃過寄生人偶的攻擊。

即使身體機能是機械人偶占上風，操作身體的技巧依然是經過千錘百鍊的人類較高明。

以武術凌駕機械，以人的意志壓制妖魔之力。

他使力把左手移到腰際，握緊拳頭。想像手中的極小球體進一步壓縮。

張開拳頭，如同將壓縮球體往前推，沒有拉近距離，直接從手臂能夠搆得到的距離之外，朝著寄生人偶伸出手掌。

達也朝機械人偶的電子頭腦發射反寄生物想子彈。

剝除想子防禦後，寄生物的靈子情報體即變得毫無防備。

連結寄生物與女機人的術式也被打飛，寄生物即將獲得解放。

如果是人體，想子不會只集中在心臟部位。而且人體從失去所有想子的那一刻起就會停止生命活動，無法成為寄生物的宿主。不過女機人是機械，失去想子也不會影響功能，只要補充想子就可能成為寄生物的宿主。

達也使用了重組魔法。

這魔法是複製過去的情報體，並將複製下來的情報體覆寫在現在的個別情報體上。

不限於代表物質的情報體。只要是想子情報體，都可以使用這個魔法來複製、覆寫。

達也朝女機人注入微量想子，以複製的忠誠術式再度連結寄生物與女機人。魔法式的記述內容是完全複製，所以照理說效忠對象依然會是九島家，但寄生物融合體的性質也不會有變化，必須得到充足的想子才能行動。

達也的預測正確。

寄生物得到了必要最底限的想子之後，沒有成為想子與靈子聚合物飛走，而是在女機人體內進入休眠。

◇◇◇

被指派前往襲擊水波與琵庫希工程車的九島私兵部隊中，所有人都會使用現代魔法，發揮的物理打擊力足以匹敵步兵的攜帶型飛彈。

前第九研的目標，是開發吸收古式魔法要素的現代魔法。但是除了冠上「九」的三個家系，前第九研出身的魔法師裡沒有人習得明顯具備古式魔法特徵的術法。就如傳統派所憤慨的，所有傳統要素皆被吸收、融入了新魔法當中。

出身前第九研卻沒有得到「九」這個數字的魔法師們，能力上和一般的現代魔法師沒兩樣，也沒有比較差。他們的魔法要鎮壓一輛中型車並綁架車上人員應該綽綽有餘。

不過從結論來說，他們甚至摸不到琵庫希搭乘的工程車。

他們開始具備攻擊意志的下一秒，工程車簡直像是解讀到他們為了使用魔法而活化想子的徵兆，在此時覆上了一層強力的魔法護壁。

在魔法實際發動前就解讀到發動徵兆，是相當熟練的魔法師才做得到的高階技術。不過沿著車身展開的魔法護壁強度與精準度更驚人。

光是碰觸護壁不會疼痛、麻痺或受傷。

只會被相同的力道推回去。

想對車身進行事象改寫，也會被護壁魔法的干涉力彈開。

即使將車身連同護壁一起加熱、搖晃或施加壓力也沒有效果。

甚至對自己身體施加硬化魔法與自我加速魔法衝撞，工程車也是屹立不搖。

最後抱持可能會引來警備兵的覺悟開槍，卻同樣無效。

正如預料，即使加裝消音器，也無法掩飾開槍的事實。警備兵立刻趕來，私兵部隊在千鈞一不用說也能知道，逼退九島私兵部隊的魔法護壁是水波架設的。

「櫻系列」是重點強化反物理護壁的調整體。身為第二世代的她，繼承了第一世代的高超性能，並且能更穩定架設護壁。

水波在四葉本家接受過戰鬥訓練，所以捕捉攻擊魔法發動的徵兆，對她來說是理所當然的技術。因為臣服於四葉的魔法師將「隱藏發動魔法的徵兆是理所當然」視為基準。

而且，水波的魔法護壁性能甚至匹敵十師族直系，抑或是更加高明。雖然無法熟練施展十文字家的「連壁方陣」這種技術高超的護壁魔法，但如果以單一護壁做比較，甚至不會輸給克人的魔法護壁。

她的護壁連戰車砲的打擊或飛彈的熱量都無法攻破，區區手槍或衝鋒槍不可能射得穿。

◇ ◇ ◇

達也慎重以「眼睛」注視倒地的機械人偶，確定它進入完全的休眠狀態。

這個方法是他在昨晚發明的。偷聽八雲、風間與藤林的交談之後，他就想到了這個利用九島術式的點子。

他的情報體認知能力也可以用在聲音上。言語會以情報體形式紀錄在情報體次元。或許八雲打從一開始就想讓他聽到，即使不是如此——換句話說，即使完全是偷聽，達也也毫不在意。他的個性沒有「可愛」到會因為這種事就感到內疚。

製作傀儡的術式，肯定會包含束縛傀儡的術式。

也就是說，製作傀儡的術式和束縛傀儡的術式在本質上是相同的。

達也透過琵庫希得知寄生物寄宿在機械軀體的何處。無論是戰鬥用或家事用都是女性形體，更進一步來說就是模擬真實人類的形狀，所以基本構造也不得不相同。

四肢、腰部與脖子裝設了馬達，頭部裝設了感應器，左右胸裝著燃料電池，人類的心臟部位則裝有電子頭腦。寄生物寄宿在電子頭腦裡，既然這樣，連結寄生物與女機人的術式應該也會在那裡——這都是推測，未經證實就直接上陣。不過看來達也賭贏了。

「琵庫希，距離最近的寄生人偶在哪裡？」

『兩具寄生人偶從相對位置四點鐘與七點鐘方向接近中。主人，請小心。』

最後一句話使得達也不禁差點笑了出來。不是覺得傻眼，是感到溫馨。感覺琵庫希也變得很有人味了……應該說是變得越來越像穗香。

寄生物——「人」的獨立情報體。

或許它們正是解析「精神」真面目的關鍵。

◇◇◇

起跑五分鐘後，選手依照校別聚集在一起。

寬四公里，光是面積就已經很遼闊的賽場，又以密集的樹木分割為許多細小的區域。即使一〇八人等間距奔跑，也會很快就看不見他人的身影了吧。

而且這是首度採用的競賽，首度進入的區域，賽場設置哪些障礙物也沒有說明。中途有選手淘汰就看開地當成是在所難免的狀況，同校選手在起跑階段互助闖關。各校採用這種戰術是可以理解的事。

各校現在的排名幾乎相同。每間學校到這裡為止都是以摸索方式前進。即使如此，還是可以在這時候就來到四公里賽道四分之一處，能有這樣的速度都是多虧了魔法。

而各校也差不多已經熟悉賽道，即將進入加速階段。

「花音，妳衝太快了！」

朝子向加速的花音提出抱怨，但花音沒有放慢腳步。

「我大致掌握到賽道的感覺了！我想其他學校也一樣！」

花音頭也不回地大聲回應，她這句反駁的言外之意是「不加快就沒有勝算」。

「大家不用勉強沒有關係！」

她補充這句話之後繼續加速，頻繁使用跳躍魔法避開樹根，在雜草稀疏的位置著地，然後直接發動極小規模的「地雷原」。地面在她眼前下陷，大量砂土從樹上倒進這個洞。地洞與砂土豪雨。應該是將掉進洞裡的獵物活埋的陷阱吧。花音驕傲地揚起嘴角，跳過地上的洞穴。

著地的右腳沉進軟泥中。

「唔，可惡！」

花音連忙連續發動剛結束的跳躍術式。左腳往半空中一踢，埋在軟泥裡的右腳就出現了，但腳踝上纏著白色繩索。

花音的身體完全離地。

白繩緊繃地拉得筆直，另一頭似乎固定在軟泥裡。

花音的身體被繩索拉住，停在半空中。由於定義內容無法執行，跳躍術式因此煙消雲散，結果導致——

「哇呀！」

——花音的身體往前倒，落進泥巴池。

「千代田學姊！」

第一高中團隊因為花音中了陷阱而追上她。帶頭的昴目睹這幅過於淒慘的光景，發出比起慘叫，更像是驚愕的聲音。

花音從泥巴裡起身。雖然這麼說，但胸口以下依然埋在泥巴裡。

她從泥巴裡抽出雙手。她的右手按在左手腕上。

泥沼爆發了。

比摔落時激烈數倍的泥漿噴泉，以花音的身體為中心噴發。

預先感受到魔法徵兆的深雪連忙發動反物質護壁魔法。多虧她建構透明護壁，十一名女學生才免於沾滿泥濘。

這場爆發來自加速系魔法「速裂彈」。使用的人不用說，就是位於爆發中心的花音。

在掏挖成研砵狀的地面（原本是泥巴池）正中央低著頭的花音全身乾乾淨淨，別說泥巴，連一顆砂土都沒有。大概是將身體與衣服表面設為「速裂彈」的基點，將附著在上面的泥土砂塵全部震飛了吧。連綁在腳踝上的繩子都不見蹤影。

以這種方式使用魔法，一個不小心會扯掉全身體毛，遭受近乎劇痛的痛楚，或是連身上衣物也全部震飛，變成令人不忍卒睹的模樣。不過花音還是以非常精確的技巧控制了這個魔法。

花音以變乾淨的手將護目鏡往上推，揉了揉眼眶。護目鏡的密閉度值得信賴，所以泥沙應該不可能跑進眼睛。不過……年輕女孩被迫跳入泥沼肯定會想哭吧。

在同學與學妹的注視之下，花音不快不慢地以正常的動作戴回護目鏡，抬頭看向終點線所在的方向。

看背影就知道她吸了一大口氣。

然後——

「——開什麼玩笑啊啊啊！這哪裡是軍事訓練啦！」

花音歇斯底里地尖叫之後，跳出研砵狀凹洞。

「……我們也走吧。」

「……好的。」

站在旁邊的昴說完，深雪就和她一起率領後續團隊繼續往前跑。

◇◇◇

「怎麼可能！這傢伙真的是人類嗎？」

寄生人偶的開發主任在行動實驗室裡哀號。

他的自信作品又有一具被迫進入休眠。

兩具人偶同時從兩側以十師族魔法師也來不及應付的速度，發射了振動波。這兩具人偶具備「音」之妖力，可以隨心所欲以低頻振動波攪亂平衡感，或是以高頻振動波破壞聽覺。不對，如果不考慮運作時間以最強功率輸出，即使沒有專用魔法式，光是提高頻率就足以重現聲子邁射。它們被賦予的妖力就是如此強大。

他可愛人偶們的攻擊確實有效。人偶的攻擊穿透了軍方所開發的最新戰鬥服的緩衝防禦，傷害到內部的魔法師。剛才這個魔法師踉蹌跄地的模樣絕對不是在作戲，卻在受到打擊的下一秒進行反擊。

第一招是古式魔法，是名為「發勁」的無系統魔法。主任不曉得為何光是這樣就能對寄生人偶造成打擊，但姑且還是可以推測是何種招式。但是接下來拉近間距的這招直接攻擊——

「這傢伙究竟做了什麼？究竟發生了什麼事？」

只以手掌攻擊寄生人偶胸口。主任不曉得光是那樣就能使人偶癱瘓的箇中機制。沒有解放寄生物，也沒有破壞機械軀體，就只是讓機能停止運作。

若是這種技術令人發毛，承受寄生人偶的妖力攻擊後還能若無其事繼續戰鬥的那具肉體，也同樣令人發毛。

「這傢伙難道是不死之身……是真正的吸血鬼嗎？」

司令部分部大樓的高級軍官會議室，也和行動實驗室一樣洋溢驚愕氣氛。

「這個魔法師……他的身體究竟是什麼構造？這可不是耐打或耐痛的等級啊。」

監視器現在傳來的是一對四的影像。隔著線路也看得見可動裝甲的手腳與背部都凹陷。人偶自由操縱鐵球飛翔的攻擊直接命中魔法師身體，人偶從全身十八個位置射出水銀彈的射擊也貫穿了可動裝甲。

然而在下一瞬間，這個魔法師卻若無其事地襲擊寄生人偶。

「摩醯首羅……」

場中一名成員低語。

「什麼？」

酒井上校開口詢問。

「上校知道在四年前的沖繩防衛戰，以及去年的橫濱事變，有一名被敵軍稱為『摩醯首羅』的戰鬥魔法師嗎？」

「……這麼說來，我聽說過這個人。一招就消滅了機動兵器，而且遭受任何攻擊都能在下一瞬間若無其事地復活……難道就是他？」

「從狀況來看，『摩醯首羅』是和風間少校有交情的魔法師。」

「第一〇一旅獨立魔裝大隊的風間玄信少校嗎……」

身穿第一〇一旅開發的可動裝甲，耐久力強得令人以為是不死身的魔法師。特徵一致。

「為什麼這種怪物會出現在高中生的大會……！」

九校戰對於魔法師來說或許是重要活動，但對國防軍來說只是校際娛樂活動。即使實驗造成意外，頂多也只會有四五個高中生受傷吧。酒井上校不認為佐伯或風間會擔心真的出人命。

酒井上校無法理解佐伯少將的真正用意，感受到一股毛骨悚然的預感。

◇　◇　◇

水波在和琵庫希共乘的工程車上陷入窘境。

前來襲擊的九島家私兵部隊（水波不曉得他們的身分），被現身的基地警備兵趕走。不過這次換成基地警備兵從剛才就吵著要進入車內。

以警備兵的角度來說，這是理所當然的要求。因為這是繼去年之後，再度有身分不明的集團入侵國防軍基地，甚至開槍。雖然他們要逮捕、囚禁的是施暴的那群人，不過會想找被開槍的一方問話也是理所當然的應對措施吧。

只是水波不能接受警備兵的要求。不，其實或許沒有關係，但要是被和她們無關的軍人看見車內的樣子，在各種方面上似乎都會不太妙。

「就說了，我們是受害者，我覺得沒有道理非得要配合你們的偵訊。」

『這裡是軍方設施內，我們擁有警察權！既然沒做虧心事，就更該立刻解除護壁開門！』

從剛才就反覆進行這樣的問答（順帶一提，聲音在透過喇叭傳出去的時候經過變聲處理）。就算繼續維持這種狀況，護壁也還能撐上一小時。而且達也給她一個完全思考操作型ＣＡＤ，所以即使突然遭受魔法攻擊，她也可以臨時改變護壁性質。

不過，水波個人不希望事情鬧大。

（達也大人，請快點回來……）

水波沒有想到要向戰鬥中的達也請求指示這個點子——也就是要妨礙達也戰鬥，就這麼束手無策地保持現狀。

◇　◇　◇

起跑十五分鐘後，各校已經不是聚在一起挑戰賽道，而是分成三個集團朝終點前進。

第一高中的帶頭集團是花音、昴與深雪三人。花音在田徑社裡就是三千公尺障礙的選手，不用提到她擅長何種魔法，她原本就熟悉邊跑邊跨越障礙的感覺。而昴擅長的魔法是「跳躍」。深雫則是巧妙運用貼近地面的飛行魔法閃躲障礙物。

三人現在的位置距離起跑線約兩公里多一點，正要進入賽場後半部。輕蹬樹幹在樹間移動的昴不知為何突然停止跳躍，落在某棵水櫟樹旁邊。

「昴，怎麼了？」

追上昴的深雪同樣停下腳步之後開口向她詢問。雖然正在賽跑，但這就是一種不曉得路上會暗藏何種障礙物的競賽。要是發現某些在意的東西，置之不理是愚蠢的做法。她們就是為此而分成兩人或三人一組，沒有獨自行動。

「妳看那個。」

深雪與花音朝昴指的方向看去，然後蹙起眉頭。那裡躺著一具像是人類女性的物體。

「──是戰鬥用的女機人。」

花音說出該物體的真實身分。她看起來不像是精通科技的人，卻是在百家之中擅長戰鬥的千代田家之女，應該是曾看過相同的東西吧。

「就我看來像是停止運作，妳們覺得呢？」

深雪立刻就了解到那是寄生人偶，而且是達也打倒的。但她絲毫沒有讓旁人察覺到自己的想法，只說出眼中所見的光景。

「就我看來也是這樣。」

「是之前演習使用的機體沒有回收到嗎？」

這句話是昴說的。這個推測聽起來煞有其事卻不可能是真的，但花音不曉得這麼多。

「……總之，既然沒有在動就不用在意。說不定只是為了要讓我們起疑而放慢速度。」

這是花音的判斷。既然她這麼認為，那深雪也沒有必要刻意提出異議。

「那麼？」

「趁我們還沒有浪費更多時間之前趕快前進吧。」

花音回答深雪的簡短詢問之後便開始往前跑，昴與深雪隨後跟上。

◇　◇　◇

（比想像中還要難纏啊……花費的時間超乎預料。距離深雪領先追過來，大概還有十分鐘的緩衝時間吧。）

被寄生人偶集團包圍的達也在心中低語。

比起遭遇第一具人偶的地點，他現在的位置相當接近終點線。他已經把起跑線方向的寄生人偶全部癱瘓掉了。只要讓十六具人偶全部停止運作，這件事「對他來說」就算是解決。

在從四面八方襲擊而來的超能力（九島家將其稱為「妖力」）之中，達也只保護頭部與心臟等重要部位往前衝，和一具人偶接觸。

高速移動型個體將達也的手臂砍到幾乎見骨，但他以另一隻手朝正面的人偶施展掌打。

瞬間開始進行寄生物休眠程序。

達也在完全思考操作型ＣＡＤ的支援之下，從收在槍套裡的三尖戟呼叫術式解散的輔助啟動式，消除瞄準他頭頸的魔法。接著跳過倒下的寄生人偶暫時脫離包圍網，使用「重組」讓手臂復原。他的重組是令敵方想大喊「這是作弊」的魔法，但絕對不是萬能或無敵。

重組會伴隨著痛楚。

這會成為妨礙精神集中，阻礙魔法發動的要素。他已經習慣痛楚，卻依然無法避免產生瞬間的延遲。

如果是動用完全備份的重組就不會覺得痛，但是在那種狀況下，重組將會暫時占據整個魔法演算領域，造成大於一瞬間的攻擊延遲。

達也就是為此而保護攸關生死的重要器官。只要沒有用盡想子，他就算受到致命傷也不會死亡，但要是受到致命傷，生存本能會自動開始使用完全備份，使其他的魔法技能因而停止。如果對方是一流魔法師，達也又得不到己方支援，局勢就會每況愈下。寄生人偶是戰鬥力不輸給一流魔法師的對手，超能力的發動速度也勝過現代魔法。

然而——能夠在自己有意識到的狀態下說出這種喪氣話，其實就證明自己還有餘力。

自達也得到不用解放寄生物就能將其打倒的方法那一刻起，寄生人偶就不再是對手。

以人類為宿主的寄生物之所以難對付，在於殺害宿主就會解放寄生物主體，而且達也沒有打倒主體的方法。

不過寄生人偶的宿主是儲存想子的女機人，會損壞卻不會死亡。而且只要在機體中留下微量想子，寄生物就會進入休眠狀態以避免耗損主體。

達也暴露在超能力的交叉砲火之下而傷痕累累，他跨越自己的血與痛苦，將第十二具寄生人偶逼入休眠狀態。

（剩下四具……是在那裡嗎！）

◇◇◇

「寄生人偶剩下四具！」

部下如同哀號般大聲回報，使得寄生人偶測試團隊的主任研究員將嘴唇咬到幾乎出血。他不知道達也──不知道「摩醯首羅」的價值為何。不過，主任覺得如果單一魔法師將十六具寄生人偶全部打倒，這場實驗以及寄生人偶開發計畫本身都會被烙上失敗的印記。

「不過剩下的四具……初始的四個體(Prime Four)可不會像前面那麼好應付……！」

主任看著寄生人偶的監視畫面自言自語。

這番話聽起來像是在逞強或是不服輸，令坐在旁邊的部下不安地窺視主任的表情。

◇◇◇

在達也感應到四具寄生人偶的下一剎那，拳頭大的砲彈就在他使出魔法之前射了過來。達也以情報體認知力「視認」這顆快到看不見的砲彈。直徑十二公分，質量五公斤，時速四百公里。雖然遠遠比不上槍彈的速度，質量卻非比尋常。

達也伸出右手接住這顆砲彈。以泥土捏製的球體一碰到他的手就粉碎飛散。那並不是單純粉碎，而是變為細小粒子，呈放射狀散去。這是將組成砲彈要素的泥土分解為粒子層級，分解了砲彈運動向量所導致的結果。

達也以拿手招式化解敵方的先發攻勢，卻沒有餘力喘息。對方建構出細如絲線的力場，試圖將力場射向他。朝行進方向的垂直兩方向產生排斥力的這種攻擊，和加重系魔法「壓斬」的原理相同。沒有刀刃或鋼絲作為基準線也能正確分割力場，或許是機械具備的數位精確性所致。

達也再度不得不優先採取防禦。術式解散使寄生人偶的壓斬失效。此時另一具個體進入了近戰間距。

對方雙手所握的武器是刃長約三十公分的大型刀。武器本身不會對達也造成威脅，問題在於揮刀速度。

（好快——）

若單論速度，可以匹敵艾莉卡的自我加速術式。

（不過——）

她沒有「技術」。雖然動作正確又毫不多餘，卻也僅止於此，反倒因為正確而易於預測。達也躲開左右二連砍之後，發動術式解散。加速機械軀體的魔法因此失效，人偶的動作降到「普通人」的速度。

先解決一具。如此心想的達也準備使出右掌打，然而——

「什麼！」

持刀的寄生人偶前方出現排斥力護壁。這不是來自施展壓斬的個體，而是第四具寄生人偶所架設的魔法護壁。

達也被震向後方，持刀個體同時退後。會合的四具寄生人偶排成菱形陣形。前方是高速近戰型，右方是會壓縮泥土作為砲彈的類型，左方是壓斬飛刀手，後方是製造排斥力防壁的個體。

砲彈射向重整態勢的達也。達也以飛行魔法輔助跳向旁邊躲開，接著鋒利的飛刀追著他進逼而來。達也分解魔法刃之後往前衝，兩把大型刀出面迎擊，透明的護壁成為盾牌。

（這些傢伙的合作能力好高。）

如同以單一頭腦操縱四具軀體，默契和已休眠的十二具截然不同，巧妙到不會讓達也有攻擊的機會。

◇◇◇

「很好，Prime Four，就是這樣！」

九島的行動實驗室裡，開發寄生人偶的主任研究員看著畫面激動不已。

「就是那裡！砍了他！」

部下有所顧慮地詢問激動的主任。

「那個……主任，不是有命令不能殺他嗎？」

「啊？你們瞎了嗎？這魔法師具備強大的自我再生能力，砍掉一兩條手腳不會死啦。」

主任注視著畫面，以不讓人回嘴的語氣回答。注視畫面的雙眼中蘊含著瘋狂氣息。

◇◇◇

『主人，右邊！』

腦中響起主動型心電感應的聲音，達也依照指示，將身體迅速往左方傾斜，泥土砲彈擦過他的右肩飛到後方。

『五十秒後重新裝填完畢。左方有飛刀，請往右一公尺閃躲。』

達也依照指示閃躲，壓斬的飛刀果然從達也左方三十公分處通過。

「琵庫希，妳知道敵方會怎麼攻擊？」

達也以手套暗藏的裝甲架開高機動型人偶的刀，以通訊機詢問琵庫希。

『砲彈來了，目標是頭部！……是的，主人，我聽得到她們的對話。』

「對話？難道這些傢伙不是以自身的判斷來行動嗎？」

達也以拳擊的要領來低頭閃躲砲彈，同時消除對方的自我加速術式。蘊含停止機能術式群的右手即將命中，卻在千鈞一髮之際被護壁擋下。

『這四具總是一邊交換想法一邊行動。』

達也被護壁排斥力震開時，琵庫希對於剛才那個問題的回答傳入他的耳中。這個回答使他深感理解。不是彷彿單一頭腦操縱四肢，而是單一精神分割成四塊控制「她們」。

而且，琵庫希接收得到寄生人偶的「對話」。既然這樣就好應付了。

「琵庫希，轉播敵方的對話。」

『遵命。』

◇◇◇

「怎麼忽然變成這樣了！」

研究主任大聲詢問，這次部下們也和他同感。

前第九研最初製作的四具寄生人偶——Prime Four的攻擊，突然變得不管用。

土塊砲彈被手掌擋下，Gravity——G匕首（他們這樣稱呼壓斬飛刀）也被躲開。高機動型人偶的攻擊被有如事先看穿了般破解，排斥力護盾形成的同時，敵方就主動後退。雖然己方這邊沒有出現損害，但對方明顯預知了Prime Four的動作。

身穿可動裝甲的魔法師首度主動進攻。人偶改變攻擊形式，先以兩發G匕首攻擊腿部，但G匕首才剛發射就煙消雲散。

主任與部下都不曉得發生了什麼事，但即使他們停止思考，寄生人偶也不會停下來。自律兵器一旦接受命令，除非命令有所變更或被下令中止行動，否則都會繼續執行任務。

螢幕裡，高機動型正在迎擊敵人，砲擊型在後方以雙手包覆砲彈擺好架式。刀子是誘餌，真正的殺招是砲擊。但身穿可動裝甲的魔法師卻如同早就知道這一點，穿過用刀人偶的身邊。

排斥力護盾的情報體組成——然後消失在情報之海。

身穿可動裝甲的魔法師出現在砲擊型面前，以右手觸摸砲彈。砲彈變成沙土，從寄生人偶手中流失。

砲擊型看起來就如同人類般愣在原地。

可動裝甲魔法師的左手打在她的胸口上。

「怎麼可能……！」

研究員們發出不敢相信——應該說不願相信的叫聲，監控Prime Four砲擊型個體的計量器，宣告該個體機能停止。

◇ ◇ ◇

四具寄生人偶，以完美無瑕的默契進攻。正因為搭配得很完美，所以在欠缺一具之後就變得很脆弱。

『斬擊，右手、右腳、左腳。』

不用等琵庫希提醒，達也就已經認知到了這波攻勢。砲擊型的職責是以遠距離物理攻擊進行牽制，少了這個牽制就代表達也可以專心應付魔法。

達也以術式解散分解壓斬後，衝向持刀的寄生人偶。他消除設置在前方的護壁，朝刀子伸出手。對於寄生人偶來說，這應該是出乎意料——也就是沒有輸入電子頭腦的行動模式吧。不曉得造成動作延遲的是機械，還是妖魔。

達也抓住刀子。

新大馬士革鋼——奈米碳管複合鋼崩解為細小粒子。不只是他抓到的刀刃，連他沒有碰到的另一把刀的刀刃也崩解了。

因為是以魔法將其打成粉碎，所以從一開始就不需要伸手摸，但這確實是幅令人覺得不可思議的光景。

引發這個現象的達也當然沒有感到困惑。他不是朝失去武器的個體，而是朝待在後方待命負責防禦的寄生人偶踏出腳步。達也沒有接受可動裝甲的輔助，一步就從五公尺外進逼過去。

排斥力場的護壁展開了。不求多樣性的超能力，架設護壁的速度勝過達也。

但是達也擁有的技術不只能消除建構中的魔法，也能消除完成的魔法，只會架設護壁的能力沒有什麼意義。要是沒能夠併用的攻擊能力，就無法威脅達也。

防禦人偶陷入沉眠。

剩下的個體是近戰用的高機動型，以及近距離射擊戰鬥型。現在的她們已只是達也手到擒來的獵物。

◇　◇　◇

『主人，恭喜您！』

琵庫希突然以心電感應發出很大的聲音，使得水波差點就解除了魔法護壁。

「這裡也……」不像是異生物的火熱情感迸發，使得水波莫名如此低語。她沒有察覺自己在自言自語。

「琵庫希，達也大人打倒所有寄生人偶了吧？」

她接著說出的這句話，與其說是關心達也安危，更像是沒有什麼擔心成分存在的確認。

「是的，主人，讓所有同胞，進入，休眠狀態了。」

琵庫希現在才改為以語音回答，水波對此沒有任何感言。

「雖然很希望他能趕快回來，不過……」

此時水波想到，要是達也現在回來，或許會使得狀況更加惡化。

警備兵依然在車外包圍著她們。

在這種狀態下，以戰鬥服隱藏面容，不知道屬於哪個單位的士兵回來的話……

這應該會面臨極度火爆的結果吧——

此時，水波的行動終端裝置發出語音通話的來電通知。

誰打來的？水波如此心想看向來電者。她原本覺得應該會是保密來電而不抱期待，但是畫面違背她的預料，顯示「黑羽文彌」這個名字。

「喂？」

他為什麼知道我的電話號碼？水波一邊感到納悶，一邊接起電話。

魔法護壁持續運作中。

『我是黑羽文彌。妳是櫻井水波小姐吧？』

「是的。」

『幸好接通了。關於擅自調查妳的電話號碼這件事情，我向妳道歉。先不提這個，我想確認一件事。』

「不，我完全不介意黑羽大人知道我的電話號碼——請問您想確認什麼事？」

『現在架設護壁保護被警備兵包圍的那輛車子的，是櫻井小姐對吧？』

「請叫我水波……您的推測是正確的。」

終端裝置另一頭傳來有些困惑的氣息，但對話立刻再度進行。

『……水波小姐並不是在擔任誘餌吧？換句話說，沒有必要留住警備兵吧？』

「不只不用留，他們還造成我很大的困擾……此外文彌大人，請不要叫我『水波小姐』，叫我水波就好。」

『……這部分改天再商量吧。不提這個，我現在就讓那邊的警備兵全部昏迷，請繼續維持護壁到那時候。』

「我知道了，拜託您了……此外，請務必叫我水波。因為我是侍女，而文彌大人是下任當家候選人。」

『……那我開始了。我想應該不用五分鐘。』

文彌最後這句話的語氣變得相當親切。

「贏了……！」聽到這番話的水波，不曉得是否這麼認為。

朝著熟悉的想子波動一看，就看見了非常強力的魔法護壁。想說有可能並且確認之後，發現術士果然是和四葉相關的「櫻系列」，是暫住在達也那邊的水波。

文彌隱約猜得出狀況。那輛車大概是他敬愛的「達也哥哥」為了摧毀寄生人偶的實驗，而用在某處的東西。這麼一來就不能容許警備兵入內，更不能害達也多費工夫。

（你們運氣真糟啊。）

文彌取出拳套造型的CAD。他現在是平凡男高中生的外型，但並沒有要現身在人前。他說服自己不需要刻意「喬裝」。

文彌距離車子二十公尺。其實「直結痛楚」足以在這個距離命中，他靠近到極近距離是利於調整以免下手過重。

你們運氣真的太糟了——文彌在心中向警備兵辯解，然後以相當不留情的威力，向聚在車邊的警備兵使用直結痛楚。

達也回到車子這邊時，當然被倒在停車場的警備兵嚇了一跳。文彌有通知黑衣人部下處理善後，但黑衣人才正要抵達現場而已。

達也確定四下無人之後上車，依照指示將可動裝甲收進「棺材」，接著按下自爆按鍵，和水波與琵庫希一同離開現場。

如藤林所說，倒在車輛旁邊的警備兵無人受傷。

但達也沒有見證這一幕。

◇◇◇

越野障礙賽跑和一般田徑項目的明顯差異，在於不曉得其他參賽者的狀況。一般的越野賽跑同樣視野不佳，但賽道是固定的，可以依照超前或落後的狀況推測大致的順位。但越野障礙賽跑等同於沒有既定賽道，視野也被樹木遮蔽，除了一起奔跑的隊友以外，幾乎無法得知其他選手位於何處。

即使如此，依然可以透過眼鏡型護目鏡的情報終端功能，得知有多少人已經抵達終點。顯示在護目鏡上地圖一角的目前抵達終點人數是零。

距離終點線還有兩百公尺。

深雪確信己方位於領先地位。

在她身旁奔跑的花音也一樣。

花音突然加速，昴也進行最後衝刺以免落後花音。

深雪猶豫了。她現在的速度並非刻意放慢，若要提防陷阱，頂多就只能這麼快。要是繼續加速可能會漏看陷阱。要繼續重視安全性，還是不惜冒風險拔得頭籌——

「呀啊！」「哇～！」

深雪才剛這麼想，就接連響起尖叫聲。

複數的自動槍座連續發射漆彈，中彈的花音重摔倒地。漆彈完全沒有貫穿力，但相對的，子彈具備的動能會全部轉換為衝擊。腰部以下承受側面來襲的彈雨根本站不穩，花音頂多只能在倒地時擺出防禦架式以免受傷。

昴則是在半空中被網彈命中，在網子包裹下落地。昴使用的魔法不是「飛行」是「跳躍」，因此落下的力道有以魔法減輕，直接受到的衝擊比花音小。但她被網子纏住掙扎的模樣，在少女的羞恥心這方面上，或許比花音還要淒慘。

「用……用不著在這種地方弄得像是軍隊訓練吧……」

花音痛苦地呻吟，但不知道她這番話該說是牢騷還是吐槽，聽起來似乎還很從容。深雪判斷這樣應該不成問題，對兩人知會一聲。

「不好意思，我先走了。」

兩人沒有做出回應，只有明顯散發出很想說「無情的傢伙～！」這樣的氣息。

雖說如此，但越野障礙賽跑是個人競賽。即使是同校學生，比賽時依然是對手，組隊只不過是因為這樣比較有利。深雪貫徹無情的立場（其實沒有這麼誇張）再度朝終點線奔跑。

她以眼角餘光確認導航地圖。

抵達終點的人數依然是零。

深雪就這麼率先通過終點線。花音靠著毅力回到比賽後漂亮得到第二名，昴花了一番工夫掙脫網子得到第八名。至於其他的第一高中選手，穗香與雫則是攜手拿下第五與第六名。

〔8〕

酒井上校集團匆忙離開司令部分部大樓。他們的理性知道那個身穿飛行戰鬥服的魔法師「摩醯首羅」鎖定他們的可能性等於零，但他們無疑是站在支持寄生人偶實驗的立場，驅使他們的不是理性，是本能的恐懼。

他們離開司令部分部大樓抵達停車場時，天空不知為何突然變暗了。

酒井看向天空，察覺是自己誤解了。

不是天空變暗。

是黑霧般的物體覆蓋著他們。

「這究竟是……？」

「毒氣嗎？」

「不，這是魔法！」

跟隨酒井上校的魔法師說中黑霧的真面目。

但他只知道這是魔法，不知道該魔法的效果，也無法消除霧。

「酒井上校暨隨行的眾人，我來邀請各位了。」

朝著這個裝模作樣的聲音一看，就看見一名無視於盛夏，身穿西裝斜戴軟帽的壯年男性裝腔作勢地行禮。

「我將直接邀請各位前往夢中世界。」

酒井的意識自此落入黑暗。

◇ ◇ ◇

越野障礙賽跑最後是由深雪獲得女子組冠軍，將輝獲得男子組冠軍。

今年總冠軍也是第一高中。由於中途陷入苦戰，所以第一高中代表隊比去年還開心。

不過或許是因為在最後的最後由將輝奪冠作結，第三高中的選手們也以滿足的表情參加賽後宴會。說不定是將輝的活躍使他們覺得明年肯定有勝算。

說到其他學校的亮眼選手，就是在新人賽祕碑解碼與幻境摘星奪冠的第四高中。身為兩場比賽主角的嬌憐男女雙胞胎，以不符合容貌的沉穩態度，為「那個傳聞」增添了些許真實性。

而且不只是選手，大人們也舉杯祝賀……

◇◇◇

九島烈在九鬼家、九頭見家的前任當家，以及至今依然追隨他的「九」之一族圍繞之下，掛著笑容舉杯。

他掛著的並不是滿面笑容，而是隱約散發出不甘心氣息的笑容。九鬼鎮與九頭見家的前任當家，都知道烈內心的芥蒂是什麼，所以他們沒有詢問，而是不斷輪流敬酒，有如代替說不出口的疑問。

「各位，這次也辛苦你們了。」

不久，烈自然而然地說起慰勞的話語。

「寄生人偶的實驗表面上以遺憾的結果收場，但我們讓『摩醯首羅』苦戰到那種程度，想將魔法用在軍事層面的人，應該會對此留下強烈的印象。」

眾人鼓掌表示贊同。

「企圖徵用年輕魔法師的人們，或許明天就會垮台，而且是拖著傳統派一起。這部分也堪稱是豐碩的成果。」

「不會是明天。」

然而，門後卻突然傳來這句掃興的話語。

「是誰！」

位居末座的人起身開門。

烈在確認對方身影之前，就已從聲音判斷出說出這句話的人是誰。

「風間……以及佐伯閣下。」

然而位於門後的，卻不只是冒昧打岔的風間。

「九島閣下，好久不見。」

突然發生的這件事，使得場中所有人都說不出話，也沒有人邀佐伯坐下——但佐伯似乎也不以為意。

「兩位怎麼會突然造訪？這是私人集會，所以很遺憾，我沒辦法招待兩位。」

「我非常明白這是突如其來的造訪。只要您願意收下伴手禮，我就立刻告辭。」

「伴手禮？」

佐伯的語氣明顯地不友善。即使除去這一點，「九」這一派對於佐伯的印象，也是和烈作對的女狐狸。

在無聲無息高漲的敵意之中，佐伯以眼神向風間示意。

『……我是國防陸軍總司令部的酒井上校。我和九島家當家九島真言閣下協議，以九校戰為舞台推動自律魔法兵器的實驗……』

場中除了烈以外，所有人都發出聲音起身。

風間手上錄音筆播放的聲音，是對於和九島家聯手拿高中生當白老鼠，硬是進行兵器測試的招供與懺悔。

「……酒井上校落入你們的手中了嗎？」

「不過逮捕上校的不是我們就是了。」

「……方便的話，可以告訴我嗎？」

「我是從四葉家那邊取得這個錄音檔的。」

僵站著的所有人同時倒抽一口氣。

「是真夜嗎……四葉家果然絕不容許別人對他們一族出手啊。」

烈以莫名認同的語氣附和。

「並非如此。」

但佐伯否定了。

「什麼意思？」

「四葉閣下提供這份錄音檔有個附帶條件，就是不公開這份檔案。」

烈疑惑地蹙起眉頭。他無法理解真夜的真正用意。

「四葉閣下的目的是肅清酒井集團，也就是俗稱的反大亞聯盟強硬派。四葉閣下提供我這份錄音檔的條件是我必須負責善後，並且不公開這個錄音檔。」

「原來如此……酒井他們激怒了『那一位』啊。」

烈以認同的語氣低語，但他還沒有理解一切。

「所以妳得到這個檔案想做什麼？」

「九島閣下，國防軍已經不會強迫魔法師成為兵器了。」

「…………」

「若您希望，我可以用項上人頭當作賭注。魔法師並不會被迫違反自己的意志上戰場。包括您的孫子以及『他』都是如此。」

「你……是想要我隱居嗎？」

「只要使用方法正確，寄生人偶確實會成為有益的兵器。如果是十年前的閣下，應該就不會像這次一樣誤用了吧。」

「佐伯少將，妳這話太沒有禮貌了！」

「且慢。」

九鬼鎮擺脫僵直狀態激昂斥責，烈舉手出言安撫他。

「以尚未成熟的魔法師進行魔法兵器的實驗。無論再怎麼以巧妙的話語掩飾，這都不算是正確的運用方式。」

佐伯身旁的風間插嘴。他的聲音暗藏熔岩般的憤怒。

「風間少校，你退下。」

「是，恕屬下失禮！」

這次是佐伯規勸風間。

佐伯正面注視烈的雙眼。

「軍方魔法師的權利，請交給我們這些現役的軍人來維護。我們不會讓九島閣下所擔心的事情發生。」

佐伯斬釘截鐵地斷言。

「這樣啊……」

烈垂頭喪氣，卻也像是有些愉快地回答。

◇　◇　◇

西元二〇九六年八月十六日的夜晚。

橫濱中華街籠罩著寧靜的喧囂。

「目標正前往西門。」

「對方擁有地利，至少一定要三人一起追。」

只有輕聲交談，在黑暗中穿梭的這群人，是黑羽貢率領的執行部隊。

「發現目標……呃啊！」

「怎麼了？」

「我被一個像是狗的東西……！」

「小心點，周公瑾使用的方術和大漢還有大亞聯盟都不同。」

在貢身旁待命的親信低聲詢問。

「老闆，比想像中棘手呢。」

「他是至今將國內鬧得天翻地覆的大人物，個人實力肯定也不差。」

貢沉穩回應，沒有一絲慌張。

親信以放心般的語氣繼續說下去。

「當家大人已經派遣司波達也閣下前來，請問……？」

「在那個傢伙過來之前逮捕周公瑾。」

但是貢一聽到部下這番話就突然盡顯煩躁，剛才的冷靜態度就如同是假的一般。

「……不用等文彌大人與司波達也閣下抵達？」

「搞不懂真夜表姊在想什麼。」

貢似乎完全失去了平常心，即使在部下面前，依然不以為意地稱呼真夜為「表姊」。

「不應該在這種地方動用那個。那個原本是不應該見光的東西。那個是四葉的罪孽結晶。將那個封鎖在四葉內部，是我們唯一能贖罪的方式。」

貢察覺親信的愕然目光後，大聲清了清喉嚨。

「我親自上場，麻煩指揮。」

「是，老闆。」

貢的身體融入黑暗之中。

親信覺得這麼一來，無須等到達也抵達就能解決一切。

「周公瑾，到此為止了。」

數分後，貢擋在周的面前。

「哎呀哎呀……四葉更深沉的黑暗——黑羽家的當家大人，居然為了我這種小人物出馬，看來各位真是高估我了。」

「我不認為是高估。Blanche的造反、無頭龍的暗中活躍、大亞聯盟特殊部隊的牽線、寄生物偷渡入境的安排……虧你有辦法一手包辦這麼多事情。」

「我只是提供一臂之力而已。這些都是沒有我插手，也遲早會發生的事。」

「將遲早發生的事提前到現在發生，這造成了我們的困擾啊。」

「拖延無法解決任何問題。你不這麼認為嗎？」

「我無法理解拖延有什麼不好。」

貢拉近與周的間距。

「距離這麼近，你也沒辦法用擅長的奇門遁甲逃走。周公瑾，認命吧。」

「是啊……進逼到這種程度的話，就連遁甲術也派不上用場。」

周承認擅長的方術被封鎖，卻依然老神在在。

「所以就讓你嚐嚐少許的苦頭吧——疾，『哮天犬』！」

什麼？——貢無暇詢問這句話。

四腳獸的影子從夜空中落下。

巨大的犬形剪影襲擊貢，咬斷他一條手臂。

「嗚……」

貢一聲不發地蹲下。

黑獸已經消失得無影無蹤。

「真是的……那東西我花了十年製作呢。不過能換走黑羽貢一條手臂，也算是划算。」

周公瑾留下這句低語，身影消失在黑暗之中。

「爸爸！」

接達也前來的文彌一看到貢就臉色大變，撥開黑衣人群跑到貢的身邊。

「究竟是被誰……對了！達也哥哥！」

文彌回想起他所尊敬的從表哥具備何種特異能力，於是向自己帶他過來的從表哥投以哀求的視線。達也以左手抽出手槍造型ＣＡＤ回應文彌的視線。

「住手……我不接受你的協助。」

「爸爸，您在說什麼啊！」

「文彌。」

達也制止文彌做出大幅搖晃重傷患的暴行，將左手伸向貢。

「您或許會不滿我這麼做，但對您置之不理的話會害文彌與亞夜子難過。」

達也發動重組。貢被咬斷而下落不明的右手臂不知道從哪裡出現，接著傷口癒合，手臂就接回去了。

達也下意識按著自己的右手，自言自語般低語。

「沒帶深雪與亞夜子過來是對的。話說回來，黑羽先生，周公瑾居然讓您受這麼重的傷……

他究竟用了什麼樣的魔法？」

貢不甘心地看著自己的右手，沒有看達也就搖頭回應。

「不曉得。周公瑾說了『哮天犬』，但不可能是字面上的意思。」

「因為那是虛構生物……大概是一種合成體魔法吧，真是棘手的敵人……」

達也沒有詢問周逃到何處。

他也明白，這是此後無論如何都要查明的一件事情。

（下集待續）

後記

《魔法科高中的劣等生》也終於進入第十三集了。本次的〈越野障礙篇〉，各位讀者看得還開心嗎？

內文也間接提到，「越野障礙賽跑」源自英文的steeplechase。當初的概念是越野障礙賽跑不只是九校戰最後一天的競賽，同時也是比喻主角跨越各種障礙查明自己遭遇的陰謀這段過程。不過完稿一看，就覺得與其說是障礙賽跑，更像是在死路很多的迷宮裡摸索徘徊。或許把這一集的副標題改成〈迷失篇〉會更符合劇情內容。不過如果改成這樣，似乎會變成連選手都在越野障礙賽跑的賽場當中迷失方向的感覺。

本次劇情的焦點不在九校戰本身，而是在寄生人偶的陰謀以及作為其舞台的越野障礙賽跑，所以大幅刪減了選手們在其他競賽中的活躍。不只是比賽時，各競賽之間的空檔也發生過各式各樣的插曲，而且可以在內文各處窺見端倪，但是在劇情架構上沒辦法寫入這些小插曲。

因此，和本次〈越野障礙篇〉同時發生的小插曲，我將寫成短篇呈現給各位。目前還沒有確定會寫幾篇，以及會以何種形式呈現，不過近期應該會在官方推特等地方向各位告知。

說到近期，本書送到各位手中的時候，動畫應該也已經開始播映了。也請各位務必捧場。魔法科高中的角色群至今沒有公開的活躍事蹟，我將寫成短篇當作動畫版ＢＤ的附錄，這部分也敬請期待。

那麼，希望在下一集的〈古都內亂篇〉也能再度見到各位。漫畫與動畫版也請多關照。《魔法科高中的劣等生》，今後也請各位多多指教。

（佐島　勤）

國家圖書館出版品預行編目資料

魔法科高中的劣等生．13, 越野障礙篇 / 佐島勤作；哈泥蛙譯．-- 初版．-- 臺北市：臺灣角川，2014.07

面；　公分

譯自：魔法科高校の劣等生 .13, スティープルチェース編

ISBN 978-986-366-045-3(平裝)

861.57　　103010683

Kadokawa
Fantastic
Novels

魔法科高中的劣等生 13
越野障礙篇

（原著名：魔法科高校の劣等生13 スティープルチェース編）

2014年8月7日 初版第1刷發行
2022年7月25日 初版第7刷發行

作者：佐島 勤
插畫：石田可奈
日版設計：BEE-PEE
譯者：哈泥蛙

發行人：岩崎剛人
總編輯：蔡佩芬
編輯：黎夢萍
美術設計：黃永漢
印務：李明修（主任）、張加恩（主任）、張凱棋

發行所：台灣角川股份有限公司
地址：104台北市中山區松江路223號3樓
電話：（02）2515-3000
傳真：（02）2515-0033
網址：www.kadokawa.com.tw
劃撥帳戶：台灣角川股份有限公司
劃撥帳號：19487412
法律顧問：有澤法律事務所
製版：巨茂科技印刷有限公司
ISBN：978-986-366-045-3

MAHOKA KOUKOU NO RETTOUSEI Vol.13

Edited by 電撃文庫
First published in Japan in 2014 by KADOKAWA CORPORATION, Tokyo.
Complex Chinese translation rights arranged with KADOKAWA CORPORATION, Tokyo.